Nouvelle Collection illustrée

L'ouvrage complet **95** centimes

GEORGE SAND

Le Dernier Amour

Calmann-Lévy, Éditeurs

Le Dernier Amour

GEORGE SAND

Le Dernier Amour

ILLUSTRATIONS

DE

NÉMECEK

PARIS

CALMANN-LÉVY, ÉDITEURS

3, RUE AUBER, 3

A MON AMI

GUSTAVE FLAUBERT

Nous étions réunis à la campagne un soir d'hiver. Le dîner, gai d'abord, comme l'est toujours un repas qui réunit de vrais amis, s'attrista vers la fin au récit de l'un de nous, médecin, qui avait eu à constater une mort violente et dramatique dans la matinée. Un fermier des environs, que nous connaissions tous pour un homme honnête et sensé, avait tué sa femme dans un accès de jalousie trop fondée. Après les questions précipitées que fait toujours naître un événement tragique, après les explications et les commentaires, vinrent naturellement les réflexions sur la nature du fait, et je fus surpris de voir comme il était diversement apprécié par des esprits que semblaient relier entre eux, à beaucoup d'autres égards, les mêmes idées, les mêmes sentiments, les mêmes principes.

L'un disait que le meurtrier avait agi avec toute la lucidité de son jugement, puisqu'il avait eu la conscience de son droit; l'autre affirmait qu'en se faisant justice à lui-même un homme de mœurs douces avait dû être sous l'empire d'une démence passagère. Un autre haussait les épaules, regardant comme une lâcheté de tuer une femme, si coupable qu'elle fût, un autre encore regardait comme une lâcheté de la laisser vivre après une trahison flagrante.

Je ne vous dirai pas toutes les théories contradictoires qui furent soulevées et débattues à propos de ce fait éternellement insoluble : le droit moral de l'époux sur la femme adultère au point de vue légal, au point de vue social, au point de vue religieux, au point de vue philosophique; tout fut affirmé passionnément ou remis en question avec audace sans que l'on pût s'entendre. Quelqu'un demanda en riant que l'honneur ne le contraignît pas à tuer la femme dont il ne se souciait en aucune façon, et il ajouta une proposition assez spécieuse.

— Faites une loi, dit-il, qui oblige l'époux trompé à trancher publiquement la tête de sa coupable moitié, et, parmi ceux de vous qui se montrent implacables en théorie, je parie qu'il n'y aura personne à qui une pareille loi ne fasse jeter les hauts cris.

Un seul de nous n'avait pris aucune part à la distinction. C'était M. Sylvestre, un vieillard fort pauvre, fort doux, aimable optimiste au cœur sensible, au socialisme berquinisé, voisin discret, dont nous riions un peu, que nous aimions beaucoup et dont nous savions le caractère absolument respectable.

Ce vieillard a été marié, et il a eu une fille fort belle; la femme est morte après avoir gaspillé par vanité une grande fortune. La fille a fait pis que de mourir. Après avoir tenté vainement de l'arracher au désordre, M. Sylvestre, vers l'âge de cinquante ans, lui abandonna les dernières ressources dont il disposait, afin de lui ôter tout prétexte d'indigne spéculation, sacrifice très inutile qu'elle dédaigna, mais qu'il jugea nécessaire à son propre honneur. Il partit pour la Suisse, où il ne garda de son nom que le prénom de Sylvestre et où il a passé dix ans, complètement perdu de vue par ceux qui l'avaient connu en France.

On l'a retrouvé plus tard non loin de Paris, dans un ermitage où il vivait avec une sobriété phénoménale moyennant une rente de trois cents francs, fruit de son travail et de ses économies à l'étranger. Il s'est laissé persuader enfin de passer les hivers chez monsieur et madame***, qui le chérissent, et vénèrent particulièrement; mais il a une telle passion pour sa solitude, qu'il y retourne dès que les bourgeons paraissent aux arbres. C'est le dernier anachorète, et il passe pour athée; mais c'est, au contraire, un spiritualiste obstiné qui s'est fait une religion conforme à ses instincts et une philosophie prise un peu partout. En somme, malgré l'admiration qu'on lui décerne dans la famille***, ce n'est pas une intelligence bien lumineuse ni bien complète; mais c'est un noble et sympathique caractère qui a son côté sérieux, raisonné et arrêté.

Pressé de donner son avis et de formuler son opinion, après s'en être longtemps défendu sous prétexte qu'il était incompétent comme vieux garçon, il finit par avouer qu'il avait été marié deux fois et qu'il avait été très malheureux en ménage. On ne put lui en faire dire davantage quant à sa propre histoire; mais, voulant par une conclusion morale quelconque échapper à la curiosité, il nous parla ainsi :

— Certainement l'adultère est un crime, puisque c'est la violation d'un serment. J'estime le crime aussi grave pour un sexe que pour l'autre; mais il est réellement difficile à éviter pour tous deux dans certains cas que je n'ai pas besoin de vous spécifier.

Permettez-moi donc d'être casuiste en fait de rigorisme et de n'appeler adultère que la trahison non provoquée par celui qui en est victime, et sciemment accomplie par celui qui la commet. Dans ce cas-là, l'époux ou l'épouse adultère mérite châtiment; mais quel châtiment appliquerez-vous dont celui qui l'inflige ne soit pas fatalement solidaire? Il doit y avoir pour l'un comme pour l'autre une autre solution.

— Laquelle? cria-t-on de toutes parts. Si vous l'avez trouvée, vous êtes habile!

— Je ne l'ai peut-être pas trouvée, répondit modestement le vieux Sylvestre; mais je l'ai beaucoup cherchée.

— Dites-la! dites ce que vous avez jugé le meilleur!

— J'ai essayé de trouver le châtiment qui moralise, je n'en ai jamais conçu d'autre.

— Quel est-il? L'abandon?

— Non.

— Le mépris?

— Encore moins.

— La haine?

— L'amitié!

On se regarda; les uns riaient, les autres ne comprenaient pas.

— Je vous parais insensé ou niais, reprit tranquillement M. Sylvestre. Eh bien, avec l'amitié envisagée comme châtiment, on pourrait moraliser les natures accessibles au repentir; mais ceci demanderait de trop longues explications : il est dix heures, et je ne veux pas inquiéter mes hôtes. Je vous demande la permission de m'esquiver.

Il le fit comme il le disait, sans qu'il fût possible de le retenir. On n'attacha pas une grande importance à ses paroles. On pensait qu'il se tirerait d'affaire par un paradoxe quelconque, ou que, comme un vieux sphinx, il nous jetait, pour masquer son impuissance, une énigme dont il ne tenait pas le mot.

Je l'ai comprise plus tard, cette énigme de M. Sylvestre. Elle est aussi simple, je dirais presque aussi puérile que possible, et cependant, pour me l'expliquer, il dut entrer dans des considérations qui m'ont paru instructives et intéressantes. C'est pourquoi j'ai écrit le récit qu'il fit un mois plus tard à monsieur et à madame*** en ma présence. J'ignore comment j'obtins de lui cette marque extraordinaire de confiance, de pouvoir être au nombre de ses auditeurs intimes. Peut-être lui étais-je devenu particulièrement sympathique par mon désir d'avoir son opinion sans y opposer une opinion personnelle préconçue; peut-être éprouvait-il le besoin de raconter son âme et de distribuer dans quelques mains fidèles les grains de sagesse et de charité qu'il avait sauvés du désastre de sa vie.

Quoi qu'il en soit, et quelle que soit la valeur de cette révélation, la voici telle que j'ai pu la reconstruire en soudant ensemble les heures consacrées à diverses reprises à ce long récit. C'est moins un roman qu'un exposé de situations analysées avec patience et retracées avec scrupule. Ce n'est ni poétique ni intéressant au point de vue littéraire. Cela ne s'adresse donc qu'au sens moral et philosophique du lecteur. Je lui demande pardon de n'avoir pas à lui servir aujourd'hui un mets plus savant et plus savoureux. Le narrateur *dont le but n'est pas de montrer son talent,* mais de communiquer sa pensée, est comme le botaniste qui rapporte de sa promenade, non les plantes rares qu'il eût été heureux de trouver, mais les brins d'herbe que la saison rigoureuse lui a permis de recueillir. Ces pauvres herbes ne charment ni les yeux, ni l'odorat, ni le goût, et pourtant celui qui aime la nature y trouve encore matière à étudier, et il les apprécie.

La forme du récit de M. Sylvestre paraîtra peut-être monotone et trop dénuée d'ornements; elle eut au moins pour ses auditeurs le mérite de la bonne foi et de la simplicité, et j'avoue que par moments elle me parut très saisissante et très belle. Je pensai, en l'écoutant, à cette admirable définition de Renan, que la parole est « ce vêtement simple de la pensée, tirant toute son élégance de sa parfaite proportion avec l'idée à exprimer », et qu'en fait d'art « le grand principe est que tout doit servir à l'ornement, mais que tout ce qui est mis exprès pour l'ornement est mauvais ».

Je pense que M. Sylvestre était rempli de cette vérité; car il sut captiver notre attention et nous tenir attentifs et recueillis avec son histoire sans péripéties et sa parole sans effets. Je ne suis malheureusement pas le sténographe de cette parole. Je l'ai reconstruite comme j'ai pu, et, soigneux seulement de suivre les pensées amenées par les actes, je lui ai fait infailliblement perdre sa couleur particulière et son mérite réel.

Il commença d'un ton assez dégagé, presque gai; car, après les grandes crises de sa vie, son caractère est redevenu enjoué. Peut-être aussi ne comptait-il pas nous raconter le fond des choses, et pensait-il pouvoir supprimer les faits qu'il ne trouverait pas nécessaires à sa démonstration. Il en jugea autrement à mesure qu'il avança dans son récit, ou bien il fut entraîné, par la force de la vérité et l'intensité du souvenir, à ne rien retrancher et même à ne rien adoucir.

Vous me demandez, dit-il en s'adressant à monsieur et à madame***, ce que j'ai fait, en Suisse, de cinq ans de ma vie dont je ne vous ai jamais parlé, et qui doivent, selon vous, renfermer un mystère, quelque grand travail ou quelque vive passion. Vous ne vous trompez pas. C'est le temps de mes plus poignantes émotions et de mon plus rude travail intellectuel. C'est la crise finale et décisive de ma vie de personnalité, c'est ma plus ardente et ma plus dure expérience, c'est enfin mon dernier amour qui est enseveli dans le mutisme que j'observe à propos de ces cinq années.

Quand je quittai la France, à pied, avec soixante-trois francs pour tout avoir dans ma poche, je n'avais pas encore cinquante ans, et ma figure n'en annonçait pas quarante, malgré les chagrins affreux que je vous ai racontés il y a longtemps, et sur lesquels je n'ai pas à revenir. Une vie pure, un fonds de philosophie résignée, le séjour et les occupations de la campagne m'avaient maintenu en force et en santé. Mon front n'avait pas encore une seule ride, mon teint brun avait une solidité unie, et mes yeux étaient purs comme ils le sont encore. J'ai toujours eu trop de nez pour être joli garçon; mais j'avais une physionomie sympathique, la barbe et les cheveux noirs, l'air ouvert et un franc rire quand je réussissais à oublier mes peines. De plus, j'étais fort et grand, ni gras ni maigre, sans grâce et sans beauté, mais bien planté sur mes jambes comme l'est un ancien fantassin qui est resté bon marcheur et adroit de sa personne. Enfin, tel que j'étais, sans chercher les bonnes fortunes, et même sans y songer, je voyais bien dans le regard des femmes que j'étais encore un homme et que, pendant quelques années encore, je ne devais pas espérer d'être traité comme un père.

Là se fût pourtant bornée mon humble ambition. J'avais aimé ma femme malgré ses défauts; elle m'avait toujours rendu malheureux, mais elle m'avait été fidèle; je ne m'étais donc jamais arrogé le droit, je n'avais même jamais subi la tentation de manquer à mes devoirs de fidélité.

Veuf depuis plusieurs années, j'étais resté austère; je devais cela à ma fille. Rien ne me servit auprès d'elle, ni les conseils ni l'exemple. Elle prit le mauvais chemin, et, quand elle me força à m'exiler pour ne pas devenir le témoin responsable de ses égarements, il y avait vingt ans et plus que je n'avais connu un jour de bonheur et de liberté.

Mais je n'aspirais pas à être heureux. Il ne me semblait plus permis d'y songer. Navré et humilié, et par-dessus le marché volontairement dépourvu de toutes ressources, il me fallait d'abord penser à gagner ma vie, ce qui ne semblait pas la chose du monde la plus facile au sortir de l'opulence, résolu que j'étais à n'invoquer l'aide d'aucun ami, que dis-je? résolu à m'effacer de la scène du monde et à vivre inconnu, comme un homme qui aurait commis un crime et qui serait forcé de cacher son passé.

Mon intention était d'aller en Italie pour y essayer un professorat quelconque. Je m'arrêtai en Suisse, à la frontière. Je n'avais pas encore la science de l'économie, j'étais au bout de mes soixante-trois francs. J'avais un peu de linge dans mon havresac : j'ai toujours aimé la propreté, je ne pus me décider

JE PENSAI A CE QUE J'AVAIS AIMÉ.

à le vendre. Je passai la nuit à l'auberge du Simplon, où je ne dormis guère; je me tourmentais du lendemain. J'avais tout juste de quoi payer mon écot; mais après?

Je ne m'inquiétais pourtant pas outre mesure. Les choses matérielles de la vie m'ont toujours été favorables en ce sens que mes besoins n'ont jamais dépassé mes ressources. Je n'ai donc jamais éprouvé de désastres irréparables que dans la sphère des sentiments. J'aurais volontiers changé de destinée, mais cela n'a pas dépendu de moi. Aussi mon insomnie n'avait rien de désespéré. Je faisais des projets, je cherchais des

moyens de vivre et j'étais si charmé de la beauté du pays que je venais de parcourir, qu'il ne me coûtait guère de ne pas aller plus avant, et de chercher de l'ouvrage aux environs.

Il faisait un clair de lune limpide. De mon lit sans rideaux, je regardais le ciel pur et froid; je pensai à ce que j'avais aimé, je pleurai, je priai, — qui? l'esprit inconnu à l'homme qui parle dans son cœur et pénètre sa pensée du sentiment du beau et du bien. Nous appelons Dieu cette âme inaccessible à notre entendement, qui nous porte en elle et nous émeut sans se révéler. Elle ne nous dit rien du tout, elle! ou, si elle nous dit quelque chose, nous ne le comprenons pas; mais l'enfant qui n'entend pas encore la parole de sa mère et qui dort sur son sein connaît sa douce chaleur et y puise les éléments d'une existence complète où il connaîtra ce qu'il ignore.

Devenu calme, je m'endormis enfin, et quand on m'éveilla, j'entendis en bas une grosse voix de bon augure dont le timbre me révéla la franchise et la cordialité. Je m'habillai à la hâte, je descendis, certain que j'allais trouver un ami.

Dans la salle commune, il y avait, en effet, un beau montagnard entre deux âges, demi-paysan, demi-bourgeois, qui causait amicalement avec l'hôte, et qui m'offrit place à sa table. Je sus bientôt qu'il faisait des affaires dans le pays, il avait acheté une coupe de bois à mi-côte de la montagne; il venait de recruter une douzaine d'ouvriers en pays suisse; il n'en avait pas assez; il se proposait de descendre le Simplon italien pour en aller chercher d'autres. Je m'offris à lui; j'avais eu assez de travaux de ce genre à surveiller, pour savoir comment on se sert de la cognée et de quelle façon on abat et dépèce un arbre. Mon costume et ma peau hâlée ne démentaient en rien la condition pour laquelle je m'offrais; Jean Morgeron accepta mon offre et m'enrôla.

Ma figure a toujours eu le privilège d'inspirer la confiance; il ne me fut pas fait de questions embarrassantes, et je n'eus pas besoin de dire que je n'avais pas de quoi acheter les outils nécessaires. Le patron me fit une avance de vingt francs, me conduisit au bord du précipice et me montra au loin, sous mes pieds, le bois où je trouverais le campement de mes compagnons.

Je passai là six semaines, travaillant bien et beaucoup, vivant en bonne intelligence avec tous mes camarades, de quelque humeur qu'ils fussent. J'étais aimé des uns, j'avais un peu d'influence sur les autres. Je me portais bien, j'étais content de moi. Le pays était admirable. Je m'étonnais de me trouver heureux après tous mes malheurs, et n'ayant derrière moi que des souvenirs amers, devant moi rien qu'une vie séparée du passé par des abîmes, je trouvais une jouissance réelle dans la faculté de jouir enfin d'un présent supportable.

Jean Morgeron, qui venait souvent surveiller l'ouvrage, me prit vite en grande amitié, et, un jour que je faisais avec lui et pour lui le compte de ses dépenses et la supputation de ses profits :

— Vous n'êtes pas ici à votre place, me dit-il. Vous avez reçu de l'éducation dix fois plus que moi, et vingt fois plus qu'il ne convient à un simple bûcheron. Je ne sais pas qui vous êtes, vous ne paraissez pas pressé de le dire : peut-être avez-vous quelque chose sur la conscience...

— Patron, lui dis-je, regardez-moi. J'ai eu quatre-vingt mille livres de rente, je n'ai plus rien, et, ce qui est bien plus grave, j'ai douloureusement perdu tout ce que j'ai aimé. Il n'y a pas si longtemps de tout cela que j'aie pu l'oublier. Eh bien, vous me voyez manger gaiement, dormir en paix sous la feuillée, travailler sans dégoût et sans tristesse, n'avoir jamais ni dépit ni colère contre personne, ni besoin de m'étourdir dans le vin, ni crainte de me trahir en trinquant avec vous. Croyez-vous possible qu'un homme dans cette position de fortune et dans cette situation d'esprit ait quelque chose à se reprocher ?

— Non ! s'écria le montagnard en élevant sa large main vers le ciel : aussi vrai qu'il y a un Dieu là-haut, quelque part, je vous crois un bon et honnête homme. Il ne faut, pour en être sûr, que vous regarder dans le fond des yeux, et votre conduite ici prouve bien que, si vous avez tout perdu, vous avez gardé le meilleur, qui est le contentement de soi-même. Je vois que vous êtes instruit, que vous connaissez les mathématiques et une foule de choses que je n'ai pu apprendre. Si vous voulez être mon ami, je vous ferai un sort tranquille. Je vous mettrai pour toujours

NON ! S'ÉCRIA LE MONTAGNARD,
JE VOUS CROIS UN BON ET HONNÊTE HOMME.

à l'abri du besoin, et je serai encore votre obligé; car vous pouvez me rendre de très grands services et m'aider à faire ma fortune.

— Je veux être et je suis votre ami, Jean Morgeron : c'est pour cela que je vous demande si vous croyez travailler à votre bonheur en faisant fortune.

— Oui, répondit-il : je ne vois le bonheur que dans l'activité, la lutte et le succès. Je ne suis pas un philosophe comme vous, je ne suis même pas du tout philosophe, si la sagesse consiste dans la modération des désirs; mais je m'imagine qu'il y a une autre sagesse, qui consiste à tirer de sa volonté tout ce qu'elle peut nous donner.

— Si vous le prenez ainsi, c'est bien. Vous obéissez à un instinct; si vous vous en faites un devoir, c'est que vous voulez rendre votre énergie utile aux autres.

— Un homme qui entreprend beaucoup, reprit-il, est toujours utile aux autres. Il fait travailler, et le travail profite de proche en proche au monde entier. Vous savez que je traite bien mes ouvriers et qu'ils gagnent avec moi. Je me sens très actif et plein d'idées, mais je manque d'instruction. Avec vous, je ferai de grandes choses!

Il me soumit alors un plan assez ingénieux. Il était possesseur d'une assez vaste étendue de terres stériles dans une des vallées alpines qui aboutissent à la vallée du Rhône. Le fond du sol était bon; mais, chaque année, le torrent de la Brame le couvrait de sable et de graviers. Il eût fallu des travaux d'endiguement dont la dépense était trop considérable pour lui. Il avait l'idée de sacrifier une partie de son terrain pour sauver l'autre, de creuser chez lui un canal par où l'eau s'écoulerait en faisant de sa propriété une île. Les terres retirées du canal et rejetées sur cette île en feraient un mamelon que, dans ses plus fortes crues, le torrent ne pourrait couvrir. L'idée était bonne; restait à savoir, d'après l'inspection des lieux et la nature du terrain, si elle était réalisable.

Nous traversâmes un col de montagne à travers un glacier, et, à quelques milles au-dessous, nous nous arrêtâmes au flanc d'une belle colline dont une partie appartenait à mon patron. Il y possédait, en outre, un grand chalet richement quoique rustiquement construit, et flanqué de dépendances bien aménagées pour les troupeaux, les récoltes, les abeilles, etc.

A l'aspect de cette belle et pittoresque demeure, située de la façon la plus charmante dans une région tiède et entourée de riches pâturages, j'éprouvai un vif désir de me rendre sérieusement utile à mon ami et de fixer ma vie près de lui.

Comme je lui faisais compliment de son habitation, un nuage passa sur son front.

— Oui, dit-il, c'est une résidence de prince pour un homme comme moi! On y serait heureux avec une femme et des enfants, et pourtant j'y vis en garçon et n'y demeure qu'en passant. Je vous expliquerai cela... plus tard! Il faudra bien que vous sachiez tout, si vous y restez.

Un jeune homme brun, à l'accent étranger, à la figure intelligente et distinguée, et vêtu en villageois recherché, vint au-devant de lui avec des démonstrations de joie.

— La maîtresse est allée vendre deux chèvres, lui dit-il. C'est elle qui va être surprise et joyeuse en rentrant!... Et comment va la santé? Et combien de temps aura-t-on le contentement de vous garder cette fois?

— C'est bon, c'est bon, Tonino! répondit le patron d'un ton assez brusque, quoique bienveillant. On verra ça. Ne nous étourdis pas de compliments et fais-nous dîner si tu peux.

Le repas fut excellent et servi avec une propreté extrême. Tonino paraissait être à la fois un ouvrier et un domestique. Il était plein d'adresse pour manier la vaisselle, et il commandait à la servante aussi bien qu'eût pu le faire une maîtresse de maison; mais la véritable maîtresse arriva pour nous servir le café.

— Voilà ma sœur, me dit le patron en la voyant descendre le sentier qui nous faisait face.

Je regardai cette femme. J'attendais une forte et respectable matrone. Je fus surpris de voir une petite personne mince, élégante, alerte, et qui me parut toute jeune.

— Elle a trente ans, quinze ans de moins que moi, me dit le patron; elle est d'un second mariage de mon père. Nous avons mis nos intérêts en commun, parce qu'elle s'entend à les faire valoir, et que nous ne devons nous marier ni l'un ni l'autre.

Je craignis d'être indiscret en demandant la cause de cette étrange restriction. Il pouvait être trop tard pour Jean; mais, quand je vis sa sœur de plus près, je restai convaincu qu'il n'en était pas ainsi pour elle. Elle avait une de ces figures un peu fatiguées et mobiles qui n'ont pas d'âge bien précis. Dix fois en une heure, elle paraissait plus ou moins âgée qu'elle ne l'était réellement; mais plus ou moins jeune, elle était remarquablement jolie. Elle appartenait à un type dont je n'ai jamais rencontré l'analogue. Menue sans être maigre, extrêmement bien faite, brune de cheveux, avec des yeux bleus et la peau blanche, régulière de traits comme un profil grec, elle avait dans tout son être je ne sais quoi d'anormal et de mystérieux. Elle était railleuse, incisive même, avec une physionomie sérieuse; prévenante, hospitalière et pleine de soins délicats, avec une brusquerie singulière; distinguée, spirituelle, aimable, et tout à coup entêtée, épilogueuse, et presque blessante dans la discussion. Elle me fit un accueil très froid, ce qui ne l'empêcha pas de me combler d'attentions, comme si j'eusse été un maître et comme si elle eût été une servante. J'en étais embarrassé, et, quand je la remerciais, elle ne paraissait pas entendre et regardait ailleurs. Elle ne témoigna aucune curiosité de me voir là, ne s'enquit de rien et sortit avec Tonino pour aller préparer ma chambre.

Jean Morgeron, qui m'observait, vit bien que j'étais frappé de cette originalité et que j'en étais même un peu gêné.

— Ma sœur vous étonne, me dit-il. Elle est assez étonnante, en effet. Elle est d'une autre race que moi; sa mère était Italienne, et Tonino est son cousin. C'est une nature bien difficile à manier et qui ne se rend à l'opinion de personne; mais elle a tant de courage, tant d'intelligence, d'activité et de dévouement, qu'elle n'a pas sa pareille dans le

tous les gens à imagination vive, il arrangeait les chiffres au gré de ses désirs et de ses espérances. J'établis froidement mes calculs en me faisant rendre compte de toutes choses dans le moindre détail, et je reconnus qu'il mangerait à coup sûr tout ce qu'il possédait avant d'avoir réalisé le moindre bénéfice sérieux.

Il prit de l'humeur en voyant que je ne me trompais pas, et il maudit les chiffres. Il discuta longtemps et finit par se rendre à l'évidence.

Alors, il s'écria avec une sorte de désespoir:

ELLE APPARTENAIT A UN TYPE DONT JE N'AI JAMAIS RENCONTRÉ L'ANALOGUE.

monde pour se rendre utile. Si nous changeons ici quelque chose, il faudra batailler pour qu'elle l'accepte; mais, une fois qu'elle l'aura accepté, elle vaudra dix hommes pour l'exécuter.

— Et si elle ne l'accepte pas?

— J'y renoncerai. Je veux la paix. Je la laisserai gouverner ici comme elle l'entend, et je ferai un autre établissement où je pourrai contenter ma cervelle en suivant mes projets à moi tout seul... à la condition pourtant que vous m'aiderez, si vous trouvez que j'ai raison.

Le lendemain, dès le point du jour, j'inspectai la propriété des Morgeron. Le projet de Jean était réalisable et très bon en lui-même; mais il ne savait pas compter, et, comme

— On ne peut donc rien faire de bon en ce monde! Il faut laisser les choses comme elles sont, quand même on sait le remède! Je verrai donc ce maudit torrent manger mon bien jour par jour, heure par heure, et aucun sacrifice ne me sauvera! Puisqu'il doit me ruiner si je le laisse faire, ne vaut-il pas mieux que je me ruine en lui résistant? N'est-ce pas humiliant pour un homme de rester là, les bras croisés, devant un fléau stupide, quand, avec sa volonté, il devrait le vaincre?

— Vous m'avez demandé de vous aider à faire fortune, lui répondis-je. Si ce n'est pas là votre but, risquez-vous. Vous n'avez, m'avez-vous dit, ni femme, ni enfants. Si l'amour-propre seul vous pousse à faire une chose hardie et remarquable, faites-la; mais songez aussi à la honte d'être ruiné et d'être traité de fou par ceux-là mêmes qui profiteront de votre désastre.

— Oui, reprit-il, je sais cela. Quand j'aurai fait de mon marécage une île florissante, prête à me récompenser de mes peines, il me faudra la vendre à bas prix pour payer mes dettes, et d'autres s'enrichiront à ma place en se moquant de moi! Mais, après eux et après moi, des gens viendront là s'établir et prospérer, et ils diront : « En attendant, c'est lui qui a fait cette chose et créé cette terre! cet homme-là avait des idées et du courage, ce n'était pas un homme ordinaire! » Et le tas de pierres et de sable que voici sera un beau domaine qu'on appellera l'*île Morgeron*!

Il était si beau dans son orgueil, que je le dissuadai à regret; mais il fut amené à m'avouer que, sans l'aide de sa sœur dans une telle entreprise, il serait forcé de laisser les travaux inachevés, et il me parla d'emprunter les fonds nécessaires. C'est alors que je l'arrêtai résolument.

— Ne vous risquez pas, lui dis-je, dans une affaire où le succès serait une question d'honneur, non seulement pour votre amour-propre, mais encore pour votre conscience. Trouvez des actionnaires, donnez votre idée, votre travail, votre terre; s'ils ont confiance, laissez-les diriger les travaux, vous en charger si bon leur semble, vous associer à leurs profits s'ils en font; mais ne prenez pas sur vous la responsabilité de leur faire gagner de l'argent, et surtout n'empruntez pas pour votre compte : avec votre imagination vous seriez perdu.

Il se rendit, et résolut de soumettre son plan à des riverains qui pourraient le seconder. Je dus dresser ce plan et l'appuyer de tous les calculs nécessaires; mais je voulus l'accompagner aussi du calcul de toutes les éventualités qui pouvaient doubler et tripler les dépenses : les crues subites qui pouvaient ruiner les travaux commencés, la dureté de certaines roches, le manque de solidité de certaines autres, etc., etc. Ces prévisions si simples le consternèrent.

— Nous ne réussirons pas, dit-il; nous ne trouverons pas autour de nous des gens assez riches ou assez confiants pour savoir risquer. Laissons dormir ce projet jusqu'à ce que je découvre les actionnaires qu'il me faudrait. Demain, je vous parlerai d'autre chose.

Tout cela avait pris huit jours. Nous vivions bien, bonne chère, bon gîte, et tout le confortable d'une maison bien tenue et d'une exquise propreté. J'admirais l'ordre et l'activité de mademoiselle Morgeron, l'intelligence et la soumission de Tonino. Il me semblait qu'avec moins d'ambition Jean eût

pu être le plus heureux des hommes; car sa sœur, tout en raillant, avec plus de clairvoyance que de douceur, son besoin de *faire parler de lui*, lui témoignait une affection réelle et une sollicitude de tous les instants.

Mon rôle vis-à-vis de cette jeune femme eût pu être embarrassant, si elle m'eût pris en méfiance; mais elle vit bientôt que, si j'avais de l'influence sur son frère, je ne m'en servais que pour modérer son exaltation. Dès lors, elle me traita avec déférence et me laissa le désabuser tranquillement.

Au bout de la semaine, croyant avoir remporté la victoire, je songeais à quitter mes hôtes, car Jean ne me parlait d'aucun autre projet, et je ne voyais pas en quoi je pouvais lui être utile dans une propriété de médiocre étendue et parfaitement bien exploitée par sa sœur. Pourtant il me parut triste lorsque je lui fis entendre que je devais m'en aller. Il ne me répondit pas et mit sa tête dans ses mains en étouffant de formidables soupirs. Il ne dîna pas, garda le silence toute la soirée, et je vis, à la manière dont sa sœur le regardait sans l'interroger, qu'elle n'était pas sans inquiétude sur son compte.

Au coucher du soleil, j'allai m'asseoir sur une roche pour contempler l'admirable paysage qui nous entourait; tout à coup quelqu'un que je n'avais pas entendu venir dans l'herbe épaisse de la prairie s'assit auprès de moi. C'était Félicie Morgeron.

— Écoutez, me dit-elle, vous êtes trop honnête et trop raisonnable. Il faut en rabattre un peu et aviser avec moi à contenter la folie de mon frère. Je le connais, il sera malade, il mourra peut-être du chagrin où il est tombé depuis trois jours. Je ne peux pas supporter cela, moi! Vous avez vu que j'ai fait mon possible pour le ramener à la raison. Je l'ai pris par sa vanité, je l'ai raillé, je l'ai fâché; rien n'y a fait. Il aime son rêve un peu plus qu'auparavant. Voilà dix ans qu'il s'en nourrit, il ne songe à gagner de l'argent que pour le dépenser dans ce travail. Il n'est pas possible de le dissuader à présent, il est trop tard. Il faut donc faire ce qu'il veut, et je viens vous dire que je ne m'y oppose plus. Ne lui dites pas cela, il serait trop fier de m'avoir vaincue, et il irait tout de suite dans ses projets au delà de ce que nous possédons l'un et l'autre. Mettez-vous à la tête de son entreprise, puisqu'il le désire; seulement, employez votre sagesse et votre habileté à faire durer cela longtemps, dix ans, quinze ans, si c'est possible... Quand nous n'aurons plus rien, il faudra bien s'arrêter; mais il aura vécu dix ou quinze ans heureux, et cela vaut bien la peine que je me sacrifie.

J'admirai le dévouement de mademoiselle Morgeron; mais je crus devoir la rassurer sur les suites du chagrin de son frère. Il ne me paraissait pas possible qu'il prît la chose à cœur au point d'en mourir.

— Sachez, reprit-elle, que je crains quelque chose de pis. Il peut en devenir fou; vous ne savez pas comme il est exalté. Il n'ose pas vous le laisser voir, mais il ne dort pas depuis huit nuits, il se promène dans sa chambre ou dans la campagne, il parle tout seul, il a la fièvre. Je ne veux pas de cela, vous dis-je. Quand, avec de l'argent, on peut empêcher un grand malheur et sauver la personne qu'on aime le mieux au monde, je ne comprends pas qu'on hésite.

— Vous êtes un grand cœur, lui dis-je en lui tendant la main et en serrant la sienne avec émotion. Ce que vous pensez là est bien et me réconcilie tout à fait avec vous.

— Vous m'avez crue intéressée, n'est-ce pas? reprit-elle d'un ton d'indifférence.

— Quand on travaille comme vous avec une activité fiévreuse, c'est pour réaliser des projets d'avenir quelconque, et abandonner ces projets, c'est, pour une nature positive et sensée comme la vôtre, un sérieux sacrifice.

— Je ne sais pas si je suis sensée, mais je suis positive en effet. J'ai toujours travaillé pour le plaisir de travailler, je ne pourrais pas vivre autrement. J'aime l'ouvrage bien fait. Quant à mes projets, je n'en ai pas pour mon compte. Vous voyez que le sacrifice n'est pas grand.

— Ce que vous me dites là m'étonne, mais je n'ai ni le droit ni l'intention de vous interroger. Permettez-moi seulement de vous dire que je ne puis me prêter à votre ruine, et que je ne veux encourager la témérité de votre frère par aucun adoucissement à la vérité que je lui ai dite et prouvée. Je ne suis pas ingénieur, mais j'ai assez d'expérience et d'observation pour être convaincu que je ne me suis pas trompé. Comment voulez-vous que je revienne sur mon assertion?

— Ne vous déjugez pas, mais acceptez de l'aider à risquer le tout pour le tout. Voyons, monsieur Sylvestre, il le faut! Ne croyez pas que votre prévoyance l'ait dégoûté de son rêve. Plus il le voit difficile et dangereux, plus il l'aime. Si vous le quittez, il cherchera un autre conseil qui sera probablement moins scrupuleux et moins éclairé que vous, et qui, au lieu de ménager le temps et de

— VOUS ÊTES UN GRAND CŒUR
LUI DIS-JE EN LUI TENDANT LA MAIN.

retarder la déception, engloutira tout de suite notre avoir et les espérances de mon frère.

L'insistance de Félicie Morgeron me chagrina, et je me défendis du rôle qu'elle persistait à me faire accepter. Elle était d'humeur impérieuse dans la discussion; aussi s'animait-elle très vite; et, perdant patience :

— Comment! s'écria-t-elle, vous avez l'air de me dire que je n'ai pas le droit de me ruiner pour un caprice de mon frère?

Écoutez! il faut en finir. Ce que vous ne savez pas encore, vous l'apprendrez au premier jour, si vous restez seulement une quinzaine encore dans le pays; j'aime mieux vous le dire moi-même tout de suite. Sachez que je dois tout à mon frère, et que je ne vis que pour lui. Il m'a pardonné ce que personne dans la famille et dans la contrée ne me pardonnera jamais. A quinze ans, j'ai été séduite par un étranger qui m'a abandonnée... Mon père, rigide protestant, m'a chassée. Ma mère en est morte de chagrin... J'ai erré sur les chemins, j'ai mendié, repoussée de partout, j'ai été en Italie à pied, avec mon enfant dans les bras, pour retrouver mes parents maternels. Ils étaient dans la misère, pourtant ils m'ont donné asile. J'ai travaillé, mais j'avais trop de fatigue; j'ai été malade, j'ai perdu mon pauvre enfant! Je voulais mourir quand un beau soldat est arrivé auprès de mon lit d'agonie : c'était mon frère Jean qui avait ignoré mon malheur, étant au service. Il venait de l'apprendre, il avait fini son temps, il venait me chercher. Sa bonté et son amitié m'ont sauvée. Il m'a aidée à me remettre, il m'a amenée ici. Notre père s'est brouillé avec lui parce qu'il me pardonnait. Sa fiancée, qui attendait son retour, a déclaré qu'elle n'épouserait pas le frère complaisant d'une fille perdue, et que, si je restais au pays, elle se marierait avec le rival de Jean. Jean m'a caché tout cela; il m'a gardée et soignée deux ans, car j'étais si faible et si malade encore, que je n'étais bonne à rien. Il n'a pas reçu la bénédiction de son père mourant, il ne s'est pas marié, il a été mal vu de tous ses voisins, il passe encore pour une mauvaise tête et pour un homme sans religion, tout cela à cause de moi. Que voulez-vous! ils sont comme cela dans ce pays de dévots. Catholiques et protestants font assaut d'intolérance. Je suis donc une fille perdue et sans avenir, et j'ai perdu aussi l'avenir de mon frère. Nous étions pourtant assez riches pour trouver, lui une femme, et moi un mari; mais il eût fallu descendre trop bas, notre orgueil s'y est refusé. Ce qui a sauvé mon frère de l'ennui et du chagrin, c'est justement ce qui vous paraît devoir le perdre, c'est son goût pour les entreprises. Il aurait certainement fait les grandes choses qu'il rêve, s'il était plus instruit et plus patient. Il sait ce qui lui manque, il en souffre. Il sait qu'il a des idées, mais qu'elles se tiennent mal. Moi, j'ai plus de tête, mais je ne sais pas inventer, et, voyant que ses inventions ne valent rien, je le contrarie sans l'éclairer. Nous nous disputons; je ne le rends pas heureux. Mon travail régulier l'impatiente; pourtant je ne travaille que pour lui, je n'aime que lui, je

ne cherche à acquérir que pour le mettre à même de dépenser, et l'ordre qu'on voit ici fait qu'on est forcé de nous rendre justice sous un rapport. On reconnaît que nous nous rendons utiles, et que, si nous sommes des impies, comme on dit, nous ne sommes pas des avares et des lâches. A présent, monsieur, vous savez tout, et vous voyez bien que, si mon frère tient à son idée, je dois l'adopter, bonne ou mauvaise, dussé-je y voir passer tout notre patrimoine et toutes mes économies, dussé-je mendier encore et gratter la terre avec mes mains.

— Eh bien, répondis-je vivement impressionné par ce que je venais d'entendre, il ne faut pas que cela arrive! Il faut dépenser noblement et utilement votre fortune en nourrissant l'ambition de votre frère de projets réalisables. Je le connais assez maintenant pour savoir qu'il a la passion de l'initiative; il faut donc lui faire trouver lui-même l'aliment nécessaire à son activité d'esprit. Il est impossible qu'il n'y ait pas chez vous ou autour de vous quelque chose de sérieux à entreprendre. Je sais qu'il a en tête une autre idée sur laquelle je n'ai pas voulu le faire s'expliquer. Je craignais de vous déplaire et d'encourager quelque nouvelle rêverie; mais qui sait s'il n'est pas une meilleure piste, et si je ne pourrais pas l'y pousser cette fois sans manquer à ma conviction et sans vous faire courir de trop gros risques? Laissez-moi le tenter, et, s'il faut que vous y perdiez de l'argent, tâchons que vous en retiriez au moins quelque gloire.

— Il ne s'agit pas de gloire pour moi, reprit Félicie. Je ne me soucie de rien au monde. Tout est rompu à jamais entre l'opinion et moi : j'en ai pris mon parti, je n'en souffre plus, ma vie est trop occupée pour que j'y songe; mais mon frère a besoin qu'on parle de lui, et qu'après l'avoir blâmé et raillé de ce qu'on appelle sa faiblesse on connaisse son énergie. Faites donc tout pour lui et rien pour moi, si vous voulez que je vous bénisse et que je vous aime.

Elle me quitta sans attendre ma réponse, après avoir dit d'un ton brusque et assez froid ces paroles à la fois énergiques et tendres.

Je savais maintenant ou croyais savoir tous les secrets de la famille, et je m'effrayais un peu, non de leur rendre service, mais d'avoir à fixer ma vie au sein de ces existences troublées. J'éprouvais un grand besoin de repos après mes propres désastres; mon rêve eût été la liberté et l'isolement, c'est-à-dire le travail au jour le jour et l'absence de responsabilité. Je craignais, en me liant à la destinée agitée et assez exceptionnelle des Morgeron, de ne pas me trouver plus habile et plus heureux qu'avec ma propre famille, et ce n'est pas sans appréhension que je me voyais investi par la confiance de Félicie d'un devoir très grave et qui pouvait m'assujettir à jamais.

Pourtant je l'avais accepté, ce devoir, sous le coup de l'émotion. Le bref et rude récit de cette fille déchue et stoïque m'avait vivement intéressé à elle, à son frère encore plus. Il y avait chez ces deux êtres, à défaut de charme et de candeur, une certaine grandeur d'idées et de sentiments qui s'imposait à mon respect. Jalousés pour leur fortune, critiqués pour leur excentricité, honnis pour la tâche qui pesait sur eux, ils avaient besoin d'un ami. Le premier pas que je faisais dans la liberté de mon *incognito* me mettait donc en présence d'une tâche délicate. Je ne crus pas devoir m'y soustraire; poussé par mon cœur et par ma conscience, je me laissai rouler sur la pente qui devait m'entraîner à un nouvel abîme de tourments et de douleurs.

Ce qui me décida entièrement, ce fut la découverte que je fis, dès le lendemain, d'un moyen facile et sûr de réaliser le rêve de mon hôte. Au point du jour, j'errais dans sa propriété, examinant tout avec un soin nouveau et m'acharnant à interroger tous les accidents du terrain. C'était, à vrai dire, une propriété aussi étrange que ceux qui l'exploitaient. Elle se composait de deux régions superposées bien distinctes. La partie située au flanc de la montagne était une zone de terres excellentes, soutenues de place en place par les contreforts du rocher abrupt. De riches herbages, des vignes, des vergers et des céréales prospéraient dans cette région, au niveau et assez loin au-dessus du chalet; mais au-dessous tout était désordre et ravage. Deux petits torrents qui se donnaient rendez-vous dans une gorge étroite et profonde aidaient le torrent principal à bouleverser les terres et à entasser les galets. La montagne, brisée et crevassée en mille endroits, offrait un labyrinthe de débris, de blocs perdus dans les marécages, d'arbres entraînés des hauteurs, de fissures mystérieuses, de recoins sauvages, d'abîmes impénétrables. Ce chaos de rochers, de sables et de verdure eût fait la joie d'un peintre, et, sans être peintre, j'avoue que je n'eusse voulu y rien changer, si ce fantastique domaine eût été mien.

Mais en explorant, au péril de ma vie, la gorge où se déversaient à grand bruit les deux torrents, je découvris quelque chose que l'on eût pu appeler une mine de terre : c'était un amas enfoui de terre végétale de la meilleure qualité. Arracher cette terre à l'abîme où elle s'était amoncelée depuis quelques années dans une profonde fissure sous-rocheuse eût été un travail gigantesque;

mais forcer les eaux, qui avaient enseveli là leurs apports, à en conduire ailleurs de nouveaux et à les livrer à la culture, ne me parut pas très difficile. Il ne s'agissait que de briser à la mine une roche qui leur fermait le passage et de diriger leur course sur la presqu'île dont Jean avait l'ambition de faire une île. Ce sol bas, que la rivière inondait sans cesse, devait se renfler et s'élever vite à une certaine hauteur capable de résister aux flots, si nous parvenions à l'enrichir de tous les débris et de tous les détritus féconds que charriaient les petits torrents. Il s'agissait de savoir si ces débris partaient d'une région assez riche et assez étendue pour ne pas s'épuiser avant de nous avoir fourni l'amas nécessaire.

J'allai chercher Jean; il était sombre, il n'avait ni dormi ni déjeuné. Quand je l'eus interrogé sur ce que je voulais savoir :

— Eh! monsieur, s'écria-t-il avec amertume, vous tenez mon idée! J'avais découvert la mine de terre, et, comme elle m'appartient, je songeais aux moyens de l'extraire de son abîme; mais l'endroit a été creusé et arrangé par le diable, et, pour rendre le transport praticable, il faudrait des ressources que je n'ai pas.

— Aussi, lui dis-je, il n'y faut pas songer. Il faut avoir la mine à ciel ouvert, des terres que les eaux vous amènent. Où sont-elles situées? Vous devez le savoir.

— Oui, je le sais ; elles appartiennent à un pauvre hère qui ne peut les sauver, il n'a pas le moyen d'endiguer sa terrasse; mais, s'il devine que je veux les utiliser à mon profit, il m'en demandera trois fois ce qu'elles valent.

— Eh bien, laissez-moi établir mes calculs, et, si nous trouvons que ces terres rendues chez nous sans frais, puisque le torrent se chargerait de la besogne, doivent nous valoir en bas vingt fois ce qu'elles valent en haut, payez six fois ce qu'elles valent en haut. N'hésitez pas, ce sera encore de l'argent bien placé.

— Mais que ferons-nous de ces terres charriées quand nous les aurons, puisqu'elles se perdent dans des gouffres qui ne seront peut-être pas comblés dans cent ans?

Je vis que Jean n'avait pas saisi mon plan, et ne cherchait pas beaucoup à le saisir. Il n'aimait que ses propres fantaisies. Il fallait donc non seulement lui faire adopter mon idée, mais encore lui persuader qu'il en était le père.

— Monsieur Jean, lui dis-je, vous vous moquez de moi. Vous avez parlé par métaphore, pensant que je ne vous devinerais pas; mais je sais fort bien que vous comptez amener le torrent sur la presqu'île.

Un éclair passa sur son front; cependant il hésita à se parer de ma découverte.

AU POINT DU JOUR J'ERRAIS DANS SA PROPRIÉTÉ, EXAMINANT TOUT AVEC UN SOIN NOUVEAU.

— Est-ce que je vous ai dit, s'écria-t-il, que je croyais pouvoir faire cette chose-là?

A mon tour, j'hésitais à mentir; mais il fallait mentir pour le sauver, et je prétendis qu'il me l'avait donné à entendre. En même temps, je lui glissai adroitement la notion que j'avais acquise en explorant le rocher, si facile à faire sauter.

Je vis dans ses yeux ardents un combat sérieux entre son orgueil d'inventeur et sa loyauté naturelle. Sa loyauté l'emporta.

— Vous me trompez, dit-il en m'embrassant, je n'avais jamais songé à ce que vous dites; mais il y a autant d'honneur à adopter une bonne idée qu'à l'avoir engendrée. Nous ferons sauter cette masse, nous achèterons la prairie de là-haut, nous... Non! nous achèterons la prairie d'abord, et, quand nous l'aurons, nous l'aiderons avec la sape et la pioche à dégringoler... Non! nous irons prudemment pour ne pas encombrer les ressauts du torrent, qui sont terribles, et puis je vois d'ici la presqu'île monter, monter comme par enchantement!... En dix ans, ce sera une montagne ou tout au moins une colline. On pourra l'endiguer convenablement. J'ai des pieux énormes, superbes; la coupe de bois que j'ai achetée près du Simplon, et où vous avez travaillé pour moi, n'était pas destinée à autre chose. A présent, ma sœur ne dira plus que c'est de l'argent perdu à endiguer des galets. Nous aurons par an un mètre d'épaisseur de bonnes terres de bruyère; nous...

— Attendez, vous allez vite! Sachons les dégâts commis là-haut par le torrent chaque année. Cela est facile à établir; allons-y en nous promenant.

— Je veux bien, mais je sais la chose. Je sais quelle était l'étendue de la prairie il y a vingt ans. Les eaux n'y passaient pas dans ce temps-là. Depuis qu'elles se sont frayé le passage par là, elle a diminué d'un quart. A présent, elle va s'en aller en bloc, la roche qui la porte est minée en-dessous, on peut l'aider probablement. Allons-y, allons-y!

— Partons, lui dis-je en rentrant avec lui à la maison; mais déjeunez auparavant et priez votre sœur de nous accompagner. Quand elle aura vu par ses yeux, elle comprendra, et vous aurez son approbation et son concours.

— Je ne sais pas de quoi il s'agit, répondit Félicie, qui rentrait avec le déjeuner servi sur un beau plateau de bois de figuier; mais vous m'aurez avec vous, Jean, si monsieur Sylvestre s'engage à être l'ingénieur, et si vous écoutez ce qu'il vous dira.

— J'en jure par le Rutli! s'écria Jean.

Et il déjeuna avec moi de grand appétit.

Félicie alla mettre sa jupe courte, son chapeau rond et ses souliers à crampons. Elle était habillée ordinairement en demoiselle de campagne. Le costume de montagnarde la rendait vraiment jolie. Les nattes pendantes de ses cheveux bruns lui descendaient jusqu'aux jarrets. Sa jambe fine et nerveuse était un modèle d'élégance. Aux habitudes de force et de travail des Suissesses, sa nature italienne ajoutait la grâce et la distinction.

Elle partit en avant avec Tonino, qui avait pris aussi l'habillement montagnard nécessaire à une promenade sur des escarpements assez sérieux. Tonino était un garçon fait au tour et d'une physionomie frappante de finesse aimable et de pénétration caressante. Trop mince et trop brun pour plaire aux gens du pays, il me paraissait devoir exercer un jour sur des natures plus exquises une puissance réelle.

— Laissons passer ce beau couple, me dit Jean d'un air de bonne humeur, en s'armant de son bâton ferré, et en m'en donnant un semblable. Nous allons, tous deux, monter tout droit par le couloir des eaux. Ce ne sera pas facile, je vous en avertis; mais vous avez bon pied, bon œil, et j'ai besoin que vous connaissiez les détours et les chutes de *notre torrent porteur de terre*.

L'ascension fut, en effet, des plus pénibles, et en plusieurs endroits des plus dangereuses. Si une pluie d'orage nous eût surpris là, nous étions perdus; mais le temps était superbe, et le torrent supérieur amenait peu d'eau. Nous pûmes constater que nulle part il ne rencontrait d'obstacles sérieux, et qu'en le débarrassant çà et là de quelques roches il pourrait nous descendre, dans ses jours de colère, une très notable quantité de terre. Les deux rives appartenaient aux Morgeron, l'une à Félicie, l'autre à Jean. Cette rigole presque verticale servait de limite à leurs héritages.

Jean était radieux, exalté. Il parlait aux *rapides* frissonnants et aux cascades grêles qui chantaient sur notre tête et sous nos pieds.

— Tu pourras te fâcher à présent, petite méchante, disait-il à l'eau harmonieuse et limpide qui nous enveloppait dans le brouillard irisé de ses chutes : plus tu gronderas, plus nous serons contents; plus tu croiras nous faire de mal, plus tu nous feras de bien!

Parvenus au sommet de son parcours, nous dûmes gravir l'escarpement de la montagne pour ne pas être entraînés par la chute principale qui mesurait une dizaine de mètres. En nous retenant aux petits mélèzes qui croissaient dans la roche, nous pûmes examiner la brèche que faisait cette eau en se précipitant, et les couches dénudées nous permirent de nous assurer qu'il y avait là une belle épaisseur de terre de bruyère reposant sur le roc compact et inexpugnable.

Quand nous eûmes gagné à grand'peine la corniche, nous trouvâmes Félicie et son jeune

JEAN ÉTAIT RADIEUX, EXALTÉ.

cousin qui nous attendaient dans la prairie appelée la Quille, à cause d'une dent calcaire qui s'élevait au milieu. Nous étions baignés de sueur.

— Reposez-vous là au soleil, nous dit Félicie; après quoi, nous nous assoirons à l'ombre de la Quille, et vous y trouverez du lait que nous avons pris au chalet de Zemmi.

— Est-ce qu'il est là, par hasard, le propriétaire? demanda Jean Morgeron.

— Non, il n'y vient guère, il n'aime pas l'endroit, voyant quel mal sans remède les eaux lui font. Nous n'avons trouvé que son berger. C'est un enfant sans malice! vous pourrez examiner tout, sans que cela tire à conséquence.

Nous passâmes l'après-midi sur cette croupe gazonnée que dominait une dernière cime rocheuse. Le torrent venait d'un glacier voisin dont le pied se soudait presque au sommet de la montagne relativement peu élevée où nous étions. Je pus m'assurer que, pendant des années au moins, cette fonte de neiges suivrait le cours qu'elle s'était récemment tracé. Je vis aussi que la croupe qu'elle travaillait à entamer de plus en plus était très riche et presque toute formée des épais détritus d'une ancienne forêt. Tout allait au gré de nos désirs. Jean Morgeron, transporté de joie et d'enthousiasme, se fatigua tant à marcher et à parler, qu'il se grisa avec son imagination en buvant du lait, et alla dormir, de guerre lasse, dans le chalet de Zemmi. Plus calme, je résistai mieux, et je marchai encore autour de la Quille, où se reposaient Félicie et Tonino, bien abrités du vent et du soleil, dans un creux pratiqué sans doute à cet effet par les bergers.

Je ne songeais certes pas à les observer. Le hasard me fit surprendre une petite scène d'intimité qui s'empara de mon attention.

Félicie Morgeron était assise sur l'herbe, et ses grands yeux bleus semblaient planer sur l'horizon. Tonino, couché auprès d'elle dans l'attitude du sommeil, avait les yeux ouverts et la regardait avec une expression à la fois extatique et mutine. Il tenait une de ses tresses pendantes, et, au moment où je passais derrière eux, il colla cette tresse à sa bouche et l'y garda. Félicie ne s'en aperçut pas d'abord,

et, quand elle s'en aperçut, elle la lui retira brusquement et lui porta un soufflet qu'il para avec ses mains. Elle insista et le frappa sur la tête en le traitant d'imbécile. Il me sembla pourtant qu'elle n'y mettait pas de sévérité bien réelle et qu'un sourire mal dissimulé tempérait sa feinte colère. Quant à lui, il riait, ne paraissait ni honteux, ni repentant, ni effrayé de s'être trahi, et il cherchait à saisir la main qui le corrigeait.

Je ne sais si Félicie vit que j'étais là, mais

ELLE LUI PORTA UN SOUFFLET QU'IL PARA AVEC SES MAINS.

tout à coup elle parut fâchée et ordonna au jeune homme d'aller voir au chalet si son frère dormait toujours. Il obéit, et mademoiselle Morgeron m'appela auprès d'elle en m'engageant à me reposer. Elle me remercia vivement d'avoir rendu l'énergie et l'espérance à son frère, et me demanda si l'entreprise était réellement bonne.

— S'il en était autrement, lui dis-je, je ne la lui aurais pas suggérée.

— Vous auriez tort, reprit-elle; il faut le contenter et l'amuser à tout prix!

Je ne voulais pas recommencer la discussion de la veille. Je lui dis, avec fermeté cette fois, que je ne m'emploierais jamais sciemment à la dépouiller de sa fortune, et, sans le vouloir, je lui fis peut-être sentir que je la trouvais trop jeune pour renoncer à toute pensée d'avenir personnel.

Elle devina ma préoccupation, ou elle interpréta, d'après la sienne propre, les paroles que je disais.

— Vous croyez que je peux songer à me marier? dit-elle en me regardant fixement.

— Je ne crois rien; mais vous avez trente ans, vous êtes jolie, vous pouvez et vous devez inspirer de l'amour.

— On peut toujours inspirer de l'amour, reprit-elle; mais l'estime?

— Si vous n'avez à vous reprocher que le malheur dont vous m'avez parlé hier, vous l'avez expié rudement, ce me semble, et on serait lâche de vous le reprocher. Le dévouement que vous avez pour votre frère doit vous relever aux yeux d'un homme juste, et, quant à moi, si vous êtes telle que vous vous êtes montrée hier, si votre vie est un renoncement absolu, un travail incessant pour acquitter la dette de la reconnaissance, je trouve que vous avez droit au respect.

— Si!... Vous voyez bien que vous dites si! C'est-à-dire que, si j'avais une pensée pour moi, si je nourrissais la moindre espérance de bonheur pour mon compte, je ne mériterais plus le respect que vous m'accordez!

— Toute épreuve a son terme. Votre faute... — je me sers de ce mot, ne pouvant apprécier un fait que l'on qualifie ainsi en général, et qui, dans certaines conditions, peut être simplement un malheur, — a eu des conséquences si graves pour votre frère, que j'aurais une mauvaise opinion de vous, si vous ne l'eussiez réparée par un repentir sérieux et une conduite rigide. A présent, vous offrez, s'il en est ainsi, des garanties complètes à l'opinion, et un homme d'honneur devrait certes vous s'en contenter.

— Je ne veux pas me marier. reprit-elle; je ne veux pas être aimée, je ne veux pas être heureuse, je ne le dois pas. Ce que j'ai est à mon frère ' un mari ne l'entendrait pas ainsi et m'empêcherait de lui tout sacrifier; mais je veux savoir si je suis digne d'estime, comme vous le dites. Je veux vous raconter mon histoire avec plus de détails. — Va-t'en, dit-elle à Tonino, qui revenait pour lui dire que Jean dormait toujours. Ne le réveille pas, et retourne à la maison.

— Sans vous, patronne?

— Sans moi; j'ai à parler avec monsieur. M'entends-tu? Dépêche-toi!

Tonino fit quelques lazzi sur l'ennui de s'en aller seul. Il voulait obtenir un sourire, et il ne l'obtint pas. Cette fois, il me sembla qu'on le regardait comme un enfant, et que ce que j'avais vu ou cru voir dans les yeux étranges de Félicie ne tirait pas à conséquence.

Quand nous fûmes seuls, elle me raconta ce qui suit :

— Ma naissance est aussi singulière que ma vie. Je suis noble par ma mère, mon grand-père était comte, Tonino est baron. Notre famille est tombée dans la misère au siècle dernier, à la suite des pertes de jeu de notre aïeul, le comte del Monte. Son fils Antoine fut forcé de donner des leçons de musique sous le pseudonyme de Tonio Monti. Il épousa une fille noble et ruinée comme lui, eut beaucoup d'enfants, et, réduit sur ses vieux jours à la dernière détresse, il joua du violon sur les chemins, en compagnie de sa dernière fille Luisa Monti (ma mère), qui était belle et chantait bien.

» Ce pauvre grand-père qui n'avait aucun vice, qui manquait d'ordre et de prévoyance, était, quand même, un digne homme et un homme excellent. Je l'ai connu, je vois encore sa belle tête triste et douce, sa longue barbe blanche, son costume antique, ses belles mains soignées, son violon dont l'archet était orné d'une agate où ses armes étaient gravées.

» Dans une de ses tournées en Lombardie, il passa la frontière, et, se rendant à Genève, il dut s'arrêter quelques jours à Sion. C'est là que vivait Justin Morgeron. Paysan enrichi devenu bourgeois, propriétaire de plusieurs fermes, il vivait à la ville avec Jean son fils unique. Il avait perdu sa femme peu de temps après son mariage et il avait quarante ans. Toute sa famille était des plus honorables, et lui-même, protestant rigide, menait la vie d'un homme sérieux.

» Mais, à force d'être sérieux, on sent un jour le besoin des passions. Il donna l'hospitalité à Tonio Monti et à sa fille. Le vieil artiste ambulant était blessé au pied. Le bourgeois charitable le soigna et le garda un mois, et, au bout d'un mois, il était tellement épris de la belle Luisa, qu'il la demanda à son père et l'épousa.

» Ce fut un scandale terrible dans la famille Morgeron, dans la ville et dans le pays. Mon grand-père eut beau prouver la noblesse de sa race et de son caractère, il était artiste! On l'avait vu se traîner boiteux avec sa fille et son violon à la porte des riches! on n'admettait pas que cette jolie fille pût être pure. On la traitait de bohémienne, on ne la saluait pas, on détournait les yeux quand elle passait. Les protestants la méprisaient d'autant plus qu'elle était catholique. Les catholiques la reniaient pour avoir épousé un protestant.

» Mon père se trouva abandonné de tout le monde; son orgueil en souffrit tant, qu'il en devint presque fou, et rendit très malheureuse la pauvre femme pour laquelle il s'était exposé à cette réprobation qu'il n'avait pas voulu prévoir ; une sombre jalousie le dévorait, et il traitait le vieux Monti avec une dureté extrême. Quant à moi, l'unique fruit de ce mariage, il ne m'aima jamais. Je fus élevée dans les orages et dans les larmes. Et pourtant j'étais soumise et laborieuse. J'apprenais tout ce qu'on voulait. Mon grand-père Monti, qui était instruit, me donna une éducation au-dessus de ma condition, croyant me rendre agréable à mon père. Celui-ci, loin d'être flatté de mes progrès, prétendit que je voulais supplanter Jean dans son estime, parce que Jean n'avait pas de facilité pour apprendre, et, malgré tous les soins qu'on s'était donnés pour l'instruire, était resté ignorant.

» J'étais bien loin de vouloir entrer en rivalité avec cet excellent frère qui nous protégeait, mon grand-père, ma mère et moi, contre la tyrannie et les injustices de son père ; mais il nous quitta. Il avait le goût des voyages, et ces orages domestiques l'ennuyaient. Il prit du service, et ma mère, voyant que j'étais insupportable à mon père, obtint que j'irais passer les étés dans une de nos fermes avec le vieux Monti. Je me trouvais heureuse avec lui, mais il tomba malade et mourut. Alors, je me sentis seule au monde. Mon père, au lieu de se calmer, devenait chaque jour plus sombre et plus exalté. Une dévotion farouche l'absorbait. Il voulait me faire abjurer la religion de ma mère, et c'était la seule chose qu'il ne pût obtenir d'elle. Elle me prescrivit de rester à la campagne pour échapper à la persécution religieuse. Ce fut mon malheur : j'avais quinze ans, je me sentais abandonnée d'une part, haïe de l'autre, mal protégée et assez mal vue par les fermiers auxquels on m'avait confiée. Je sentais le besoin d'être aimée, d'entendre quelqu'un me plaindre et me consoler. Un voyageur qui rôdait autour de la ferme me persuada qu'il m'adorait, que je serais sa femme, qu'il m'arracherait à cette triste existence. C'était un homme séduisant, mais c'était un lâche. Il m'abandonna.

» Je vous ai dit le reste, mais je ne vous ai pas parlé de Tonino, et il faut que je vous en parle. Quand je me réfugiai à Lugano, où mon grand-père m'avait dit avoir un fils établi et marié, je trouvai des gens dans la misère. Mon oncle, celui qui succédait au titre de comte, était tisserand. Chargé d'une nombreuse famille, il gagnait à peine de quoi ne pas mourir de faim. Il m'accueillit pourtant avec bonté, et sa femme, qui était blanchisseuse, m'employa comme ouvrière. Quel métier pour une jeune femme épuisée de fatigue et de privations, qui nourrit un petit enfant ! On me fit passer pour veuve, et Tonino, l'aîné des fils de mon oncle, — il

avait alors neuf ans, — s'attacha à moi avec une affection ardente. Il se fit la bonne de ma petite fille. Tout le jour, il la portait sur ses bras, il la berçait ou la faisait rire pendant que je travaillais. A genoux dans la paille mouillée, les bras dans l'eau, je voyais tout le jour à côté de moi ces deux pauvres enfants qui jouaient au soleil, et je ne demandais à Dieu que de conserver l'un et de pouvoir récompenser l'autre. Quand le plus grand de mes malheurs, celui de perdre ma fille, vint m'écraser, Tonino fut ma garde-malade. Il pleurait en silence à côté de mon lit, et me faisait boire en soutenant ma pauvre tête égarée dans ses petites mains. Aussi, quand mon frère vint me chercher, je lui demandai en grâce de me laisser emmener Tonino, et il y consentit. Je l'ai élevé comme mon fils et je l'aime comme mon fils. Trouvez-vous que j'aie tort ?

Mademoiselle Morgeron s'arrêta pour attendre ma réponse.

— Je trouve que vous avez raison, lui dis-je : pourquoi me faites-vous cette question ?

— Parce que vous avez peut-être été choqué de la sévérité avec laquelle je traite ce pauvre garçon. Il le faut, voyez-vous, il est trop expansif, il a le défaut de sa qualité, il est caressant comme un chien. Il est resté si enfant, qu'il faut à chaque instant lui rappeler qu'il devient homme. Il est trop Italien, c'est-à-dire trop démonstratif pour ce pays-ci. Je dois l'habituer à prendre le ton et l'allure du milieu où il doit vivre. Il faut que j'en fasse un homme rangé, un cultivateur aisé, afin qu'il puisse soutenir sa famille sur laquelle je veille en attendant. Le moment approche, mon frère l'a associé dans une certaine proportion aux profits de notre exploitation. J'ai fait pour lui une tirelire depuis dix ans, et bientôt il aura de quoi appeler ses parents auprès de lui et se marier convenablement.

» A présent, parlons de moi seule. Depuis treize ans que je vis ici, j'ai vécu seule ; je n'ai pas regardé si un homme était jeune ou vieux, grand ou petit, brun ou blond. Je n'ai ni aimé, ni souhaité d'aimer, ni regretté de ne pas aimer. Je n'ai pensé qu'à mon devoir, c'est-à-dire au bonheur de mon frère et à l'avenir de Tonino. Je rudoie l'un, je contrarie l'autre. Le malheur m'a rendue amère et peut-être dure aux autres, comme je le suis devenue à moi-même. Je ne sais pas être aimable, ce n'est pas ma faute ! mais je veux fortement me dévouer, et je me dévoue. Dites à présent si l'on peut m'estimer.

— Oui, et vous respecter, répondis-je. Vous voyez que je ne me trompais pas.

— Vous en avez douté pourtant ?

— Non ! mais, si cela était, peu importe. Je n'en doute plus.

— Et croyez-vous toujours que l'on pourrait m'aimer? On n'aime pas les gens qui ne s'aiment pas eux-mêmes et qui, par conséquent, ne savent pas chercher à plaire.

— Ceci est une autre question, lui dis-je. Je ne puis vous répondre, j'ai cinquante ans; mais Tonino en a vingt et un, et, quoi que vous en pensiez, il aura peut-être bientôt pour

— CROYEZ-VOUS QUE L'ON POURRAIT M'AIMER?

vous un sentiment plus vif et plus redoutable pour lui-même que l'amour filial.

— Ne me dites pas cela, monsieur Sylvestre! Ce n'est pas bien, ce que vous pensez! Tonino n'a que quinze ans pour la raison, et, quant au moral, je suis d'âge à être sa mère.

— Mais vous n'êtes que sa cousine, et vous n'avez que huit ou neuf ans de plus que lui. S'il vous aimait, je ne vois point pourquoi vous ne l'épouseriez pas; aucune loi ne s'y oppose.

— Il me serait impossible de l'aimer d'amour, moi, et je me trouverais ridicule de

choisir pour mon maître cet enfant que je gouverne et reprends à chaque instant. Cela ne peut entrer dans ma tête; chassez cette pensée, monsieur Sylvestre, elle me blesse et m'afflige. Dieu merci, Tonino ne sait pas encore ce que c'est que l'amour.

— Alors, n'en parlons jamais, et pardonnez-moi une franchise peut-être indiscrète; mais je suis vieux, et je croyais pouvoir vous parler de ces choses délicates comme un père parle à sa fille. Pour le repos et la joie de ce brave Tonino, je suis aise de m'être trompé. C'est à vous de veiller sur votre enfant et de donner un aliment à ses passions quand vous les verrez apparaître.

Jean Morgeron vint nous rejoindre, et il ne fut plus question que du torrent et de la prairie.

Pendant quinze jours, nous ne fûmes pas occupés d'autre chose. Je ne cessais d'explorer le lit du torrent, voulant tout prévoir, et plusieurs fois je retournai à la prairie de la Quille pour la sonder dans tous les sens et m'assurer de la profondeur du sol. L'eau devait, à coup sûr, entraîner des débris de roche quand elle aurait fini de peler la montagne; il fallait donc penser à l'avenir et aviser à ce que les pierres ne vinssent pas recouvrir nos terres à un moment donné. Après beaucoup de réflexions et d'observations, je trouvai un moyen simple et peu coûteux; mais ce n'est pas l'histoire du torrent que vous m'avez demandée, et je vous fais grâce des détails. Il m'a fallu vous dire tout ce qui précède pour vous faire savoir comment je me trouvai lié à l'existence des Morgeron, et comment aussi je fus mis promptement à même de connaître les secrets ressorts de leur destinée et le caractère de la personne la moins expansive du monde, Félicie Morgeron.

Quant à celle-ci, je la connus mieux encore lorsque j'annonçai que, mes calculs étant établis et ma certitude acquise, il fallait s'occuper d'acheter le terrain de la Quille. Jean attendait cette décision avec une impatience fiévreuse. Il voulait courir chez Zemmi à l'instant même; Félicie l'en empêcha.

— Vous vous ferez voler, lui dit-elle. Laissez-moi régler l'affaire.

Et elle partit avec Tonino pour le village où demeurait Zemmi.

Ils revinrent le soir même. Tout était terminé; nous avions la prairie pour un prix minime. Jean était trop passionné pour s'arrêter aux petits scrupules. Il louait et remerciait sa sœur avec transport. Je n'avais pas la conscience aussi tranquille. Zemmi était un paysan très pauvre, j'aurais souhaité qu'on l'associât d'une façon quelconque à nos futurs bénéfices; mais la chose ne me regardait pas, et je n'osais rien dire.

— Vous rêvassez, me dit Tonino le lendemain avec sa familiarité enfantine et caressante. A quoi pouvez-vous bien penser?

— Au pauvre Zemmi, lui dis-je. Je regrette de n'avoir pas de quoi le faire profiter...

— Chut! reprit Tonino; parlons bas, car la cousine est toujours sur les talons, et elle a l'oreille fine. Elle serait en colère si je vous disais ce qu'elle a fait.

— Alors, ne me le dites pas.

— Je veux le dire malgré sa défense. Je veux que vous sachiez comme elle est généreuse et juste. Il faut, voyez-vous, que vous l'aimiez comme je l'aime! Sachez donc qu'elle a payé la prairie très cher et sans marchander. Zemmi en était tout surpris et content comme un fou; mais la patronne ne veut pas que son frère le sache, c'est elle qui paye la différence. Voilà comme elle est! Elle gronde toujours le patron sur sa légèreté. Elle lui dit qu'il se fait toujours tromper, et elle, quand elle s'en mêle, elle est si grande, qu'elle paye deux fois plus que lui. Seulement, elle dit : « On ne me trompe pas, j'ai voulu cela... » Gardez-moi le secret, monsieur Sylvestre; elle me battrait, si elle savait que je l'ai trahie.

Je demandai à Tonino s'il craignait réellement sa cousine.

— Pas du tout pour moi, répondit-il naïvement. Quand elle frappe, elle a la main douce; mais, quand elle a frappé, elle se boude et elle pleure en cachette. C'est pourquoi la peur de lui faire de la peine et de la voir malade me rend sage comme une demoiselle et coulant comme une anguille.

Nous étions à la mi-juillet, nous pouvions entamer les travaux, et nous commençâmes à embaucher les ouvriers. Jean partit pour aller en recruter d'autres et pour faire amener les arbres abattus au Simplon. Il fallait se hâter pour n'être pas surpris par l'hiver au milieu du travail d'endiguement. Je n'avais plus le loisir de la réflexion; j'étais fixé pour un temps illimité à la *Diablerette*, c'était le nom significatif de la propriété de mes hôtes, cette oasis jetée au milieu des horreurs de la montagne.

Pendant l'absence de Jean, je surveillai l'ouvrage et j'y travaillai moi-même tout en dirigeant mes ouvriers. Le travail du corps est bon et rend juste et patient avec ceux que l'on commande. On se rend compte par soi-même de ce qu'on peut demander à leur énergie sans en abuser. L'endroit où nous opérions était si enfoncé dans la gorge étroite et surplombante, qu'il y faisait nuit de bonne heure. Je dînais à sept heures avec Félicie et Tonino, et, pour occuper le reste de la soirée, je m'amusais à donner des notions de mathématiques et de géologie pratique au jeune baron. C'était une étrange organisation, merveilleusement intelligente pour tout ce qui parlait aux sens, fermée aux choses idéales. La volonté y était pourtant. L'attention et la docilité étaient parfaites, et, si je ne lui apprenais rien d'exact, du moins j'ouvrais tant soit peu son esprit au raisonnement. Je n'ai jamais rencontré de naturel plus sympathique et plus affectueux. Je le pris en amitié réelle, et je me laissai aller à le gâter. Félicie me le reprochait; mais, par le fait, tout en le rudoyant, elle le gâtait encore plus, et malgré sa prétention de n'aimer que son frère, je vis bien alors qu'elle aimait Tonino pour le moins autant.

Cette affection me parut légitime et sainte. Et voyant combien Tonino était enfant et porté aux effusions candides, j'oubliai complètement, je me reprochai presque les soupçons que j'avais conçus sur son intimité avec Félicie. Il était presque aussi prévenant et aussi caressant avec moi qu'avec elle, et, quand je m'étais donné de la peine à sa leçon, il me baisait les mains malgré moi. Je perdais mon temps à lui dire que cela ne convenait pas; il répondait que cela se faisait en Italie, et, en me conduisant à ma chambre, il baisait mon chapeau ou mon livre avant de me les présenter.

Félicie, toujours pleine de soins et d'attentions, se montrait d'ordinaire sérieuse et froide avec moi comme avec lui. J'avais beau savoir le secret de sa vie, la cause de ce pli au front, de ce regard sec, de cet amer sourire, elle m'étonnait toujours comme un problème dont je ne saisissais pas la solution. Tout n'était-il pas anormal dans sa destinée? Cette fille de race artiste et de sang noble mêlé au sang rustique, née et élevée dans un milieu contraire à ses instincts, brisée encore enfant par la honte, la misère et la douleur, puis retransplantée dans la vie des champs et redevenue une paysanne active et parcimonieuse avec des sentiments de générosité chevaleresque et une organisation délicate, tout cela ne se tenait pas et formait un ensemble indéchiffrable pour moi, pour elle-même probablement. Ceux qui l'entouraient,

pauvres serviteurs, ne s'inquiétaient pas
beaucoup de l'énigme. L'habitude la leur
faisait accepter comme une force dont ils ne
cherchaient pas le cause et le but. Les gens
simples ne remontent guère à la source des
faits. Jean, malgré son esprit actif et ingénieux, était un vrai paysan; Tonino eût pu
mieux analyser, mais il se contentait d'aimer.

IL BAISAIT MON LIVRE
AVANT DE ME LE PRÉSENTER.

Quant à moi, qui n'éprouvais aucun entraînement particulier vers cette nature déclassée
et *inclassable*, je l'examinais lorsque je n'avais
rien de mieux à faire, et je sentais en elle un
imprévu tour à tour rassurant ou menaçant.
Quand elle avait un éclair de gaieté, une heure
d'abandon, on pouvait être sûr qu'elle serait
d'autant plus sombre ou réservée l'instant
d'après, et, quand elle s'était montrée irritée
ou exigeante, on pouvait compter qu'elle vous
comblerait de soins tout aussitôt, pour réparer

son injustice sans paraître la reconnaître ou
s'en repentir. Il y avait en elle des cordes
brisées ou détendues : l'instrument, exquis
par lui-même, ne pouvait être d'accord. Le
son déchirant m'en était pénible. Parfois
cependant une belle note pure produisait
une impression délicieuse. J'éprouvais le
besoin de la plaindre; mais elle ne permettait
pas l'amitié et ne sem-
blait pas la connaître. Son
attachement pour les siens
avait le caractère d'un
devoir accompli avec pas-
sion, jamais avec ten-
dresse.

Elle était bonne pour-
tant, bien bonne, équita-
ble et maternelle comme
la force, prévoyante de tous
les besoins des autres, les
devinant et se tourmen-
tant jusqu'à ce qu'elle eût
changé leur peine en bien-
être, se fâchant quand on
lui cachait une souffrance,
se fâchant encore quand
on la remerciait de vous
l'avoir épargnée.

Elle avait beaucoup de
compréhension et d'esprit,
des notions très variées
et très vagues, aucune
instruction solide, aucune
philosophie, aucune
croyance. Elle aimait le
bien, le juste et le beau,
sans les bien apprécier et
sans les connaître, sinon
par ouï-dire ou par sur-
prise révélatrice de l'instinct. Elle paraissait être,
comme Tonino, privée de
la faculté de raisonner.
Les remontrances qu'elle
lui adressait étaient plai-
santes en ce qu'elle ne
savait lui dire le pourquoi
de rien, et, si par hasard
il le lui demandait, elle lui
répondait : « Il n'y a que
les paresseux et les sots qui ont le *pourquoi*
à la bouche. » Comme Tonino l'avait fort
peu dans l'esprit, il se contentait de cette
réponse.

Il y avait pourtant deux choses qu'elle
savait bien, c'était l'italien et la musique.
Elle parlait facilement et incorrectement le
français et l'allemand; mais la langue de son
grand-père était restée pure et pleine d'élégance dans sa mémoire; c'est dans cette
langue que j'aimais à l'entendre Quant à la

musique, elle l'enseignait admirablement à Tonino et à moi ; car, malgré mes cinquante ans, j'aimais encore à apprendre, et toute ma vie j'avais regretté de n'être qu'un amateur et de ne pas avoir le temps ou l'occasion de connaître la mathématique sérieuse de cet art divin.

Tonino jouait agréablement du violon, et il n'avait pas eu d'autre professeur que sa cousine. J'étais curieux de savoir si elle le lui avait enseigné par pure théorie ou si elle connaissait l'instrument ; mais je savais bien que, si je le lui demandais, elle me répondrait brusquement qu'elle ne savait rien du tout. Un jour que Tonino essayait un motif de Weber et le dénaturait avec la facilité italienne, elle s'impatienta, prit le violon, et, avec une grâce indicible, elle joua comme un maître. Je ne pus me défendre de l'applaudir. Elle jeta l'instrument avec humeur en haussant les épaules ; mais Tonino avait été chercher un autre violon qu'il lui présenta d'un air suppliant.

— Pourquoi te permets-tu de toucher à cela ? lui dit-elle.

C'était une relique en effet, c'était le violon de Crémone du grand-père avec l'archet armorié. Elle ne put résister au désir de le mettre d'accord et de jouer : pendant une heure, elle nous ravit. Elle ne savait faire sans doute aucune difficulté, mais elle avait le chant large et pur des vrais musiciens. L'ampleur de son geste et la simplicité majestueuse de son attitude répondaient à cette saine intuition musicale. Elle paraissait grande quand elle tenait ce violon ; son profil sérieux s'illuminait d'une flamme intérieure et d'une auréole mystérieuse. Au plus beau moment de son inspiration et comme elle semblait en communication avec l'âme des maîtres, elle s'interrompit, et, remettant le violon à Tonino :

— Reporte cela, lui dit-elle ; il faut que j'aille à la laiterie, je n'ai pas le temps de m'amuser.

Et elle courut à ses vaches, reprenant tout à coup l'air affairé et la démarche empressée de la ménagère prosaïque.

Ces contrastes entretenaient mes perplexités. Je me demandais si cette existence encore si remplie d'ardeur et de vitalité était réellement finie, si elle m'avait dit vrai, en m'assurant n'avoir aimé personne depuis la

ELLE NE PUT RÉSISTER AU DÉSIR DE JOUER.

catastrophe de sa jeunesse, et si, dans tous les cas, l'occasion d'aimer noblement et légitimement venant à naître, elle n'aurait plus assez de foi et d'enthousiasme pour la saisir.

Vous me demanderez pourquoi je me faisais ces questions : en toute sincérité, je puis vous affirmer que j'y prenais un intérêt purement philosophique. Je ne pouvais, d'ailleurs, m'en préoccuper bien assidûment ; j'avais trop de travail sur les bras, trop de calculs matériels dans l'esprit pour philosopher ou pour rêver longtemps. J'eus plus

0

de loisir quand la mauvaise saison interrompit nos travaux. Je dus me borner à faire de continuelles observations sur la force des crues, sur les caprices du courant et sur les dévastations que la Brame, c'était le nom de notre torrent, produisait encore en pure perte pour nous dans le terrain de la Quille. Je n'en étais pas aussi dépité que Jean; je songeais à la possibilité de faire sauter d'autres rochers, afin de mettre à découvert l'abîme de boue fertilisable que le torrent nous tenait en réserve dans ses gouffres.

Comme en somme tout allait bien, et que, vers le mois de janvier, notre digue, légèrement entamée, promettait de tenir bon, notre vie était tranquille et même gaie. Jean, qui ne pouvait tenir en place, allait et venait pour ses affaires, de Sion à Martigny et de Brieg à la Diablerette. Nous le voyions souvent quand même, et il passait des semaines avec nous. Félicie m'en remerciait; car, les hivers précédents, on l'avait vu à peine. Nos soirées étaient longues et enjouées; jamais Jean n'avait été de si bonne humeur. Il était naturellement et franchement gai, lui, quand il n'avait pas trop de soucis dans la cervelle. Cette fois, il voyait tout en beau, et son plaisir était de taquiner Tonino et de faire assaut de lazzi avec lui, pourvu que ces plaisanteries eussent toujours trait à l'objet de ses espérances.

— Tu sais, lui disait-il, que quand notre île sera en plein rapport, je t'achèterai ton titre de baron. Je veux être le baron d'*Isola-Nuova*. Quel besoin as-tu d'être baron, toi qui n'aimes que ton violon et tes bêtes? Tu n'es pas fort, tu ne seras jamais qu'un berger d'Arcadie.

— Mais je suis fort, s'écriait Tonino; je sais travailler la terre. Attendez que j'aie comme vous de la barbe jusqu'aux yeux, et vous verrez si je ne pousse pas bien la charrue!

— J'espère que la charrue passera sur mon tas de galets et que le blé y poussera avant que la barbe ait poussé sur tes joues: mais ce qui ne te poussera jamais dans la tête, c'est l'esprit qu'il faut pour cultiver.

Alors, on discutait; car, malgré la résolution avec laquelle Félicie et Tonino secondaient les préférences du patron, ils appartenaient à une autre école, et il avait raison de leur dire qu'ils étaient de la race des pasteurs. S'ils eussent été livrés à eux-mêmes, ils eussent abandonné au diable, c'est-à-dire au désastre des inondations, la partie basse des Diablerets, et ils n'eussent songé qu'à étendre leur domaine sur les hauteurs pour élever des troupeaux. Il y avait là, en effet, de quoi gagner sans rien risquer. Jean aimait le risque. Félicie lui donnait tort; cette étrange fille l'aidait et le poussait à satisfaire sa passion pour les aventures, elle

me trouvait trop prudent, et pourtant rien au monde ne pouvait l'empêcher de batailler en paroles et de dire à ce frère adoré et gâté qu'il était fou.

Mais les discussions ne dégénéraient plus en querelle. J'étais là pour mettre les parties d'accord en les obligeant à se faire des concessions, en donnant raison à l'un et à l'autre dans la limite où chacun avait raison. Tonino disait comme moi. Félicie rejetait sur lui, je ne dirai pas sa mauvaise humeur, elle n'en avait jamais, mais son besoin d'épiloguer, de railler et de contredire.

Avec moi seul, elle était comme neutre ou enchaînée, et sa déférence se traduisait par des questions dont elle écoutait attentivement la réponse. J'essayais alors de lui donner la notion de la vie collective que sa forte individualité avait peine à admettre. J'excusais, j'embellissais, je poétisais l'ardente manie de son frère, en parlant de la solidarité qui règne entre les hommes et du progrès général que chacun doit servir en vue de tous. Cette période que Jean appelait la gloire, je m'efforçais d'en faire de la gloire vraie et bien entendue, et Jean, qui avait beaucoup de noblesse dans sa vanité, s'enivrait de l'idéalisation que je lui présentais.

Tonino écoutait tout cela avec ses beaux grands yeux étonnés, et il regardait Félicie pour savoir ce qu'il devait penser de mes théories. Félicie ne pouvait le lui apprendre, elle était plus étonnée que lui, et, à la fin de mes vains discours, elle disait:

— Tout cela est au-dessus de moi. Les hommes ne m'ont fait que du mal, je ne peux pas les bénir et les aimer, et je ne sens aucun besoin de les servir. Qu'ils deviennent ce qu'ils voudront, je leur donnerais ma vie, qu'ils ne m'en sauraient aucun gré. Je crois que personne ne sert le progrès de bonne foi. C'est un grand mot que l'on a inventé pour couvrir l'ambition personnelle et faire passer un vice pour une vertu. Pourtant... ne vous fâchez pas contre moi, monsieur Sylvestre! je suis sûre que vous êtes sincère, vous! vous croyez à ce que vous dites, vous avez le cœur grand, vous avez besoin d'aimer, et peut-être n'avez-vous rencontré personne qui fût digne de votre amitié: alors, vous vous êtes mis à aimer tout le monde. Je voudrais être comme vous, cela me ferait oublier que tout le monde est injuste et mauvais; mais je ne peux pas perdre la mémoire, c'est pourquoi je ne m'attache qu'à ceux à qui je me dois, et je les aime en égoïste en oubliant pour eux tout le reste et moi-même: c'est ma manière d'aimer. Je sais qu'elle ne vaut rien; mais vous ferez un grand miracle, si vous me changez.

En février, les eaux furent terribles, elles entassèrent une montagne de pierres en

— SAVEZ-VOUS, MONSIEUR SYLVESTRE, QU'IL EST TEMPS DE RÉGLER NOS AFFAIRES?

amont de la presqu'île; mais notre barrage ne céda pas, et les galets s'écoulèrent de côté sans couvrir notre terrain. Dans sa joie, Jean me dit :

— Savez-vous, monsieur Sylvestre, qu'il est temps de régler nos affaires? Vous allez me dire quelle part vous voulez dans mes bénéfices, et, comme il n'est pas juste que vous les attendiez, je suis prêt à vous faire l'avance que vous voudrez.

— Vous ferez, lui dis-je, quatre parts de vos bénéfices : les deux plus fortes pour votre sœur et vous, les deux plus faibles pour Tonino et moi. Réglez cela en temps et lieu comme vous l'entendrez, et ne m'avancez rien. Payez-moi seulement mon travail à la semaine, comme vous avez fait jusqu'ici.

— Mais il m'en coûte, reprit-il, de payer un homme tel que vous à la semaine, comme un manœuvre, et de penser que vous n'avez pas devant vous de quoi vous passer la moindre fantaisie.

— Le fait est que c'est honteux pour vous, Jean, dit Félicie, qui nous écoutait. J'en rougis, moi, et, si j'osais...

— Je n'ai pas de fantaisies, repris-je, et vous prévenez tous mes besoins. Je vis chez vous comme un prince. — bonne chère, bon logis, bon feu, une propreté délicieuse. J'ai de quoi m'habiller pour l'hiver, mon linge est entretenu; je crois que si, nous comptions, je vous redevrais. Laissons cette question d'argent, elle me désoblige.

Il n'en fut plus question, et nous reprimes nos travaux avec ardeur au printemps.

Ayant taillé de la besogne à Jean et à sa brigade d'ouvriers, je montai à la Quille et je m'y installai dans le chalet abandonné de Zemmi, qui avait assez bien résisté aux outrages de l'hiver. Tonino, d'ailleurs, m'aida à le consolider; Félicie voulut y apporter elle-même tout ce qui pouvait en rendre l'habitation supportable, et je m'y logeai pour une quinzaine, afin de surveiller la fonte des neiges, la formation de la Brame, encore enchaînée à cette époque sous la glace, et de prévoir les moyens de changer au besoin sa direction dans notre prairie.

On sait que les chalets de montagne, les vrais chalets, car nous donnons impropre-ment ce nom aux riches maisons de bois des vallées, sont de véritables cabanes de berger, ingénieusement construites sur un plan très exigu, afin de donner moins de prise au passage des ouragans. Il y a là tout juste la place pour dormir chaudement sans étouffer. Mais le chalet Zemmi, qui garda le nom de l'ancien propriétaire, se composait de deux corps de logis, dont un plus spacieux était destiné à abriter les jeunes chevreaux. Je fis de celui-ci mon cabinet de travail, je plaçai une vitre dans la lucarne, je m'étais muni de deux chaises et d'une table rustique; je disposai un coin en cabinet de toilette. Tous les deux jours, on m'apportait mes provisions de bouche. J'étais là comme un sybarite.

Il y avait longtemps que j'aspirais à une vacance d'entière solitude; ç'a toujours été ma fantaisie, peut-être une nécessité de mon caractère. Quand je vis avec mes semblables, ma pensée s'occupe d'eux si exclusivement, soit pour les aider à vivre bien, soit pour comprendre pourquoi ils vivent mal, que j'oublie absolument de vivre pour mon compte. Quand je m'aperçois que j'ai fait pour eux mon possible et que je ne leur suis plus nécessaire, ou, ce qui arrive plus souvent, que je ne leur suis bon à rien, j'éprouve le besoin de vivre avec ce moi intérieur qui s'identifie à la nature et au rêve de la vie dans l'éternel et dans l'infini. La nature, je le sais, parle dans l'homme plus que dans les arbres et les rochers; mais elle y parle folle-ment, elle y est plus souvent délirante que sage, elle y est pleine d'illusions ou de men-songes. Les animaux sauvages eux-mêmes sont tourmentés d'un besoin d'existence qui nous empêche de savoir ce qu'ils pensent et si leurs obscures manifestations ne sont pas trompeuses. Dès qu'ils subissent des besoins et des passions, ils doivent les satisfaire à tout prix, et toute logique de leur instinct de conservation doit céder à cette sauvage logique de la faim et de l'amour. Où donc trouver, où donc surprendre la voix du vrai absolu dans la nature? Hélas! dans le silence des choses inertes, dans le mutisme de ce qui ne ment pas! la face impassible du rocher qui boit le soleil, le front sans ombre du glacier qui regarde la lune, la morne altitude des lieux inaccessibles, exercent sur nous un rassérènement inexplicable. Là, nous nous sentons comme suspendus entre ciel et terre, dans une région d'idées où il ne peut y avoir que Dieu ou rien, et s'il n'y a rien, nous sentons que nous ne sommes rien nous-mêmes et que nous n'existons pas; car rien ne peut se passer de sa raison d'être.

Le mystère est impénétrable quand on veut le soumettre aux calculs de l'expérience. Il échappe même à ceux de la plus savante logique; mais Dieu se prouve précisément par l'absence de preuves à notre usage. Il ne serait rien de plus que nous, s'il tombait sous le criterium de nos démonstrations. La notion que nous avons de lui réside dans une sphère où nous n'entrons qu'à la condition de nous sentir supérieurs à nous-mêmes, où la foi est une vaillance du cœur, une surexci-tation de l'esprit, une hypothèse du génie; c'est l'idéal du sentiment, et, là, tout raison-nement se résume en deux mots : Dieu est, parce que je le conçois.

J'étais perdu dans ces contemplations d'une simplicité et d'une douceur extrêmes, quand des émotions bien inattendues et bien étranges me ramenèrent sur la terre.

Un matin, j'étais le plus heureux des hommes, j'avais oublié mes peines, j'étais bien libre et bien seul. La vaste prairie de la Quille commençait à se dorer des rayons du soleil. Le site eût pu sembler mortellement triste à des yeux distraits; il me paraissait admirable. Pas un arbre, pas un buisson n'interrompait la solennelle uniformité de sa teinte verte, et ne dissimulait la grâce de ses courbes hardies et souples. Les pics voisins, plus élevés, fermaient étroitement l'horizon de leurs fières dentelures ou de leurs neiges splendides. Les alouettes chantaient au-dessous de moi, je ne sais où, dans une région qui était un zénith pour les habitants de la plaine, un nadir pour moi. Le glacier qui s'interposait encore entre le soleil et le bas de la prairie se teignait en rose à sa cime, en vert d'émeraude à sa base. Le temps était pur, pas une brise ne frissonnait sur l'herbe. Tout ce calme avait passé dans mon âme, je ne pensais plus, je vivais d'une vie pour ainsi dire latente, comme les masses de glace et de rochers qui me protégeaient...

L'apparition de Félicie Morgeron à cette heure matinale et au milieu de cette solennité de l'aurore me surprit comme un événement impossible à prévoir. Et quoi de plus simple pourtant? Elle s'étonna de mon étonnement.

— Je n'ai pas dormi cette nuit, me dit-elle, j'ai eu mal à la tête, j'ai voulu faire une promenade, et, afin d'être rentrée pour le déjeuner du frère, je suis sortie comme la lune éclairait encore. Je vous ai apporté ce panier; car Tonino oublie toujours mille choses nécessaires. Je suis venue vite, il faisait froid au départ. A présent, j'ai chaud, je me repose un instant et je m'en retourne. Ne vous dérangez pas pour moi.

J'essayai, tout en la remerciant de ses gâteries, de lui dire qu'elle ne me dérangeait pas, puisqu'elle m'avait surpris ne faisant rien.

— Si fait, dit-elle, vous pensiez! C'est un bonheur pour vous de penser, je le sais. Vous n'avez besoin de personne pour être heureux, vous. Le bonheur des autres fait bien votre occupation, mais non pas votre tourment, et le contentement de votre conscience vous suffit.

— N'êtes-vous pas comme moi?

— Non, non, vous vous trompez. Vous ne me connaissez pas. Je voudrais que quelqu'un, ne fût-ce qu'une seule personne au monde, me rendît justice et comprît ce que je souffre.

— Vous souffrez donc quelquefois? Je le

pensais, je croyais le deviner; mais vous ne vouliez pas qu'on eût l'air de l'apercevoir, et c'est la première fois que vous en convenez.

— Il faut bien que j'en convienne, puisque j'étouffe. Le courage a un terme, vous l'avez dit. Je suis au bout du mien!

Et, comme je gardais le silence, elle ajouta avec une sorte de gaieté amère :

— Mais cela vous est bien égal, n'est-ce pas?

— Non, certes, répondis-je, et je voudrais vous faire quelque bien; mais je vous sais si ombrageuse, si prompte à reprendre votre confiance, si portée à contredire les autres et vous-même, que je n'oserai jamais vous faire de questions.

— Ainsi, je suis un être impossible? Dites-le, voyons, je suis venue vous trouver pour vous le faire dire!

En parlant ainsi, elle cacha sa figure dans ses mains et fondit en larmes. C'était la première fois que je la voyais pleurer, et j'aurais cru qu'elle ne pleurait jamais. Cette faiblesse féminine qui se révélait enfin m'attendrit moi-même. Je pris ses mains dans les miennes. Je lui parlai avec amitié, et je lui offris toute la commisération de mon cœur, toute l'assistance de mon dévouement.

— Non, non, répondait-elle en pleurant toujours : vous ne m'aimez pas, vous ne m'aimerez jamais. Personne ne m'aime, personne ne peut m'aimer!

J'essayai de lui dire qu'elle était ingrate envers son frère, qui lui rendait pleine justice, et surtout envers Tonino, qui avait pour elle une sorte d'adoration.

— Ah! laissons Tonino tranquille, s'écria-t-elle en m'interrompant avec aigreur : il est bien question de cet enfant-là!

Je vis qu'elle retombait dans son besoin de lutter contre l'amitié même dont ses larmes imploraient le secours. J'essayai pour la première fois de dominer cette nature rebelle, et je la grondai paternellement.

— Vous avez l'âme malade, lui dis-je, et vos malheurs passés ne sont point une excuse. J'ai été plus malheureux que personne, je vous en réponds; car j'ai vingt ans de plus que vous, et je n'ai eu, comme vous, la compensation de pouvoir me dévouer utilement. Mon travail a été stérile, et avec cela je ne suis pas un homme fort comme vous êtes une femme forte. Je suis doux et sensible. Je ne sais pas combattre le chagrin par mes propres ressources. Je ne lutte pas; quand il vient, il m'écrase, et, tandis que vous restez debout dans votre fierté vaillante, je suis brisé et me roule par terre comme un enfant. Pourtant je ne m'arroge pas le droit de me dire désespéré, puisque je ne suis pas méchant, et, quand j'ai plié sous la douleur, je me relève et je marche. Ce n'est donc pas de la vertu que j'ai, et ce n'est pas là ce qui vous manque ; vous n'êtes que trop stoïque et dure à vous-même. Ce que j'ai, c'est ce que vous ne voulez pas avoir : c'est la foi. Je ne vous parle pas de croyance religieuse, je ne me permets pas d'interroger la vôtre ; mais vous ne croyez pas à l'humanité, vous voulez la résumer dans deux ou trois personnes que vous aimez et auxquelles

ELLE CACHA SA FIGURE DANS SES MAINS ET FONDIT EN LARMES.

l'habitude de tout nier vous empêche de croire. Cette espèce de rupture que vous avez faite dans votre cœur avec toute pensée d'union morale avec la société vous a rendue misanthrope, et la misanthropie, c'est de l'orgueil. Vous vous faites un point d'honneur de résister à l'horreur de l'isolement, tandis que vous devriez vous en faire un de vous en arracher et de pardonner à l'intolérance et au préjugé les blessures que vous en avez reçues. Enfin vous vivez dans le fiel d'un éternel ressentiment contre le monde, sans vous douter que vous entretenez son éloignement par le

vôtre et sa tyrannie par votre révolte. Cette situation où vous vous obstinez aigrit vos pensées et trouble votre jugement. Elle vous rend exigeante envers ceux-là mêmes que vous chérissez, et, si vous n'y prenez garde, votre affection prendra l'allure du despotisme. Il y a dans votre manière de céder à leurs fantaisies quelque chose de découragé et de méprisant, et cent fois par jour vous levez la main pour briser vos idoles, quand il serait si facile de les gouverner comme je les gouverne, par la persuasion.

Je ne sais ce que je lui dis encore sur ce thème. Elle m'écoutait avec une attention morne, comme si mes paroles l'eussent accablée sans la persuader, et pourtant, lorsque je me taisais, elle me disait : « Parlez encore, faites que je comprenne » ; et, quand je changeais d'attitude : « Gardez mes mains dans vos mains froides, disait-elle. J'ai la fièvre, vous me l'ôtez. »

Quand j'eus dit tout ce que je croyais être l'analyse de son mal, elle me demanda le remède soudain, miraculeux, comme si j'eusse été un sorcier ou un saint.

— Vous allez me tracer ce qu'il faut faire pour me changer, dit-elle. Vous voulez que je sois gaie, aimable, que j'invite mes voisins, que je fasse de la musique, que j'aille dans les fêtes, que je m'habille avec luxe, que je devienne coquette ? Est-ce là ce que vous me conseillez ? Je peux le faire ; mais le secret de prendre plaisir à tout cela, vous ne me le donnez pas.

— Mais je ne vous conseille rien de tout cela ! Je ne sais rien des relations que vous pourriez établir et des avantages que vous auriez à en retirer. Je vous ai parlé de renouer le lien social sans me permettre aucune allusion particulière à la manière de renouer ce lien ; je ne suis pas un homme du monde, et, par le fait, j'ai rompu avec lui bien plus que vous. Cependant il y a une réconciliation qui se fait dans le cœur quand on veut guérir, et le seul ordre de choses où je puisse et veuille vous conseiller, c'est l'ordre purement moral et intellectuel. Vous êtes grande, ma chère

Félicie, vous n'êtes pas douce. Il vous est impossible de l'être avec ce parti pris de mépriser tout ce qui n'est pas vous. Eh bien, réfléchissez une fois, une bonne fois dans votre vie; je crois que cela ne vous est jamais arrivé!

— C'est vrai, dit-elle, je crois que je ne sais pas et que je ne peux pas réfléchir. Faites-moi réfléchir, vous; aidez-moi. Démontrez-moi que les autres valent mieux que moi.

— Individuellement il est probable que la plupart des autres ne vous valent pas; mais l'humanité prise dans son ensemble a une valeur immense que l'individu ne peut résumer en lui qu'à la condition de la comprendre. Aimez-vous dans l'humanité, aimez l'humanité en vous. Dites-vous, par exemple, que l'humanité souffre parce que vous souffrez, et que vous souffrez parce qu'elle souffre. La condamnation que vous avez subie, d'où vient-elle? De l'absence de charité chez les autres. C'est la cause de tous vos malheurs et des orages qui ont troublé l'union de vos parents. Eh bien, si la charité était en vous, vous plaindriez les autres de n'en point avoir, et, dès qu'on plaint, on pardonne. Vous ne pardonnez pas; donc, la charité manque sur ce coin de terre que vous habitez, comme elle manque, hélas! dans le reste du monde, et vous ne voulez pas l'y faire entrer, même dans votre maison, dans votre croyance, dans votre âme; vous la victime d'un mal dont vous devriez apprécier l'énormité, vous ne songez pas aux nombreuses victimes de ce mal; n'y eût-il qu'elles à plaindre et à aimer, ce serait de quoi attendrir et remplir votre cœur. Eh bien, sachez que ceux qui frappent sont encore plus malheureux que ceux que l'on brise. Ils n'ont pas la joie de se sentir innocents. Quand on épouse le mal, on ne dort plus. L'humanité est donc un chaos d'erreurs et un abîme de souffrances. Heureux ceux-là seuls qui sentent la pitié dans leurs entrailles, car c'est d'eux qu'on peut dire que, dès ce monde, ils seront consolés. « Comment? » me direz-vous. Je vous réponds tout de suite : en ne haïssant pas.

— Voilà tout? s'écria Félicie étonnée. Ne pas haïr, c'est de l'indifférence!

— Non, non! repris-je, l'indifférence n'existe pas et ne peut pas exister. L'indifférence, c'est le néant de l'âme et le vide de l'esprit. Vos pauvres crétins de la montagne sont indifférents, ne sont-ils pas des hommes. Quand on est homme, quand on a souffert et qu'on ne hait pas, c'est qu'on aime sa race d'un amour immense.

— Mais enfin pourquoi l'aimer quand on la sait malheureuse par sa faute?

— Et vous, Félicie, n'est-ce pas par votre faute que vous avez été malheureuse?

— Voilà une parole horrible, monsieur Sylvestre! Quoi! vous-même qui pardonnez tout, vous me reprochez…?

— Rien! vous avez péché par ignorance, vous étiez une enfant. Eh bien, l'humanité est enfant aussi; c'est l'ignorance qui est la source de toutes ses erreurs et de toutes ses infortunes. Aimez-la pour sa crédulité, pour son aveuglement, pour sa faiblesse, pour son besoin inassouvi d'amour et de bonheur, pour tout ce qui vous donne le droit d'être aimée vous-même.

— Ainsi j'ai le droit d'être aimée? Voilà ce que je me dis à toute heure et ce qui fait mon tourment, puisque le monde me répond toujours non! Le monde, si je vous ai bien compris, c'est vous, c'est moi, c'est toute personne qui subit les lois de la société. Eh bien, malgré tout ce que vous venez de dire, supposez que nous soyons jeunes et libres, vous et moi, et que notre idée à tous deux fût de nous marier, ce n'est pas moi que vous choisiriez. Vous préféreriez, vous qui êtes fier et honnête, une fille vierge sans fortune et même sans éducation et sans intelligence à une fille déchue et déshonorée comme moi.

— Vous vous trompez, Félicie. La chose qui me ferait préférer une fille vierge, ce n'est pas la pureté de sa réputation, c'est celle de son âme. Je m'inquiète fort peu du qu'en dira-t-on, non pas que je le méprise, mais parce qu'il faut souvent le braver pour changer peu à peu la malveillance en aménité. Ce que j'estimerais dans une fille vierge de cœur, ce serait la droiture et la simplicité de ses pensées. J'aurais l'espoir de l'éclairer, si elle était inculte, et de lui faire partager ma santé morale. Avec vous, cet espoir serait trompé; vous avez pris le malheur par son mauvais côté, et je serais effrayé d'épouser le doute ou le dédain de toutes choses.

— Alors, vous vous marieriez pour avoir la paix? Vous êtes donc un égoïste? Vous ne vous attacheriez pas comme moi par pur dévouement?

— Si fait, orgueilleuse! mais avec l'espoir seulement d'un dévouement utile. Il est des dévouements aveugles, obstinés, généreux sans doute, mais insensés, puisqu'ils ne servent qu'à augmenter les travers des gens qu'on idolâtre et à faire naître en eux, malgré eux quelquefois, le mal funeste de l'égoïsme. Si votre frère est un peu fou, croyez bien qu'il y a de votre faute, et, si Tonino est excellent, c'est que vous n'avez pu l'empêcher de l'être. Quant à moi, j'ai été un peu comme vous, j'ai gâté, j'ai corrompu, par conséquent, les objets de mon affection, et, quand j'ai voulu réparer le mal, il était trop tard. J'avais manqué de prévoyance, j'ai manqué d'ascendant. L'homme qui s'attacherait à vous avec

l'espoir d'adoucir les aspérités de votre caractère arriverait peut-être trop tard et ne ferait
que vous exaspérer. Estimeriez-vous un
homme assez peu sérieux pour vouloir vous
posséder au prix de son repos et du vôtre?

— Vous parlez de repos à quelqu'un qui ne
sait pas ce que c'est. Depuis que je suis au
monde, je ne me suis pas reposée une heure.

— C'est le tort que vous avez eu. Que l'on
ne repose pas son corps, c'est bon quand il ne
l'exige pas; mais il faut reposer son esprit et
son cœur dans un lit de vérité et dans un
bain de charité. Sans cela, on devient fou, et
les fous sont toujours nuisibles.

— Ainsi j'avais raison en commençant : on
ne peut pas m'aimer parce que je ne suis pas
aimable?

— Pourquoi vous cacherais-je la vérité,
puisqu'elle est utile? Rendez-vous aimable et
connaissez enfin le bonheur d'être aimée.

— Pourtant il y a ce pauvre Tonino qui
m'aime telle que je suis, vous l'avez dit!

— Je le répète; mais il vous aime avec son
instinct, et vous ne lui en tenez pas compte,
puisque vous voilà désolée.

— C'est vrai, il me faudrait quelque chose
de plus que l'amitié d'un bon chien. L'affection que j'ai rêvée jadis était plus complète et
plus élevée que cela. J'y ai renoncé, voyant
que je ne pouvais pas l'inspirer.

— N'y renoncez pas, modifiez-vous.

— Est-ce qu'on le peut?

— A coup sûr, quand on est persuadé qu'il
le faut.

— Je le suis à présent. J'essayerai.

Elle s'éloigna, et je l'eus bientôt perdue de
vue dans les versants de la descente. Un quart
d'heure après, comme je tournais l'angle du
glacier, je la vis à une grande distance au-
dessous de moi entre deux rochers dont elle
se croyait sans doute abritée contre tous les
regards. Elle était appuyée contre un de ces
rocs perpendiculaires dans une attitude de
rêverie ou de découragement. Son costume
rouge et blanc tranchait vivement sur le fond
verdâtre, et le mouvement délicat de sa personne
délicate avait une grâce touchante; mais elle
sembla tout à coup m'avoir aperçu, et elle se
retira brusquement. Je ne la vis plus.

Elle ne m'avait pas dit au juste la cause de
son chagrin, et, pressentant qu'il était d'une
nature délicate, je n'avais pas osé l'interroger.
A quoi attribuer cette subite détresse d'une
âme si fière, sinon au besoin de l'amour, trop
longtemps combattu? Je m'avisai d'une chose
bien évidente, c'est que je ne lui avais pas dit
un mot de ce qu'il eût fallu lui dire pour
amener un épanchement qui l'eût soulagée.
Je n'avais été qu'un raisonneur pédant, tandis
que j'aurais dû être un paternel ami et arracher de son cœur le secret de quelque passion

cachée qui la torturait. Cette passion n'avait
pour objet aucune des personnes que je voyais
venir à la Diablerette; mais Félicie sortait
fréquemment, elle allait vendre elle-même ses
bestiaux et ses denrées, elle pouvait et devait
connaître quelqu'un qui lui eût paru digne
d'elle et qui ne la devinait pas, ou qui ne lui
pardonnait pas le passé.

Je ne sais pourquoi j'ai toujours éprouvé
une invincible répugnance pour les questions.
C'est peut-être un sentiment de fierté qui
m'empêche de forcer ou de surprendre la confiance que je sens m'être due. Et puis, d'un
homme à une femme, quand même il y a une
grande différence d'âge, il me semble que les
questions sont une sorte d'atteinte à la chasteté. Je respectais Félicie, et je me disais que,
si elle avait un secret à me confier, elle seule
pouvait me donner le ton et la note dont je
devais me servir pour lui répondre.

En résumé, cette pauvre femme qui repoussait la tendresse en éprouvait sans doute
l'impérieux besoin, et je me promis d'être
moins sermonneur et moins sec, si elle venait
de nouveau me consulter.

Elle ne revint pas, et je ne sais pourquoi
m'abstins, pendant huit autres jours, de
descendre à l'habitation. Je n'avais pas de
raisons pour y aller chercher mes vivres.
Tonino devançait tous mes besoins. Il montait
presque tous les matins. Je me disais quelquefois que je devais à Félicie de paraître m'intéresser à elle; j'étais retenu par une sorte
d'irrésolution craintive. Je n'osais pas non
plus demander de ses nouvelles à Tonino
d'une manière particulière. Il était si expansif,
qu'il m'eût peut-être dit des choses que je ne
voulais ni ne devais tenir de lui; mais il était
écrit que la vérité m'arriverait brutalement,
malgré toute la réserve que je mettais à
l'aborder.

Jean monta au chalet, et, en me secouant
les deux mains :

— Pourquoi donc, me dit-il, ne revenez-
vous pas chez nous? Vos études ici sont finies,
je le vois bien d'après tout ce que vous avez
écrit sur ce gros registre. Est-ce que vous
vous plaisez seul plus qu'avec les amis?

— J'aime la solitude, répondis-je, j'en ai
souvent besoin; mais j'aime les amis encore
plus, et je retournerai chez vous dans quelques jours, à moins que vous n'ayez tout de
suite besoin de moi.

— Eh bien, oui, nous avons besoin de
vous tout de suite; ma sœur dépérit.

— Elle est malade?

— Oui, il faut être son médecin.

— Mais je ne suis pas médecin, mon cher
ami; vous croyez donc que je sais tout?

— Vous savez tout ce qui est bon, et vous
devez savoir de bonnes paroles pour guérir

une âme malade. Voyons, vous
n'êtes pas un enfant, vous n'êtes
ni sourd ni aveugle. Vous n'avez
pas été avec nous jusqu'à présent sans découvrir que ma sœur
vous aime?

Et, comme je le regardais avec
stupéfaction, il partit d'un gros
rire cordial.

— Il paraît que je me suis
trompé, dit-il, et que vous ne le
saviez pas!

— Mais vous rêvez, mon ami,
m'écriai-je; j'ai vingt ans de
plus que votre sœur!

— Cela, nous ne le croyons pas:
nous voyons qu'il vous plaît de
vous vieillir de dix ans, mais
votre figure, votre agilité, vos
forces, votre gaieté, vos cheveux
noirs ne veulent pas vous servir
de compères. Vous avez tout au
plus quarante ans, monsieur Sylvestre; je suis votre aîné d'au
moins cinq hivers!

Je jurai sur l'honneur que j'a-
vais près de quarante-neuf ans.

— Eh bien, ça nous est égal,
reprit Morgeron; on n'a que l'âge
qu'on porte sur sa figure et sur
son corps. Ma sœur vous aime
comme vous êtes, et je lui donne
raison. Voyons, ne faites pas de
la modestie; elle est encore jeune
et jolie femme, elle possède
deux cent mille francs, et les enfants qu'elle
aura dans le mariage hériteront d'autant que
je leur laisserai, car je ne me marierai
jamais. Elle a fait une faute, vous le savez,
mais elle est plus à plaindre qu'à blâmer;
elle l'a bien réparée, et vous êtes philosophe.
Vous lui avez dit que vous la trouviez digne
d'estime et de respect. Ne fermez plus les
yeux, son cœur est à vous, et c'est un cœur
qui vaut beaucoup; vous ne retrouveriez
jamais le pareil. Je sais que vous êtes veuf,
vous l'avez dit; vous êtes libre de tout enga-
gement, puisque vous voilà fixé chez nous,
où vous ne recevez aucune lettre. Faites votre
bonheur; croyez-moi. Vous n'êtes pas d'un
caractère à vieillir seul; vous n'êtes pas
ambitieux comme moi; il vous faut des soins,
de l'amitié. Dites oui, et je vais vous embrasser à vous étouffer, car je serai fier d'un
frère comme vous, et, tout ruiné que vous
êtes, l'honneur sera très grand pour nous,
vous le savez bien.

Je demeurai dans un état de stupeur mêlé
de tristesse et d'effroi qui, malgré mes remer-
ciements pour l'amitié de mon hôte, n'échappa
point à sa pénétration.

ELLE S'ÉTAIT APPUYÉE
CONTRE UN DE CES ROCS
PERPENDICULAIRES...

— Eh bien, reprit-il, vous me parlez avec
affection et bonté; mais la chose ne vous sourit pas, je le vois de reste!

— C'est la vérité, répondis-je. De toutes les
prévisions que j'ai pu admettre sur mon avenir à recommencer, la prévision du mariage
est la seule qui ne me soit pas venue, tant

3

elle est éloignée désormais de mes goûts et de mes pensées. J'ai été malheureux par la famille; il y a peut-être eu de ma faute, j'ai été faible; mais je ne suis guère corrigé. Le caractère de votre sœur, tout généreux qu'il est, effraye le mien. Vous dites qu'on n'a que l'âge que montrent le corps et la figure : vous vous trompez, cher ami! On a l'âge de son cœur, de son expérience ou de sa foi. J'ai été trop éprouvé pour croire en moi, et je ne sens plus dans mon âme l'enthousiasme qui nous transporte vers l'inconnu aux heures de la jeunesse. Enfin je ne suis pas amoureux de votre sœur, et la raison, pas plus que l'amour, ne me conseille de lui consacrer une existence que je sens brisée, et dont j'ai bien de la peine à rassembler les débris.

— S'il en est ainsi, je n'insisterai pas, reprit Jean; mais je ne suis pas bien sûr que vous voyiez clair en vous-même. Je vous demande d'y réfléchir, de revenir chez nous, de regarder et d'observer ma sœur plus que vous ne l'avez fait encore; vous en deviendrez peut-être amoureux à présent que vous savez que vous avez droit de l'être. Depuis son malheur, qu'elle n'a jamais essayé de cacher à personne, Félicie a fait plus d'une passion, et, si elle voulait, je sais plus d'un parti sortable qui se présenterait encore; mais elle est difficile et ne trouve personne à son gré. Il y a que vous devant qui elle s'incline comme devant son supérieur. Je sais, moi, qu'elle peut plaire beaucoup malgré ses défauts, et je ne crois pas impossible qu'elle vous plaise à la longue. J'espère que vous n'allez pas nous quitter à cause de ce que je vous ai dit?

— J'avoue que j'en suis tenté, mon cher hôte. Je crains de jouer un rôle ridicule ou blessant.

— Non, vous êtes censé ne rien savoir, ne rien deviner. Si ma sœur se doutait de mon indiscrétion, elle serait si furieuse qu'elle s'en irait, je crois! Elle est fière, allez, trop fière peut-être. Jamais elle ne vous préviendra, n'ayez pas peur! Avec cela, elle n'est pas une enfant, et, si elle voit que vous ne l'aimez pas, ce qu'elle pense et croit déjà, elle renfoncera son chagrin et le surmontera. Elle est forte et vaillante comme dix hommes, et, quant au dépit, elle a l'âme trop haute pour savoir ce que c'est. Descendez donc chez nous et, dans huit jours, nous reparlerons de ça. On doit toujours à une personne qui vous aime de réfléchir et d'examiner.

Je dus promettre; mais, avant de quitter Morgeron, je voulus savoir si sa sœur lui avait fait confidence de ses sentiments, et si ce n'était pas tout simplement un rêve qu'il avait fait lui-même.

— Ce n'est pas un rêve, dit-il; mais je n'ai reçu aucune confidence. Avant que Félicie se décide à avouer qu'elle aime quelqu'un, elle qui depuis quinze ans se moque de l'amour des autres et le méprise, il faudra lui arracher le cœur de la poitrine.

— Mais alors comment savez-vous...?

— Je sais parce que Tonino sait, et me l'a dit.

— Tonino? elle l'a pris pour confident?

— Oh! non pas! mais il lit en elle comme dans un livre. Il est plus fin que nous tous; il sait tout ce qu'elle pense, même quand elle dit le contraire de sa pensée.

— Et pourquoi Tonino a-t-il trahi le secret qu'il a cru surprendre?

— Parce qu'il l'aime comme sa mère et veut qu'elle soit heureuse.

— Alors, tout ce que vous m'avez dit et proposé ne repose que sur une hypothèse née dans le cerveau de cet enfant? Eh bien, tout malin qu'il est, je crois qu'il a pu se tromper et prendre le fantôme de sa propre jalousie pour une certitude.

— Vous le croyez jaloux de sa mère adoptive?

— Pourquoi non? Les fils réels sont jaloux de la tendresse de leurs mères.

— Ça, c'est possible; les chiens sont bien jaloux de leurs maîtres! Médor est fâché contre moi quand je caresse mon cheval; mais la jalousie des enfants, ça s'apaise avec de l'amitié. En tout cas, votre réflexion a du bon; Tonino a peut-être rêvé. Revenez donc, vous y verrez juste, vous, et nous aviserons.

Il s'en alla en se retournant à plusieurs reprises pour me crier :

— Vous viendrez demain? Vous l'avez promis, vous l'avez juré!

Il était visiblement inquiet des conséquences de sa précipitation. Le brave homme avait cru que rien n'était plus simple que de me fiancer avec sa sœur, et, en optimiste entreprenant qu'il était, il n'avait pas douté que ce ne fût le moyen de me retenir à jamais auprès de lui. En s'apercevant au contraire, il se reprochait d'avoir parlé, et, au bout d'un quart d'heure de descente, il remonta pour me dire :

— En y réfléchissant, je crois bien que vous avez deviné la chose. C'est le petit qui aura imaginé cela pour savoir ce qui en est et ce que j'en pense.

— Dites-lui qu'il rêve, répondis-je, et agissons en conséquence jusqu'à nouvel ordre.

Je restai plongé dans des réflexions pénibles. Ma quinzaine de solitude dans les régions sublimes du glacier m'avait ramené à mes goûts sauvages. Les gens inoffensifs qui, comme moi, n'ont pas su vaincre la destinée, c'est-à-dire briser la volonté des autres, ne trouvent de consolation qu'en eux-mêmes, c'est-à-dire dans le sentiment de leur propre douceur. La lutte leur a été terrible comme tout devoir qui n'a pas sa récompense; ils ont un immense besoin de repos. Moi qui avait lutté vingt ans et plus, je n'étais calme et maître de ma vie que depuis deux saisons, et au moment où, étendu sur mon lit de bruyère, je n'aspirais qu'à voir la lune briller à travers les fentes du chalet et à respirer les parfums du désert, on venait m'offrir de recommencer l'existence sociale, d'y reprendre des liens, de me consacrer encore une fois, moi, victime épuisée et sanglante, à l'œuvre impossible du bonheur d'autrui!

J'espérais encore que Tonino avait plaidé le faux pour savoir le vrai; mais ma mémoire se réveillait, toutes les paroles, toutes les réticences, toutes les brusqueries, toutes les prévenances, tous les étranges regards, tous les étranges contrastes de cette étrange fille se présentaient désormais avec leur explication. Le mystère qui avait tourmenté mon examen psychologique se dissipait devant l'évidence, et je me sentais mortellement troublé, car j'étais encore un homme dans la force de l'âge. Je n'avais pas usé mon système nerveux; aucun excès n'avait appauvri mon sang; mon cœur blessé souffert sans se refroidir; je n'avais de vieux en moi que l'expérience et le raisonnement. J'étais capable d'aimer, je le sentais bien; mais je n'aimais pas Félicie et je craignais de la désirer.

Dans l'âge des passions, on ne fait pas de ces distinctions critiques; quoi qu'on en dise, aimer et désirer est presque toujours la même chose, confuse en nous, mais puissante et invincible, à moins que l'on ne soit de bonne heure un homme très fort ou très subtil. Quand on compte près d'un demi-siècle, il est impossible de ne pas distinguer en soi l'entraînement des sens de celui du cœur. J'admirais dans Félicie l'énergie et les vertus réelles d'une nature d'exception; mais son esprit n'avait pas de charme pour moi. Il était trop tendu, trop étranger à ma propre nature. Il était gros d'orages, et j'en avais tant supporté!

Trois fois durant la nuit, je pris mon paquet et mon bâton de voyage pour fuir à travers la montagne. Mon serment me retint, et puis j'étais plus que jamais nécessaire au travail de Jean Morgeron, car le moment approchait où l'essentiel était à faire, et je ne pouvais me soustraire à la responsabilité que j'avais assumée sur moi. Il fallait tout au moins mettre mon ami à même de marcher seul.

Je quittai donc le petit chalet avec le cœur gros; Tonino, dès le point du jour, était accouru pour m'aider à plier bagage. Je trouvai Félicie parée, c'était un jour de grande fête; elle avait mis un riche et pittoresque costume montagnard que je lui avais vu porter une fois, et je me souviens de lui avoir dit qu'elle devrait le porter toujours. Elle était vraiment charmante ainsi, autant que peut l'être une femme régulièrement jolie, dont le regard est morne et le sourire dédaigneux; car, sans grâce ou sans éclat dans la physionomie, il n'est pas de beauté attrayante.

Elle me reçut avec la même politesse sans charme que les autres fois, me servit à déjeuner avec les mêmes recherches, et se mêla aussi peu à la conversation que de coutume; seulement, elle s'abstint de troubler celle des autres par les réflexions mordantes qu'elle jetait d'ordinaire en passant, et, quand elle s'assit au dessert, elle se laissa taquiner par son frère sans lui rendre la pareille.

— Savez-vous, me dit-il devant elle, qu'elle est bien changée, notre bourgeoise? Je ne sais quelle bonne morale vous lui avez faite, un jour qu'elle est monté à la Quille; mais, depuis ce temps-là, elle ne nous a pas contredits ni grondés une seule fois : c'est affaire à vous de sermonner les femmes!

Je répondis que je ne m'étais pas permis...

— Si fait, interrompit Tonino naïvement; elle a dit que vous l'aviez grondée.

— Et de quoi te mêles-tu, toi? reprit Jean de sa grosse voix retentissante; ce n'est pas à toi qu'on parle. Va donc un peu voir du côté de l'étable; les vaches crient la soif depuis une heure, et le vacher est à la messe.

C'était la première fois que Jean donnait devant moi un ordre à Tonino quand Félicie était là. Je remarquai qu'elle ne lui commandait plus rien, et qu'il semblait s'être relâché de son activité habituelle. Il ne craignait pas Jean, et il sortit en riant et sans se presser. Il me fut impossible de surprendre le moindre dépit ou la moindre inquiétude dans ses traits.

Comme je suivais des yeux sa sortie, je rencontrai dans un vieux miroir historié, penché au-dessus de la porte, le regard de Félicie. Hélas! ce regard, l'expression de sa physionomie, disposèrent de moi, et mon âme plia sous la sienne comme un brin d'herbe sous un souffle d'orage. Elle détourna précipitamment les yeux, se leva et alla chercher la cafetière dans le foyer; mais son teint pâle s'était coloré d'un feu subit, et dans cet éclair elle s'était transfigurée.

Interdit, résolu à ne rien manifester, j'évitai de la regarder. Elle fit comme moi; mais le soin que nous prîmes n'aboutit qu'à la rencontre fréquente et inévitable de ce double courant magnétique qui nous enveloppait. Sous l'empire de l'amour, Félicie devenait tout à coup divinement belle; le marbre s'était fait femme. La crainte caressante, la pudeur, la passion comprimée, la soumission, l'abandon de sa fière personnalité, l'humilité tendre, la douceur, ce charme profond auquel rien ne résiste, toutes les faiblesses, toutes les puissances de la femme étaient en elle, et je ne sais pas d'homme qui raisonne et résiste quand ce rayon du ciel tombe sur lui. Je voyais Félicie pour la première fois, je ne l'avais jamais vue, jamais pressentie. Tout ce que je m'étais dit contre elle n'était que sophisme et déraison. Une heure ne s'était pas écoulée depuis qu'elle m'était révélée, et je l'aimais, et mon souffle remplissait pour moi l'atmosphère où je respirais pour la première fois les parfums de la vie céleste. Le frôlement de ses tresses pendantes quand elle se penchait vers moi pour me servir me faisait tressaillir intérieurement; sa voix, que j'avais trouvée âpre, avait pris la suavité d'un chant; quand elle disait avec une émotion mal dissimulée quelque parole en apparence insignifiante, je cessais de respirer pour attendre une autre parole, comme si ma vie eût dépendu de cette parole, et comme si la vibration de cette voix eût suspendu pour moi celle de l'univers.

Je sortis dans la campagne pour être seul, pour me ravoir s'il était temps encore. Il me fut impossible de m'interroger. La partie sereine de mon âme répondait d'avance à toutes les questions de la partie inquiète, ou plutôt quelque chose de supérieur à moi était entré en moi et se riait doucement de tout ce qui voulait être l'ancien moi. Cela seul m'étonnait; je ne me demandais pas si j'aimais, j'en étais trop sûr; je me demandais ce que c'est que cette puissance magique de l'amour sous laquelle je me sentais abîmé et vaincu.

C'était la première fois que j'aimais, bien que ce fût le second amour de ma vie. J'avais été amoureux de ma femme avec ivresse au commencement de notre malheureuse union; mais c'était l'ivresse trouble dont je vous parlais tout à l'heure, cette plénitude d'instincts qui la jeunesse ne distingue pas le plaisir du bonheur. Plus épuré, je sentais maintenant le bonheur sans songer au plaisir; mon enchantement ne se traduisait par aucune aspiration violente, j'étais devenu meilleur avec les années, je ne pensais pas à moi; j'étais tout à la tendresse, à la reconnaissance, au besoin de consoler et de rajeunir cette âme désolée et flétrie qui voulait bien renaître pour se donner à moi.

Je me rendis bien compte de la sainteté du sentiment que j'accueillais en moi, et toute hésitation cessa. Pourquoi me serais-je menti à moi-même, pourquoi aurais-je menti aux autres? Je résolus d'aller dire la vérité à Félicie et à son frère.

Mais, comme j'allais vers la maison, j'aperçus que j'étais observé par Tonino, tapi sous un buisson à peu de distance du lieu où je m'étais assis. Je m'arrêtai pensif, et le souvenir de la scène que j'avais surprise au rocher de la Quille, six mois auparavant, me revint à l'esprit avec une netteté incroyable. Je revis le jeune homme portant à ses lèvres les cheveux tressés de Félicie, je revis le regard incompréhensible de Félicie, mélange de colère et d'attendrissement qui m'avait paru suspect, et dont, malgré ses explications très plausibles, l'impression était restée en moi ineffaçable et quelque peu douloureuse.

Tonino était-il, sans le savoir, épris de sa cousine? était-il jaloux de moi? allais-je faire le malheur de cet enfant qui avait bien plus de droits que moi à l'affection de Félicie? Faire le malheur de quelqu'un, moi! Je marchai sur cette pensée comme sur un serpent, c'est-à-dire que je me rejetai en arrière, effrayé, et qu'il me fut impossible de passer outre. Je pris une résolution franche. J'appelai Tonino, je me promenai deux heures avec lui; je mis en œuvre tout ce que j'avais de prudence et de perspicacité pour connaître le mystère de sa pensée.

C'était une nature au moins aussi anormale que celle de Félicie. Il était bien Italien en ce qu'il savait allier la passion à la ruse: mais, transplanté dans ce milieu champêtre, couvé et dirigé par l'intelligence à beaucoup d'égards supérieure de Félicie, il avait sinon des instincts, du moins des sentiments généreux. Il alla au-devant de mes questions en me parlant comme Jean m'avait parlé. Seulement, il me parut faire des réserves que Jean n'avait pas faites. Il ne sembla pas supposer que Félicie pût être éprise de quelqu'un, de mes cinquante ans par conséquent. Fut-ce respect pour elle, dédain pour moi, le mot d'amour n'arriva pas jusqu'à ses lèvres.

— Il faut épouser la cousine, me dit-il, ce sera un bonheur pour vous deux. C'est une tête si raisonnable, qu'elle ne pourrait pas vivre avec un jeune mari, et, vous, à l'âge que vous avez, vous ne supporteriez pas les envies et les caquets d'une jeune fille. Elle est aussi bonne que vous êtes bon, pas si douce, mais aussi humaine et aussi généreuse. Vous voyez bien qu'elle a trop d'esprit et d'éducation pour un paysan! J'ai eu peur qu'elle ne se laissât persuader d'épouser Sixte More, qui venait souvent ici il y a deux ans et que le patron protégeait auprès d'elle. Dans ce temps-là, j'avais du chagrin. Je craignais d'avoir un maître brutal qui me chargerait d'ouvrage ou qui me ferait partir de la maison, et pourtant je voyais bien que la cousine avait besoin d'une compagnie et d'un soutien quand son frère était absent. Jusque-là, je n'y avais jamais songé; je m'étais imaginé qu'avec moi elle était comme avec son fils, et quelquefois elle disait : « Une mère n'est jamais seule quand elle est avec son enfant. » C'était dans ses bons jours. Le plus souvent elle m'envoyait coucher avec le soleil en me disant : « Tu m'ennuies, j'aime mieux être seule qu'avec toi. » J'allais pleurer avec la gardeuse de chèvres, et c'est elle qui m'a expliqué qu'une femme de trente ans ne pouvait pas vivre sans se marier, qu'il lui fallait la conversation d'un homme raisonnable et savant, quand elle était instruite comme la patronne. Alors, j'en ai pris mon parti, et j'ai demandé à Dieu de lui envoyer l'ami qu'il lui fallait. Il m'a écouté, car vous voilà, et elle a pour vous plus de respect et de croyance que pour son propre frère. Mariez-vous donc avec elle, et nous serons tous très heureux ensemble. Je vous servirai comme si vous étiez mon père. Vous m'instruirez, et peut-être que je vous ferai honneur.

Dans tout ce babil de Tonino, il y avait, vous le voyez, une simplicité d'enfant, et j'eus beau le pousser pour voir s'il ne se moquait pas de moi, il ne laissa pas échapper une réplique, une réflexion qui n'exprimât la plus parfaite candeur. D'où vient que je ne fus pas entièrement tranquillisé? C'est que sa figure pâle et mobile exprimait quelque chose de plus que ses paroles. Ainsi, quand il racontait ses effusions de cœur avec la gardeuse de chèvres, il y avait, au coin de sa lèvre ombragée d'un soyeux duvet, je ne sais quoi de malin et de sensuel. Quand il disait que Félicie avait besoin d'un ami sérieux, son bel œil noir laissait jaillir un sombre éclair; quand il promettait de me regarder comme son père, il y avait dans son accent quelque chose de câlin et de railleur qui semblait dire : « Vous serez aussi un père pour ma cousine, à votre âge! »

Vous pensez bien que mon amour-propre en sourit sous regimber. Certes j'étais trop vieux pour prétendre à l'amour. Aussi n'y avais-je pas prétendu, et n'ayant rien à me reprocher de ce côté-là, je ne pouvais pas me sentir ridicule. L'amour venait m'appeler, me commander et me vaincre. Les jeunes gens pouvaient se moquer de moi, je ne méritais pas leur moquerie; donc, elle ne me blessait pas.

Mais n'y avait-il aucune amertume dans la muette raillerie de Tonino? Voilà ce que je ne pus savoir. Ses paroles n'en trahissaient rien; elles étaient, au contraire, pleines de respect et d'affection. Devais-je me tourmenter d'une exubérance de physionomie qui tenait sans doute uniquement à la mimique de sa race?

Pourtant je fus comme refroidi dans mon émotion, et, au lieu d'aller baiser les mains de Félicie, je résolus d'attendre encore. Attendre quoi? Je n'aurais pu le dire; mais bien certainement Tonino se plaçait, à dessein ou non, entre elle et mon premier mouvement.

Je m'observai si bien ce soir et les jours suivants, qu'elle dut croire que je n'avais rien deviné. Sachant bien que Tonino lui rapporterait toutes mes paroles, je m'étais abstenu de répondre à ses ouvertures. J'avais feint de croire qu'il les prenait, comme on dit, sous son bonnet. Il y avait tant d'ouvrage à faire et à surveiller au bord du torrent, qu'il me fut aisé de distraire Jean Morgeron de ses préoccupations matrimoniales à mon endroit. Je maniai avec rage la pelle et la pioche pour m'en distraire moi-même. Il me semblait devoir laisser à Félicie l'initiative absolue d'une affaire aussi délicate que celle de notre union.

Et, malgré ce stoïcisme, je l'aimais vivement, tendrement, passionnément peut-être! Quand elle venait donner un coup d'œil à nos travaux, je la sentais s'approcher avant de l'avoir aperçue. Quelquefois aussi je rêvais qu'elle allait venir, qu'elle était venue, et le cœur me battait si fort, que je ne pouvais plus soulever la terre et briser le roc. Je me retournais avec impatience, mon âme la sommait d'arriver, je m'alarmais presque qu'elle ne fût pas là.

Un jour, j'eus avec elle un entretien bien mystérieux. Je pensais à elle. Je me demandais si c'était bien moi qu'elle pouvait aimer, si elle persistait à croire que j'eusse seulement dix ans de plus qu'elle, si je ne lui paraissais pas réaliser quelque idéal dont je n'avais que l'apparence fugitive, et je souhaitais presque qu'il en fût ainsi. Je la chérissais si réellement, que je craignais de ne pas mériter son amour, et j'aurais voulu qu'elle me demandât de lui sacrifier le mien, afin de lui offrir une amitié digne d'elle. L'amour est toujours égoïste, quoi qu'il fasse. Je m'effrayais de moi-même dans un sentiment si peu prévu. J'étais bien plus sûr d'être un bon et tendre père qu'un époux aimable.

Je pensais tout cela en prenant quelques instants de repos dans une ravine où je travaillais seul, au-dessus de l'habitation. Une voix suave monta jusqu'à moi. C'était celle de ce violon magique qu'elle faisait si rarement et si divinement chanter. Elle disait je ne sais quel air peut-être inédit d'un vieux maître; c'était peut-être une pensée musicale du vieux Monti religieusement gravée dans la mémoire de sa petite-fille. Quant à moi, je l'interprétai comme une réponse à mes perplexités, j'y adaptai des idées et des paroles. Selon moi, ce chant me parlait, il me disait : « Pauvre homme de réflexion timide et d'expérience amère, tu ne sais rien, tu ne comprends pas! Écoute la voix de l'artiste, lui seul connaît la vérité, car il connaît

JE PENSAIS TOUT CELA EN PRENANT QUELQUES INSTANTS DE REPOS.

l'amour. Il a le feu sacré qui ne daigne pas répondre aux cas de conscience; le feu ne raisonne pas, il consume. Il ne s'explique pas plus que Dieu : il éclaire et embrase. Écoute comme ma note est pure et forte! Devant elle, toutes les notes de la nature font silence. C'est une note qui monte aux astres et remplit le ciel. Elle est simple, elle est une, comme la vie. Elle vibre jusqu'à l'infini. Aucune de tes pensées ne peut troubler, ni suspendre, ni faire dévier de sa marche éternelle la note souveraine qui dit l'amour. »

J'essayais en vain de répondre dans mon cœur. J'invoquais la céleste amitié, le sacri-

fice de soi, la douce pitié, l'appui paternel et désintéressé, tout ce qui pouvait me sembler plus pur et plus grand que la passion assouvie : le violon de Crémone n'écoutait pas; il chantait, il planait toujours, il répétait sans se lasser sa phrase monotone et sublime : *l'amour, rien que l'amour!*

Vaincu encore une fois, je me levai, et, laissant là ma blouse et mes outils, je descendis au grand chalet. Du rocher auquel il était adossé, je m'aperçus que ma vue pouvait pénétrer dans la salle où se tenait la famille pendant et après les repas, car c'était une salle à manger et un salon, une belle pièce vaste, toute lambrissée de sapin verni, avec une grande table, des meubles sculptés dans le goût allemand, des faïences curieuses, un beau christ en ivoire, ancien objet d'art italien. Les fenêtres étaient petites mais nombreuses; le plafond peu élevé et les parois claires donnaient un ton de gaieté sereine à ce parloir d'une décoration riche et austère. Je crus d'abord qu'il n'y avait personne; mais, en tournant le sentier, je vis le fond de la pièce, et Tonino assis contre la porte ouverte de la chambre de Félicie. Elle était là, c'est dans sa chambre qu'elle faisait de la musique, et lui, se cachait pour l'écouter. Je ne pouvais entrer chez elle sans le trouver comme toujours entre nous deux.

Je ne voulus pas céder au sentiment de dépit injuste qui s'emparait de moi. Du moment qu'il se tenait caché derrière la porte, ce n'était pas pour lui que le noble instrument parlait. J'entrai dans la salle comme il se taisait, et, au même moment, je vis Tonino s'enfuir par une autre porte, comme s'il eût espéré que je ne l'apercevrais pas. Souple comme un serpent, il descendit sans bruit l'escalier intérieur, j'étais venu par celui qui donnait sur le rocher.

Pourquoi fuyait-il? Parce que ce n'était pas l'heure de la musique, mais celle du travail? Je n'étais pas chargé de le surveiller, moi, et je ne le reprenais jamais. Craignait-il d'être surpris et grondé par la patronne? Elle ne grondait plus personne. Elle voulait plaire, elle savait qu'une femme en colère est laide; sa figure avait perdu tous les plis qui l'assombrissaient, elle était belle, elle était rajeunie; la douceur, la mélancolie touchante régnaient sur son front désormais à toute heure. Telle elle m'apparut au seuil de la chambre... Mais pourquoi Tonino avait-il pris la fuite à mon approche?

Je ne sus que lui dire; mon cœur plein de confiance s'était tout à coup glacé. Elle ne me demanda pas ce que je voulais, elle n'avait plus pour moi que de muettes prévenances, ses yeux mêmes n'osaient interroger les miens; elle était devenue timide comme une enfant; mais elle se tint debout et immobile comme si elle eût attendu mes ordres.

Je secouai mon embarras en voyant la délicate pudeur de son âme.

— Félicie, lui dis-je, vous avez joué quelque chose d'admirable. J'avais besoin de vous en remercier, comme si vous l'aviez joué pour moi; mais vous ne pensiez peut-être qu'à celui qui vous l'a enseigné?

— Personne ne me l'a enseigné, répondit-elle. C'est quelque chose qui m'est venu je ne sais comment, et je ne saurais pas dire ce que c'était.

— Vous ne pourriez pas le redire?

— Non, je ne crois pas. C'est déjà envolé!

— Mais Tonino s'en souviendra, lui?

— Tonino? Pourquoi lui plus que vous?

— Peut-être sait-il mieux écouter!

Et j'ajoutai en m'efforçant de sourire .

— Quand on écoute aux portes!

Elle me regarda avec un étonnement profond. Évidemment elle n'avait rien su de la présence du jeune homme, et elle ne comprenait rien à ma lourde épigramme. Je fus honteux de moi-même, j'essayai d'être sincère; mais, comme j'allais parler à cœur ouvert, je vis Tonino sur le sentier par où j'étais venu. Il savait très bien, lui, que, de là, on pouvait voir dans la salle, et il m'épiait d'assez près pour que son sourire moqueur ne pût m'échapper. Je sentis encore une fois qu'il était l'obstacle mystérieux, insurmontable cet enfant et de devenir ridicule à mes propres yeux par un sentiment de méfiance puérile fit écrouler mon rêve d'expansion. Je demandai un verre d'eau de source à Félicie, comme si je n'avais quitté mon travail que pour me désaltérer. Elle se hâta de l'aller chercher, et je pris un livre que je feignis de lire en attendant. Les yeux noirs de Tonino étaient toujours sur moi. Ils me menaçaient comme deux flèches. Du moins je m'imaginais cela, car je les sentais sans les voir, et quand je relevai la tête, il était parti; mais il ne pouvait être loin, il s'était peut-être mieux caché pour m'observer. J'étais humilié et

irrité intérieurement. Félicie m'offrit un vase et versa de l'eau de l'aiguière. Je remarquai que sa main délicate avait blanchi, elle en prenait soin, elle ne lavait plus la vaisselle, ses doigts charmants n'avaient plus de gerçures: c'était un grand sacrifice qu'elle avait fait à l'amour, elle si ardente au travail du ménage, et qui trouvait qu'aucune servante n'était assez prompte et assez soigneuse. Et cette belle main tremblait en me servant! Ma tête se pencha, mes lèvres lui envoyèrent un baiser muet; mais l'invisible fantôme italien errait toujours comme une ombre sur la muraille. Je me relevai brusquement en remerciant Félicie avec froideur. Deux grosses larmes coulaient lentement sur ses joues. Je feignis de ne pas les voir, je sortis, et je travaillai comme un manœuvre le reste du jour.

Quelque chose de nouveau, d'amer, de soupçonneux, d'étranger à ma nature était entré en moi. Je m'en défendais en vain, j'étais jaloux! De quel droit? Je n'en avais aucun, pourtant j'avais au moins quelque sujet de plainte. Félicie avait beau se taire et se renfermer dans sa pudeur, elle sentait bien que je n'ignorais plus son amour, et, si nous n'étions pas déjà loyalement fiancés, c'est que j'avais manqué de confiance. Ne voyait-elle pas mes perplexités, et ne pouvait-elle, ne devait-elle pas en saisir la cause? Cette cause me paraissait si claire! mon attitude et mes paroles ne l'avaient-elles pas trahie? Félicie manquait-elle de tact et de pénétration, ou bien était-elle résolue à fermer les yeux sur une injustice dont elle comptait me voir guéri par la force de la vérité? Déjà plusieurs fois elle s'était donné la peine d'aller au-devant de mes soupçons et de me parler de son fils adoptif de manière à ramener ma confiance. D'où vient qu'elle ne m'en parlait plus et qu'elle feignait de ne pas deviner le besoin que j'avais d'être rassuré? Se plaisait-elle à me voir souffrir? Est-ce dans cette souffrance qu'elle cherchait la révélation ou la progression de mon amour?

Elle me connaissait mal; je n'aime pas les mauvaises passions, et je sais m'en défendre, tout faible et naïf que je suis. Quand ma conscience me montre dans son miroir l'image enlaidie et troublée de mon âme, l'horreur du laid et le dégoût du mesquin me saisissent, et je me condamne si sévèrement, que je m'abstiens de vivre plutôt que de consentir à vivre dans une région indigne de moi.

Je résolus donc d'être plus fort que moi-même, plus fort que Félicie, et de vaincre l'amour qui s'était allumé en nous dans de mauvaises conditions. Après le repas du soir, je m'adressai à Tonino.

— Mon cher baron, lui dis-je en souriant, mais avec une fermeté qui le surprit, j'ai à parler avec nos amis. Il faut me laisser avec eux et ne pas écouter à travers les cloisons.

Il rougit et pâlit en moins de temps qu'il n'en faut à l'éclair pour traverser la nuée; mais il trouva une réponse aimable et enjouée, et se retira.

Je savais bien qu'il se mettrait quelque part pour écouter. Je lui en voulais d'autant moins que mon avertissement avait provoqué son attention et sa curiosité.

Resté seul avec le frère et la sœur, je vis que celle-ci tremblait et me dérobait son visage en feignant de ranger les tasses, tandis que Jean, bourrant sa grosse pipe allemande d'un air de bonne humeur, levait sur moi ses yeux sincères et semblait me dire : « Nous y voilà, tant mieux; allons, courage! »

Je n'étais pas intimidé.

— Mes amis, leur dis-je avec la triste sérénité d'un homme qui accomplit un sacrifice très grand, mais très nécessaire, j'ai beaucoup réfléchi à nos respectives positions. Me voici de la famille, en ce sens que vous êtes pour moi un frère et une sœur; mais je suis un frère illégitime, c'est-à-dire que je ne possède rien, tandis que vous êtes riches. Votre amitié m'associerait, je le sais, à votre fortune; cela ne serait pas juste. Je veux rester étranger à tout ce qui est propriété ou contrat quelconque. Vous me garderez chez vous comme un bon ouvrier; quand je serai infirme ou fatigué, vous me garderez par amitié, par reconnaissance ou par charité, peu m'importe, j'ai confiance en vous; je ne veux pas d'engagements réciproques. Voilà le résultat des réflexions que je vous avais promis de faire sur notre association. Elles sont faites, et elles sont absolues.

Et, comme Jean s'apprêtait à répondre tandis que Félicie baissait la tête comme brisée ou offensée, je me hâtai d'ajouter :

— Une circonstance eût pu nous lier davantage les uns aux autres. C'est la possibilité d'un mariage entre Félicie et moi, et, quelque bizarre que puisse vous paraître cette prétention chez un homme de mon âge, je veux vous confesser que l'idée m'en est venue et m'a paru par moments admissible; mais pardonnez-la-moi. Si j'ose vous en parler naïvement aujourd'hui, c'est parce qu'elle s'est effacée entièrement de mon esprit, et que je me la reproche comme une folie et une impertinence, c'est que je l'ai repoussée sans retour, et que je suis sûr de n'y revenir jamais.

— Eh bien, dit Jean avec un gros soupir, vous avez eu tort. L'idée n'était pas si folle; elle m'était venue aussi, à moi, et peut-être que ma sœur,... bien qu'elle n'y ait jamais

songé, ne l'eût pas apprise avec colère : qui sait? Réponds donc, Félicie !

J'empêchai Félicie de répondre; je voyais bien, à l'orage intérieur que la fierté lui faisait réprimer, qu'elle n'était pas dupe de mon stratagème.

— Félicie, dis-je à Morgeron, n'est pour rien dans tout cela, en ce sens que nous lui parlons d'une chose tout à fait nouvelle pour son esprit. Si j'ai été insensé, qu'elle m'absolve en faveur du motif. Ce n'est ni la cupidité lâche, ni la passion ridicule à mon âge qui m'avaient suggéré l'idée de lui offrir mon éternel dévouement : c'était le besoin de réparer l'injustice de sa destinée et de lui donner la plus grande preuve de respect et d'estime qu'il soit au pouvoir d'un homme de donner à une femme; mais j'ai réfléchi également là-dessus. Je me suis dit que Félicie Morgeron était trop belle et trop jeune encore pour faire un mariage de pure convenance, ou tout au moins de paisible amitié. Elle doit inspirer l'amour, elle doit y prétendre, et, mon plus grand désir étant de la voir heureuse, je me garderai de lui offrir un sentiment purement paternel. Vous me direz que je n'avais pas besoin de me confesser ainsi devant elle. C'est un scrupule que je n'ai pu vaincre et qui m'aurait troublé, si je ne l'eusse avoué. A présent que j'en suis débarrassé, je suis sûr qu'elle ne m'en veut pas de l'avoir trouvée digne d'un homme sage et, je crois, irréprochable. Ma confession est un hommage que je lui rends et que je lui devais peut-être. Donc, si je ne donne pas suite à mon rêve, elle saura que ce n'est pas par orgueil, mais que c'est par dévouement et par modestie.

Jean ne comprenait plus rien et me regardait avec un étonnement comique, se demandant si c'était de ma part une timide déclaration ou une rupture. Il me savait gré de ne l'avoir pas trahi et de prendre sur moi seul tous les risques de l'explication. Il attendait avec anxiété ce que Félicie allait me répondre.

Quant à celle-ci, elle ne s'y trompa point, et, se levant avec résolution, elle vint à moi et me tendit la main.

— Je vous remercie de votre franchise, me dit-elle. Vous m'absolvez du passé, mais ce n'est pas une raison pour vous lier à l'avenir. Vous me trouvez trop jeune et vous sentez que je ne suis pas la compagne raisonnable et calme qu'il vous faudrait; vous êtes dans le vrai. Je ne veux pas faire un mariage d'amitié, et, comme je ne crois pas inspirer jamais l'amour, je compte ne jamais me marier.

Jean fit la remarque assez judicieuse que nous étions deux cerveaux par trop romanesques, l'un s'abstenant du mariage faute d'éprouver l'amour, l'autre faute de l'inspirer.

— Écoutez, lui répondit Félicie avec feu, je suis positive, au contraire! Je ne comprends pas le mariage sans fidélité réciproque, et l'amour est la seule garantie à laquelle je croie. Ni le devoir ni l'amitié ne peuvent lutter seuls dans le cœur d'un homme contre

sant cesser un quiproquo ridicule et pénible.

Jean secoua la tête.

— Ma sœur est trop fière, dit-il, pour se fâcher de votre froideur. Elle n'en souffre peut-être pas : je ne sais plus rien de ce qui se passe entre vous deux; mais je vous déclare

JEAN S'APPRÊTAIT A RÉPONDRE TANDIS QUE FÉLICIE BAISSAIT LA TÊTE.

les tentations de la vie; il faut aussi l'amour! Je ne veux donc être aimée ni par pitié ni par devoir; monsieur Silvestre l'a compris, et je lui sais gré de ne m'avoir pas laissée prendre le change.

Elle nous quitta en nous disant un bonsoir amical, et, comme Jean restait triste et absorbé, je voulus lui démontrer que, Félicie étant parfaitement calme et nullement piquée, j'avais bien agi dans l'intérêt de tous en fai-

que, si elle en souffre, elle en souffre beaucoup. Personne ne le saura, mais le mal intérieur sera grand. C'est une fille qui ne sent rien à demi.

L'idée du chagrin de Félicie me rendit très malheureux, je l'avoue, et vingt fois, le lendemain, je fus prêt à lui dire que j'avais menti, que je l'aimais passionnément et que j'étais jaloux. Je ne pus cependant me résoudre à cette humiliation, d'autant plus que cette nature énergique ne donnait guère de prise au retour. Son parti était pris, il semblait même qu'il le fût d'avance, et elle ne laissa paraître ni froissements d'amour-propre, ni pitié pour elle-même, ni regret de son illusion perdue. Elle travailla comme à l'ordinaire, prodigua les mêmes soins à la famille et à moi, et il n'y eut pas sur son visage la moindre trace de larme, ou d'insomnie. Peut-être fus-je piqué, moi, de son courage ou de son indifférence. Je m'aperçus d'une chose illogique et mauvaise qui se passait en moi; j'aurais voulu qu'elle eût un grand chagrin. Je tâchais de m'excuser de mon injustice à mes propres yeux en me disant que ce chagrin sincère et profond eût banni mes craintes et désarmé ma prudence. Étais-je dans mon droit, n'y étais-je pas? Je ne lisais plus bien clairement dans ma conscience, tant l'amour y avait déjà porté de trouble et soulevé de questions.

Peu de jours après avoir ainsi brûlé mes vaisseaux, je sentis un grand besoin de solitude, et l'occasion me servit. Les Morgeron avaient un procès qui durait depuis des années et qui leur mangeait de l'argent en pure perte. Comme ils s'en tourmentaient un peu, je me fis expliquer l'affaire et j'y trouvai une solution dont on ne s'était pas avisé encore. Pour la proposer et la faire accepter, il fallait aller à Sion. J'offris de m'y rendre, on accepta, je partis.

Je restai un mois absent, occupé tout le jour des intérêts de mes amis, et me promenant seul le soir dans la montagne. Là, je recouvrai le calme qui m'avait fui, et je me crus si bien guéri de l'amour, que je retournai avec joie à la Diablerette. De grands chagrins m'y attendaient.

Je trouvai Félicie si changée et si vieillie, que je me demandai si l'illusion de l'amour me l'avait fait trouver jeune et belle, ou si une profonde douleur avait fait sur elle, en un mois, l'ouvrage de plusieurs années. Elle m'assura qu'elle se portait bien; Jean me jura qu'elle n'avait pas été malade; l'ayant vue tous les jours, il ne s'était pas aperçu qu'elle eût souffert. Tonino était absent, il avait été à Lugano recevoir la dernière bénédiction de sa mère mourante. Félicie avait gardé un tendre souvenir à cette parente charitable par qui elle avait été accueillie dans son malheur. Je pus penser que sa mort et le chagrin de Tonino l'avaient vivement affectée, et que, absorbée par ses chagrins de famille, elle ne songeait plus à moi; je n'étais plus jaloux, je rougissais de l'avoir été; je me flattais d'inspirer désormais une amitié bienfaisante et sérieuse.

Un soir, Jean me prit à part et me dit .

— J'ai mal rêvé cette nuit. Je ne suis pas superstitieux, je ne crois pas que les songes annoncent l'avenir; mais ils ont cela de triste ou d'utile, qu'ils nous font penser à ce qui peut nous arriver et à ceux que nous laisserions dans la peine. J'ai rêvé que j'étais à la chasse et que je tuais un chamois; mais la bête morte, c'était moi-même. Je me voyais accroché à une roche, saignant, les flancs ouverts; mon chien Médor venait pour m'achever, je voulais lui parler, je ne pouvais pas, et il ne me reconnaissait pas. Je me suis éveillé tout effrayé et tout malade. J'en ris à présent, mais je me demande tout de même si, en cas d'accident, mes affaires sont bien en ordre. Il faut que vous m'aidiez à voir cela. Le procès que vous avez heureusement terminé à Sion vous a mis à même de bien connaître ma situation et les dispositions de ma famille à l'égard de Félicie. Mes parents ne l'aiment pas; ils sont tous riches, et je veux qu'elle soit, sans conteste, mon unique héritière. Mon testament est fait, examinons-le ensemble; sachez s'il est bien fait et s'il assure l'avenir de ma sœur.

Après examen attentif, tout me sembla arrangé pour le mieux. Je rassemblai et rangeai tous les titres, et Jean me montra où il cachait la clef de son bureau.

— A présent, me dit-il, je suis tranquille, et je pourrai faire tous les rêves du monde sans m'en souvenir le lendemain.

Malgré son air enjoué, il me sembla qu'il était poursuivi par un pressentiment sinistre. Les gens doués d'une forte vitalité ne pensent pas à la mort sans un ébranlement sensible de tout leur être. Je vis un nuage passer plusieurs fois sur ce front large et bas qui commençait à se dégarnir et à montrer à nu la puissance de ses facultés d'obstination et de bonté.

Cette impression de tristesse fut bientôt effacée. Un jour, Jean me proposa une partie de chasse.

— Il faut, dit-il, que je tue un chamois pour faire mentir mon rêve.

Je l'accompagnai. La chasse fut bonne : au lieu d'un chamois, nous en rapportâmes deux. Médor se conduisit admirablement, et son maître lui prodigua les compliments et les caresses. Félicie, à qui nous nous étions bien gardés de parler du rêve de son frère, se mit avec joie en devoir de conserver les parties du gibier destinées à la venaison, en même temps qu'elle nous prépara les morceaux les plus choisis. Le souper fut très gai. Jean avait invité quelques voisins, entre autres Sixte More, qui me parut toujours épris de Félicie, bien que toujours rebuté par elle. C'était un bel homme encore jeune, riche, sans éducation, mais non sans jugement et sans esprit naturel. Jean but un peu plus que de coutume et, sans être ivre, il s'exalta un peu en paroles.

Félicie nous laissa au dessert. Je remarquai qu'elle s'était remise avec son ancienne ardeur aux soins matériels du ménage et qu'elle ne craignait plus de gercer ses belles mains en plongeant les vases dans la rigole d'eau courante qui traversait sa vaste cuisine.

Alors, Jean se mit à parler d'elle, à vanter son courage, son dévouement, ses vertus domestiques. Il s'attendrit, et, prenant en amitié celui qui se trouvait à ses côtés, il embrassa Sixte à plusieurs reprises en lui disant :

— Si je venais à mourir, je veux que tu ne te décourages pas du passé, et que tu persuades à Félicie de te prendre pour mari. Tu l'aimes toujours, je le sais, je le vois, et toi seul est digne d'elle. Juremoi que tu la rendras heureuse !

Quand on se sépara, Jean était encore plus surexcité, et, oubliant ce qu'il avait dit à Sixte More, il me dit absolument les mêmes choses, me recommandant de ne jamais quitter sa sœur et voulant me faire jurer de l'épouser. L'idée de la mort, écartée dans la première joie de la réunion, était revenue fixe et redoutable dans l'ivresse.

Jean était habituellement sobre. Je ne le vis donc pas sans inquiétude continuer à boire et à s'étourdir les jours suivants, comme si, se croyant condamné à une fin prochaine, il voulait l'oublier et noyer dans le vin ses idées noires.

Félicie s'en inquiéta aussi. Elle essaya de l'arrêter, elle s'y prit mal, elle échoua. Je fus plus habile ou plus heureux, je rattachai Jean à sa chère idée, et il reprit avec entrain les travaux de l'île Morgeron. Nous y étions de nos personnes et de nos bras depuis quelques jours, quand un orage gonfla le torrent et nous amena les premières terres que le brisement de la roche nous permettait enfin d'attendre et de recueillir. A ce premier

succès, Jean devint comme fou d'orgueil et de joie. Il parla de dresser une tente sur son nouveau domaine aussitôt que le soleil aurait séché le sol, et d'y donner une fête à tous les habitants riches et pauvres de la contrée : mais tout à coup, jetant sa pioche avec une sorte d'égarement :

— A quoi bon, s'écria-t-il, avoir pris tant

LA CHASSE FUT BONNE.

de peine et tant combattu, pour ne pas jouir du triomphe ?

Félicie, qui était présente, s'effraya, et me demanda vivement l'explication de ce désespoir subit. Je dus lui avouer, que, depuis quelque temps, une idée sombre poursuivait son pauvre frère. Elle s'en alarma beaucoup.

— Je ne crois pas aux pressentiments, me dit-elle ; mais j'ai toujours pensé que mon frère avait trop d'imagination, trop d'ardeur dans ses projets, et qu'il pourrait bien devenir fou. Voilà pourquoi je crains tant pour lui l'excitation du vin et des repas. Que faire pour le distraire de tout cela? Si nous lui parlons de se reposer du travail et de voyager pour changer d'idée, il ne nous écoutera pas. Tàchez donc d'imaginer quelque chose; car, moi, je ne sais plus... Quand je le retiens et le contredis, je l'irrite; quand je cède et flatte ses manies, elles lui donnent la fièvre. Que faire, monsieur Sylvestre? que faire? Assistez-nous d'un bon conseil, car je me sens devenir folle aussi.

J'avais assez étudié le caractère et le tem-

l'emploi de son métier dans leur vallée. Jean, avec sa bonté, sa rondeur et sa franchise, pouvait seul vaincre les scrupules du vieillard et le décider à venir avec son fils habiter la Diablerette. Quand on invoquait le bon cœur de Jean en flattant son amour-propre, on était sûr de le déterminer bien vite. Aussi son départ fut-il décidé le lendemain même. L'idée de voyager, d'agir, de parler, de convaincre, d'être utile, de se montrer aimable et généreux, dissipa sa mélancolie; il fit avec gaieté

JEAN DEVINT COMME FOU D'ORGUEIL ET DE JOIE.

pérament de Jean Morgeron pour les connaître. Je savais que la locomotion, le changement continuel d'air et de lieu, étaient nécessaires à sa nature inquiète. Mon absence et celle de Tonino l'avaient cloué toute saison à ses travaux. C'était trop pour lui. Félicie, à qui je fis part de cette réflexion, la trouva juste, et nous cherchâmes ensemble un prétexte pour faire voyager le cher patron, sans lui laisser voir nos préoccupations.

Je trouvai vite ce prétexte. Tonino était retenu à Lugano par le chagrin de son vieux père, qui ne voulait pas quitter son pays, et qui tombait pourtant dans le désespoir à l'idée de se séparer de lui. Le comte tisserand était fier et ne voulait pas être à la charge des Morgeron, qui ne pouvaient lui garantir

les apprêts de son excursion, me confiant le soin des travaux à continuer, et remettant à son retour avec Tonino la fête d'inauguration de son île.

Il détestait les voitures publiques; il y étouffait quand il y trouvait des compagnons de route, et, quand il n'en trouvait pas, il s'y ennuyait mortellement. Il faisait donc toutes ses courses à cheval, et il équipa lui-même avec soin son robuste et fidèle bidet de voyage. Nous le pressions, craignant qu'il ne se ravisât. Hélas! en croyant le sauver, nous le poussions à sa perte.

Je pris un autre cheval pour l'escorter jusqu'à la sortie des montagnes. Je le quittai quand nous eûmes atteint la plaine, après avoir déjeuné avec lui dans une petite auberge où il fut gai et aussi calme qu'il lui était permis de l'être. Ses fantômes semblaient complètement dissipés, il causait avec raison et bonté de la situation de Tonino et de sa famille.

Quand nous nous fûmes cordialement embrassés, quand il eut lestement enfourché sa monture ardente et solide, qui partit à fond de train, faisant résonner son équipage plaqué d'argent et ses fontes de pistolet, je le suivis des yeux longtemps à travers la plaine. Pouvais-je croire que je voyais pour la dernière fois cet homme si robuste et si énergique, dont la vie était une continuelle expansion, un débordement de puissance, si l'on peut ainsi dire?

J'allais le perdre de vue lorsque je remarquai que Médor, son inséparable compagnon, qu'il prenait par la peau du cou et plaçait en travers sur le garrot de son cheval quand il le voyait fatigué, ne le suivait pas. Jean, sachant que l'animal chasseur faisait souvent des pointes dans la campagne et le rejoignait toujours, ne s'en inquiétait guère. Médor était sûr d'être mis sur le cheval quand il arriverait exténué d'une course forcée. Pourtant je le cherchai des yeux, et je le vis avec surprise derrière moi, couché sur le flanc, d'un air morne.

Je voulus le renvoyer à son maître; la persuasion et la menace furent inutiles. L'animal, épuisé et haletant, me regarda comme pour me dire qu'il était malade, et qu'il aimait mieux périr sous les coups que de tenter une nouvelle course.

Jean était trop loin pour voir ce qui se passait et pour revenir sur ses pas. Je dus ramener le chien à la maison. Le lendemain, il ne voulut ni manger ni boire; on crut que c'était le chagrin de n'avoir pu suivre son maître. Le jour suivant, on le chercha en vain; il avait disparu. « Ce brave Médor, pensa-t-on, a couru après son ami dès qu'il s'en est senti la force. Il saura le retrouver. »

Il le retrouva, en effet, aux portes de Lugano. Il se jeta sur lui pour le caresser, et il le mordit. L'hydrophobie, ce mal terrible, combattu durant plusieurs jours, par l'affection, la mémoire et la fidélité, éclata au moment de la joie Quelques jours après, je reçus une lettre de Tonino. Jean était gravement malade, et on ne pouvait savoir la nature de son mal. Il avait une fièvre ardente et un délire furieux. Je dus préparer Félicie à

apprendre quelque chose de grave. Elle me devina, elle m'arracha la lettre.

— Mon frère est fou! s'écria-t-elle; il devait finir ainsi, j'en étais sûre!

Nous partîmes une heure après, à cheval tous deux, pour gagner la poste la plus prochaine. La nuit nous surprit dans une gorge étroite et sombre, et nous dûmes nous ranger contre la paroi du rocher pour laisser passer un cavalier qui arrivait sur nous au galop.

Il s'arrêta en nous voyant, et nous demanda

L'ANIMAL ÉPUISÉ ET HALETANT
ME REGARDA.

en italien le chemin de la Diablerette. Il venait de la part de Tonino pour nous empêcher de partir. La lettre du matin n'était qu'une préparation à l'horrible nouvelle. Jean était mort dans une exaspération atroce. On avait dû tuer le chien. Le médecin avait reconnu une morsure au bras du malade. Ainsi s'était réalisé, avec la rapidité de la foudre, le fantastique et affreux rêve du pauvre Jean.

Tonino ajoutait par la bouche de l'exprès :

— Ne partez pas, je connais les idées et les sentiments de Félicie. Le corps de son frère sera embaumé et conduit par moi dans notre vallée. Qu'elle l'attende. Je ne sais pas encore par quelle route je pourrai le transporter, nous risquerions de nous croiser en chemin.

Félicie écouta ces détails avec un sang-froid effrayant. Elle se les fit répéter plusieurs fois, comme si elle ne les eût pas compris; puis, se tournant vers moi :

— Nous allons rentrer chez nous, me dit-elle. Envoyez ce courrier devant, pour qu'il nous annonce.

Dès que cet homme nous eut devancés, elle se remit en marche au pas, sans rien dire, sans pleurer, sans témoigner aucun désordre d'esprit, aucune défaillance de volonté. J'étais bouleversé et navré, mais je me taisais, inquiet de Félicie. L'obscurité ne me permettait pas de voir sa figure, et j'avais peine même à me rendre compte de son attitude. Je marchais tout près d'elle, craignant une explosion ou un évanouissement. Le calme apparent où elle était plongée dura près d'un quart d'heure. Tout à coup elle éleva les bras et fit un grand cri, comme si la lune, qui venait de dépasser la crête rocheuse dont nous suivions la base, et qui jeta une vive lumière sur notre chemin, l'eût rappelée à la notion du rêve.

— Est-ce que c'est vrai? s'écria-t-elle en sautant à bas de son cheval, sans s'inquiéter de le retenir auparavant. Est-ce que j'ai rêvé cela? est-ce que mon frère est mort? Non, ce n'est pas arrivé; dites-moi que je dors, réveillez-moi, tuez-moi plutôt que de me laisser continuer ce rêve?

Et elle marchait au bord du précipice, sans savoir où elle était ni où elle voulait aller.

Je vis que la crise était venue. Je me hâtai d'attacher les chevaux ensemble, je courus auprès d'elle, je l'arrêtai, je lui parlai, je tâchai de provoquer les larmes; mais, avec une exaspération terrible, elle me repoussa.

— Laissez-moi, dit-elle, laissez-moi mourir, je le veux! Qu'est-ce que cela vous fait, à vous qui ne m'aimez pas? Un seul être m'a aimée, c'est lui, et il est mort, et je ne le verrai plus!

Elle voulait alors se jeter dans l'abîme; je ne pus l'en empêcher qu'en lui parlant du corps de son frère qui allait arriver bientôt, et à qui elle devait rendre les derniers devoirs. Elle se soumit et me jura qu'elle n'attenterait pas à sa vie. Je crus ajouter à sa résignation en lui parlant de son oncle et de Tonino, ces derniers représentants de sa famille, qui avaient besoin de son appui et de son dévouement. Le souvenir de son vieux parent la frappa de respect; mais, quand je nommai le jeune homme, elle me défendit avec amertume de lui en parler jamais.

J'essayai de lui persuader de remonter à cheval; nous étions à trois lieues de la maison, et je sentais que ses jambes la soutenaient à peine. Elle parut vouloir m'obéir; mais tout à coup elle se jeta sur le sable du chemin en criant:

Laissez-moi, laissez-moi ici; vous voyez bien qu'il faut que je pleure!

L'infortunée ne pleura pas. Ses sanglots furent des rugissements dont semblait s'effrayer le lieu sauvage où nous étions. Abrités, enfermés dans deux parois de roches escarpées, nous n'entendions presque plus gronder sous nos pieds le torrent, enfoui à une immense profondeur. La lune avait déjà dépassé l'étroite zone du ciel où elle nous était apparue. Elle n'envoyait plus sur les flancs du ravin que de brusques lueurs, livides comme des lames d'épée. L'horreur de l'abîme était augmentée par l'ombre vague des nuages que le vent chassait devant lui : pas un arbre, pas un buisson, aucun murmure de feuillage. Le vent sifflait aigrement sur nos têtes sans nous effleurer, et le roulement d'un caillou dans le précipice était la seule réponse que cette solitude envoyât aux cris éperdus et stridents de la pauvre Félicie.

La pitié est comme une passion dans les âmes tendres. Dans sa détresse, l'infortunée réveilla en moi, sans le savoir et sans le vouloir, la tendresse ardente que je croyais avoir vaincue. Sa douleur déchira mes entrailles, et, en la voyant se rouler par terre, s'arracher les cheveux, je sentis, à mon propre désespoir, que sa souffrance était mienne et que je l'aimais avec passion. Alors, j'eus de l'énergie, de la ferveur, de l'éloquence, pour la ranimer ou l'attendrir. Elle fut longtemps sans me comprendre, et puis tout à coup je ne sais laquelle de mes paroles entra dans son cœur et offrit un sens à son esprit; elle m'écouta avec étonnement, chercha mes mains dans l'obscurité et me dit d'une voix déchirante :

— Est-ce vous qui êtes là? est-ce vous qui me parlez? est-ce vous qui m'aimez? Non, ce ne peut être vous! personne ne m'aime à présent; personne ne m'aimera plus! Ni amitié ni amour! il n'y a plus rien pour moi.

— Jurez-moi de surmonter cette douleur, lui dis-je; ayez la volonté de vivre, et ma vie est à vous!

— C'est impossible, reprit-elle; vous ne pouvez pas être mon frère!

Et, dans un de ces paroxysmes d'exaltation où il n'y a plus ni fierté ni réserve, elle s'écria en me repoussant :

— Non! vous ne pouvez rien être pour moi, puisque je vous aime d'amour, et que vous étiez décidé à me laisser mourir plutôt que de m'aimer de même. Votre amitié, votre pitié, je n'en veux pas, je vous l'ai dit. J'en suis humiliée et offensée; il faut que je vous adore ou que je vous déteste. Je suis comme cela, vous ne me changerez pas; j'ai renoncé à vous, mon cœur s'est vengé en vous maudissant. Je n'aime plus rien, je ne veux plus aimer personne. J'ai de l'argent, je suis riche, très riche, à présent que je n'ai plus de frère et que je ne suis plus obligée de me ruiner pour lui faire plaisir. Je donnerai tout mon argent, toutes mes terres, tous mes troupeaux à ma famille italienne. Ils seront heureux. Tonino se mariera; je ne l'aime pas, moi; je n'ai pas besoin de vivre pour lui; vous voyez bien que j'ai le droit de mourir.

— Et si je vous aimais, moi, Félicie, si je vous aimais autant que vous m'aimez?

— L'amour ne se commande pas; vous m'eussiez aimée plus tôt!

Mon secret m'échappa. Je ne sais plus comment je le lui confiai, ni comment j'expliquai

voir encore me dévouer à quelqu'un. Tenez, mon frère m'entend! il est là, il nous voit! Il voulait que nous fussions l'un à l'autre. Jurez que vous m'avez dit la vérité, et son âme sera contente! Moi, je lui jure que je vivrai, que je continuerai ses travaux, que je donnerai son nom à cette terre, à cette île qui était son rêve, et que je ne manquerai plus de foi ni de volonté! Il le veut ainsi, n'est-ce pas? Si je mourais maintenant, il serait oublié; son œuvre serait abandonnée. Aimez-moi, aimez-moi, ou tout est fini pour lui comme pour moi!

Je la pris dans mes bras et la remis sur sa

— LAISSEZ-MOI, LAISSEZ-MOI ICI.

la lutte soutenue contre moi-même. Je sais que je n'avouai point ma jalousie, que je ne prononçai pas seulement le nom de celui qui l'avait excitée. J'eusse rougi de m'en confesser, j'eusse cru outrager Félicie dans un moment où il fallait la relever à ses propres yeux; mes soupçons, ajoutés à l'amertume de son malheur, eussent été pour elle, je le croyais ainsi, un nouveau calice. Elle ne le devina pas, elle m'écouta avec surprise, avec saisissement et sans m'interrompre; puis elle se remit à sangloter, mais avec des larmes, cette fois, demandant pardon à Dieu et à son frère d'aimer encore quelqu'un sur la terre.

L'exaltation revint bientôt. Elle se leva et reprit machinalement la bride et l'étrier de son cheval en me disant :

— Partons! L'idée du bonheur ne peut pas entrer à présent dans ma tête; mais je sens le courage me revenir avec la pensée de pou-

selle en baisant ses genoux tremblants, en lui jurant qu'elle avait désormais le droit et le devoir de vivre. Nous partîmes au galop. Le surlendemain, Tonino arrivait avec le corps de Jean sur un chariot. Son cheval, attaché derrière, suivait, la tête basse. Une caisse renfermait un objet que Tonino cachait avec soin et enterra d'avance, durant la nuit, au lieu où Jean devait être enseveli. Je fus initié à ce secret étrange. Au moment où Jean s'était senti malade, il avait dit :

— Il faut tuer mon chien, il est dangereux, mais c'est malgré lui qu'il m'a mordu, et, si je dois en mourir, il faut qu'il soit enterré à mes pieds, je le veux.

Félicie avait retrouvé la vaillance austère de son énergie. On cacha le genre de mort du pauvre Jean; toute la vallée vint assister avec respect à ses funérailles, et Félicie eut la consolation de voir que, malgré un peu de jalousie, de méfiance et de moquerie dans le passé, tous les habitants regrettaient sincèrement celui qu'ils avaient maintes fois blessé. Ils rendaient justice à ses immenses qualités. Après la cérémonie, un grand repas leur fut servi selon la coutume. Félicie veilla elle-même sans faiblir à tous les devoirs de l'hospitalité. Quand tout fut rentré dans le silence, elle pleura silencieusement, me serra chastement les mains, et se retira en me disant :

— Vous voyez, j'ai du courage !

Tonino était venu seul, sans que lui ni Jean

TONINO ENTERRA D'AVANCE UNE CAISSE DURANT LA NUIT.

eussent pu persuader à son père de l'accompagner, il y renonçait ; mais, dès le lendemain, Félicie lui ordonna de repartir.

— Tu n'as pas su faire ton devoir, lui dit-elle d'un ton sévère. Ton père a tout perdu en perdant son excellente femme. Tu auras beau lui donner de l'argent, c'est de l'amitié et de la société qu'il lui faut, à son âge, on meurt quand on se trouve seul. Va-t'en le chercher, et dis-lui que j'irai le chercher moi-même s'il le faut. Je partirais avec toi, si je n'étais brisée de fatigue ; mais il ne faut pas que je tombe malade, j'ai encore des devoirs à remplir en ce monde.

Tonino résista. Il assurait que rien ne pourrait décider son père à se dépayser.

— Eh bien, reprit Félicie, si tu ne réussis

pas, tu dois rester auprès de lui, je le veux. Leur discussion s'animant, je ne sais par quel respect humain je ne voulus plus savoir quel sentiment poussait l'un et retenait l'autre devant cette séparation. Je sentis ou crus sentir que j'étais quelque chose dans la sévérité de Félicie et dans la résistance de son cousin. Je les laissai ensemble, j'allai reprendre les travaux suspendus. Quand je rentrai le soir, Tonino était parti.

— Nous voilà seuls ensemble, me dit Félicie en attachant sur moi un regard plus sévère que tendre. Voulez-vous que nous soyons seuls pour jamais ?

— Pourquoi cette question, Félicie ?

— Tonino vous déplaît !

— Au contraire ! je l'aime ; mais, puisque vous provoquez ma franchise, je dois vous dire que je persiste à le croire épris de vous, et que cette situation me devenait très difficile à accepter. À présent, tout est changé, vous m'aimez, et vous voulez que je vous aime. À moins de vous outrager, je ne dois pas douter que vous n'ayez trouvé un moyen de faire cesser ma souffrance.

— C'était donc une souffrance ?

— Très grande et très amère.

— Que ne le disiez-vous ?

— J'en rougissais.

— Vous êtes bien étrange, monsieur Sylvestre ! Vous m'avez fait cruellement souffrir aussi, moi, car je vous ai cru dédaigneux et indifférent, et vous me cachiez avec soin ce qui devait me consoler.

— Vous ne croyez donc pas que la jalousie soit une offense envers la personne aimée ?

— Je n'en cherche pas si long que vous, la jalousie est inséparable de l'amour, et je suis fière de vous l'avoir inspirée.

Nous ne pensions pas de même ; mais Félicie avait besoin de consolation et non de discussion, et, d'ailleurs, je ressentais auprès d'elle ce trouble délicieux qui fait l'amour indulgent, sinon aveugle. Sa soumission instinctive à mon secret désir de voir éloigner le jeune baron me touchait profondément. Je l'en remerciai ; mais, honteux de mon égoïsme, je me hâtai de lui dire que je n'entendais pas faire durer longtemps la séparation qu'elle s'était imposée.

— Vivons quelques jours tête à tête, lui dis-je. J'ai un immense besoin de vous voir sans être observé d'un œil d'envie, de vous parler et de vous entendre, sans qu'un témoin inquiet ou curieux nous écoute. Nous avons bien des choses à nous dire, car l'amour est un inconnu pour les amis qui se connaissent le mieux d'ailleurs. Nous ne savons pas ce qu'il sera pour nous; ne cherchons pas trop à nous en rendre compte, ce serait peut-être impossible, mais préparons son règne sur nous par ce doux recueillement qui ouvre la porte aux songes dorés. Habituons-nous, par une entière confiance, à ne faire qu'une âme. Quand il en sera ainsi, que votre enfant revienne! Je me sentirai bien fort contre les vaines chimères ou les justes susceptibilités qui m'ont tourmenté. S'il vous aime, comme je le crois, nous travaillerons ensemble à le guérir. Si je me suis trompé, vous me guérirez à jamais de l'injustice et du soupçon.

— Je vais vous dire la vérité, répliqua Félicie. Vous avez deviné quelque chose que vous ne comprenez pas. Tonino m'aime comme sa mère ou comme sa sœur, c'est-à-dire qu'il m'aime beaucoup et d'une bonne amitié; mais, au fond, c'est en vue de lui-même; car il est égoïste comme tous les enfants gâtés. Ajoutez à cela qu'il est dans l'âge de l'amour, et que ses sens lui parlent pour toutes les femmes, pour moi comme pour les autres; cela, j'ai été forcée de m'en apercevoir. Vous rougissez, monsieur Sylvestre, vous espériez encore vous être trompé? Eh bien, non; il m'a désirée, il me désire, il me désirera peut-être encore. Si cela vous blesse, il ne faut pas qu'il revienne. Si cela vous est aussi indifférent qu'à moi, il reviendra, et je le marierai pour qu'il soit occupé d'une autre femme.

— A-t-il osé vous dire qu'il vous aimait?

— Oui, depuis que vous l'avez rendu jaloux.

— Et vous l'avez grondé... ou plaint?

— Ni l'un ni l'autre. J'ai fait semblant de ne pas comprendre, c'était le mieux.

— Vous n'avez éprouvé aucune émotion, aucun regret?...

— Je ne sais pas, monsieur Sylvestre. J'ai réfléchi. Dans ce moment-là, vous sembliez me fuir et me dédaigner. Il y a eu des moments où mon regret de vous me rendait folle, et où je me suis dit : « Il faut en finir, je souffre trop! Il faut que je sois aimée passionnément, n'importe par qui, et, moi, j'aimerai comme je pourrai. Voilà cet enfant dont j'ai l'amitié, et qui, en outre, me trouve encore belle; eh bien, voyons cette ivresse, faisons quelqu'un heureux, sauf à n'avoir que cette joie-là. Ce sera mieux que de me voir seule à jamais; cela ne m'est plus possible. J'ai vécu treize ans seule, sans y songer;

mais, depuis que j'aime, c'est un songe affreux. Je ne peux pas le supporter davantage. Que quelqu'un m'éveille et me dise : « Voilà la vie, ce n'est pas ce que tu avais » rêvé; c'est peut-être mauvais, c'est peut-» être pire que ta solitude, mais c'est la vie! »

La franchise terrible de Félicie me faisait beaucoup de mal, tout en m'inspirant un grand respect pour sa loyauté courageuse. Je voulus aller jusqu'au bout de cette brûlante confession, et mes questions, calmes en apparences, l'engagèrent à continuer.

— J'ai donc songé à épouser cet enfant, reprit-elle. J'aurais voulu pouvoir m'y décider. Je n'ai pas pu. Il y a en moi une répugnance morale pour lui. Je ne l'estime pas beaucoup. Je sais ses défauts. Je crains ses plus innocentes caresses comme des insultes. Je le crois capable de devenir ingrat le jour où il n'aurait plus rien à désirer de son meilleur ami. Vous verrez qu'il oubliera Jean très vite; et puis il est faux : je n'ai jamais pu le corriger de cela. Enfin je le hais un peu depuis qu'il est amoureux de moi, et je ne saurais trop dire pourquoi. Il m'impatiente, il m'irrite. J'éprouve un soulagement et un repos quand je ne le vois plus, et, si vous me dites qu'il vous gêne et vous blesse aussi, je crois que j'en serais contente. Je m'arrangerai pour qu'il ne revienne pas.

— Eh bien, m'écriai-je emporté par un mouvement irrésistible, qu'il ne revienne pas, Félicie! qu'il ne revienne jamais!

Je n'osai pas lui dire que Tonino me paraissait plus dangereux pour elle qu'elle n'était dangereuse pour lui. Et pourtant la vérité, la délicate ou la brutale vérité de cette situation m'apparaissait dans toute son évidence. Les sens ardents du jeune homme réagissaient sur les sens inassouvis de Félicie. Un magnétisme, involontaire peut-être de part et d'autre, les avait, dès les plus jeunes années de Tonino, poussés l'un vers l'autre. Ils ne s'aimaient pas, ils ne se convenaient pas, ils étaient peut-être destinés à se haïr; je n'avais pas sujet d'être moralement ni intellectuellement jaloux; mais cet attrait physique, cette curiosité inquiète, ce désir de l'un, cette crainte de l'autre, ce je ne sais quoi d'ému et de sensuel qui flottait entre eux me causait bien naturellement une sorte de fureur, et, chose étrange, au lieu de rougir de me l'inspirer, Félicie semblait s'en réjouir comme d'un hommage que je lui rendais! Elle accepta avec une joie vulgaire l'arrêt que je venais de porter en tremblant.

— C'est cela, dit-elle, c'est le mieux! qu'il ne vienne plus nous troubler! Je vais lui faire une belle dot et lui dire que je quitte le pays avec vous. Nous voyagerons un peu, si vous voulez, et, quand nous reviendrons, il sera fixé à Lugano auprès de son père. Je lui écrirai ce soir...

— Vous lui direz donc que nous nous marions ?

— Oui. je compte le lui dire et lui ôter toute espérance.

Ce dernier mot de Félicie me fut si amer, que je me hâtai de prendre congé d'elle pour ne pas laisser percer mon déplaisir. Tonino avait donc de l'espérance, elle lui en avait laissé concevoir! Cette femme austère n'était pas vraiment chaste. Et pouvait-elle l'être? Sa première faute, sur laquelle ma pensée ne

ELLE AVAIT ÉCRIT A SON COUSIN.

s'était guère arrêtée jusque-là m'apparut comme une véritable souillure, un délire précoce, un entrainement tout animal que la pudeur et la fierté n'avaient peut-être pas seulement songé à vaincre. Je me rappelai qu'en parlant de cette faute Félicie n'avait jamais montré de confusion ou de repentir véritable. Elle relevait la tête au contraire, et semblait menacer plutôt que rougir.

Le lendemain, j'étais triste et inquiet. Félicie, au contraire, était calme et comme ranimée par une grande résolution. Elle avait écrit à son cousin; elle voulut me montrer la lettre, je refusai de la lire. Je craignais d'y trouver la confirmation de mes doutes et de n'avoir plus le courage de me dévouer. Je sentais bien qu'il fallait l'avoir, que je ne

pouvais plus briser une âme que j'avais juré de guérir, enfin qu'il s'agissait pour moi non d'être heureux et tranquille, mais d'accepter toutes les conséquences de ma passion.

Ma passion! elle était indéfinissable; elle me brûlait, et tout à coup elle me laissait si froid, qu'elle semblait évanouie. Auprès de Félicie, je subissais ce vertige que l'amour d'une femme intelligente et belle fait naître en l'éprouvant. Dès que je me retrouvais seul, il me semblait avoir rêvé, et ce qui me choquait dans cette étrange nature m'apparaissait comme la seule chose réelle de mon émotion.

Des jours et des semaines passèrent sur ce déchirement intérieur et le dissipèrent. Je ne savais plus rien de Tonino, sinon qu'il n'espérait plus fléchir son père, et qu'il obéissait à Félicie en restant auprès de lui. Il écrivait beaucoup, j'avais refusé de voir ses lettres; je n'aimais pas à parler de lui. Je voulais laisser à Félicie tout le soin, toute la responsabilité, je n'osais dire tout le mérite de cette exécution...

Elle ne parut pas lui être pénible, tout au contraire. Si une lueur de gaieté lui revenait au milieu de la tristesse où la perte de son frère la tint longtemps plongée, c'est les jours où elle me disait :

— L'enfant commence à s'habituer là-bas. Il me dépense un peu d'argent, et je crois bien qu'il ne s'occupe guère; mais, lorsque son parti sera pris, j'aviserai à lui procurer un état. Il était trop gâté ici par mon frère. Il faut qu'il apprenne à faire comme les autres.

Je ne répondais rien, Félicie souriait comme à la dérobée Il y avait une joie craintive dans ce mystérieux sourire. Elle était heureuse de me sentir jaloux; mais mon front sévère l'empêchait de me le dire.

Dans ce tête-à-tête plein d'attraits et de souffrance pour moi au commencement, Félicie apporta une vaillance extraordinaire. Elle prit possession de moi avec une confiance sans bornes, et, se regardant comme ma fiancée, elle me parla de son amour sans réserve et sans trouble. Elle se montra dès lors à moi vraiment grande, car elle fut chaste et hardie en même temps. Elle s'était fait une sorte de prescription religieuse de ne pas songer à elle-même tant qu'elle porterait le deuil de son frère, et, tout en me parlant sans cesse de notre future union, il ne lui arriva pas une seule fois d'y chercher pour elle un rêve de bonheur. Elle n'était occupée que du mien, et elle me conjurait de la rendre capable de le réaliser.

— Je suis trop inférieure à vous, me disait-elle, et je ne voudrais pour rien au monde vous appartenir avant que vous m'ayez élevée autant que possible à votre niveau. J'ai de l'intelligence et de la volonté; apprenez-moi tout ce que j'ignore, redressez mon jugement, éclaircissez mes idées, faites-moi comprendre tout ce qui vous occupe; mettez-moi à même de causer avec vous, de m'intéresser à ce qui vous intéresse, de voir clair en vous et en moi-même. Vous m'avez grondée autrefois; il ne faut plus me faire cette peine-là. Il ne faut pas vous étonner de mon ignorance et de mes travers, il faut me les ôter; soyez sûr que c'est très facile.

En effet, c'était en apparence très facile. Elle ne résistait plus à aucun enseignement, elle ne discutait plus, elle m'écoutait avec avidité, elle buvait mes paroles, elle était douce et docile comme un enfant. Son naturel inquiet et nerveux reparaissait dans les soins qu'elle prenait de ses affaires et de son ménage, dans les ordres qu'elle donnait à son monde et dans les impatiences que lui causaient les tracas puérils. J'obtins d'elle la promesse que cette activité fébrile serait combattue, qu'elle apprendrait à commander avec calme et à supporter philosophiquement la négligence ou l'inintelligence inévitable de ses subordonnés. Ce fut d'abord au-dessus de ses forces; mais un jour que je lui expliquais les idées de Lavater sur la physionomie, je lui traçai son propre profil au bout de la plume, et je lui montrai les diverses expressions de son visage modifié par la nature de ses émotions intérieures; elle se vit jouant du violon et elle se trouva belle; elle se vit grondant ses valets et elle se trouva laide. Consternée de ma clairvoyance, elle prit du chagrin et pleura; mais, à partir de ce moment, elle redevint douce avec tout le monde comme au moment où pour la première fois elle s'était observée pour me plaire.

Comment n'aurais-je pas été touché de sa soumission? Bientôt je fus ravi de son intelligence; elle avait une facilité de compréhension merveilleuse. Deux ou trois semaines de leçons lui suffirent pour réformer ses mauvaises locutions allemandes et françaises; elle m'en demanda une liste, elle l'étudia la nuit au lieu de dormir. Quand sa mémoire les eut bien classées, elle n'y retomba plus jamais.

Elle eut plus de peine à corriger son accent, mais elle sut très vite en faire disparaître les intonations vulgaires. Ce fut pour elle comme une leçon de musique que je lui donnais, et son instinct musical la servit admirablement

ELLE AVAIT UNE FACILITÉ DE COMPRÉHENSION MERVEILLEUSE.

pour cette réforme. Elle apprit aussi à causer, et c'est ce qu'elle avait toujours ignoré le plus complètement. Elle était de ces esprits impétueux qui n'écoutent de ce qu'on leur dit que ce qui répond à leur préoccupation. Ainsi elle s'emparait d'un seul mot qui l'avait frappée, et, comme un critique de mauvaise foi qui s'attaque à une citation tronquée, elle dénaturait avec une habileté ingénue et tenace le sens de ce qu'on lui avait dit, pour répondre à ce que l'on n'avait pas songé à lui dire. Elle abjura formellement ce procédé intellectuel, non pas tout de suite après que je lui en eus démontré les inconvénients, mais aussitôt que je lui en eus fait sentir le côté puéril et ridicule. Elle avait un amour-propre immense avec moi, et, pour la corriger, il me fallait faire la chose la plus contraire à mon naturel, il fallait employer la raillerie. Moi qui suis tout bienveillance, je souffrais d'en venir là, car je la faisais beaucoup souffrir elle-même; mais elle le voulait en somme.

— Ma volonté est souple, disait-elle; mais mon instinct est rétif. J'ai beau vouloir ce que vous voulez, quelque chose en moi résiste par habitude. Il faut donc froisser ma vanité de vous plaire, amener une crise, me faire du mal en un mot et me mettre au défi; alors, la leçon se grave dans ma mémoire si vivement qu'elle ne s'efface plus.

Je m'étonnais de cette résistance de l'être moral si différent en elle de l'être artiste. Celui-là ne se rendait qu'en se brisant, l'autre vibrait et se complétait au moindre souffle.

Pourtant il y avait, sous cette rudesse du caractère, des délicatesses exquises. C'était une situation difficile, dans les termes où nous étions, que de ne pas tomber dans l'égoïsme; car Félicie sentait bien que, sans le malheur qui l'avait si brutalement frappée, j'aurais triomphé de mon amour pour elle, et certes j'allais devenir dans sa vie un appui plus direct et plus précieux encore pour elle que son excellent frère Elle le sentait si vivement, que je craignis quelquefois l'explosion d'un sentiment de personnalité farouche. Cette crainte ne se réalisa point. La douleur eut chez cette femme généreuse une austérité réelle, et, si elle fut tentée parfois d'oublier et de se réjouir, un énergique retour sur elle-même lui arracha des pleurs dont je devinai, mais dont elle ne trahit pas la cause.

Je compris quelle victoire elle remportait sur elle-même un jour qu'elle me dit :

— Vous voyez bien clairement mes défauts, et vous travaillez à me les ôter; c'est un grand service que vous me rendez. Je suis à la fois honteuse et fière de vous donner tant de peine, et je me dis que, pour accepter ce travail-là, doux et indulgent comme vous êtes avec tous les autres, il faut que vous m'aimiez plus que tout au monde.

Et, comme je lui affirmais que je l'aimais effectivement plus que moi-même, elle effaça un rayon de joie qui passait dans ses yeux.

— Mon pauvre Jean m'aimait bien aussi, dit-elle. Il n'avait pas votre intelligence, et il souffrait de mes travers sans en connaître le remède; mais il les acceptait, il me prenait comme j'étais; il me disait : « Comment fais-tu, étant si bonne, pour être si méchante? » Et il riait, il jurait, il m'embrassait pour n'être pas tenté de me battre. C'était rude et touchant... Ah! il m'aimait bien! Vous m'aimerez autrement, avec plus de douceur et de patience; mais je n'aurai jamais le droit de vous demander autant de tendresse paternelle.

L'hiver se fit tard et nous permit d'avancer les travaux de l'île, au point d'y pouvoir semer des céréales et planter des arbres fruitiers. La région que nous habitions jouissait d'un climat délicieux, et, si les glaciers qui nous dominaient n'eussent menacé de leurs ravages partiels les terres basses que ne protégeait pas partout le ressaut vigoureux des rochers, nous eussions joui d'un printemps de dix mois sur douze; mais ces envahissements subits et pour ainsi dire mécaniques de l'âpre hiver au milieu de notre station tempérée ajoutaient au pittoresque et à l'étrangeté du site. Il n'était pas rare de voir descendre une dentelure de glace tout auprès de nos figuiers chargés de fruits, ou de voir, au milieu de l'été, nos prairies altérées reverdir sous l'inondation passagère d'une fonte de neige.

Je menais toujours la même vie active et régulière. Tout le jour, je travaillais en faisant travailler; tous les soirs, je trouvais mon repos et ma récompense dans le tête-à-tête avec mon intéressante et chère compagne. J'arrivais à me sentir plus heureux que je ne l'avais été de ma vie, et à croire à cette chimère qu'il y a quelque chose de durable en ce monde.

Il était convenu que nous nous marierions au printemps, et tout effroi s'était évanoui chez moi. Un soir, je trouvai Félicie en larmes :

— Mon pauvre oncle est mort, me dit-elle. Il n'était pas très âgé; mais son métier de tisserand dans un atelier humide l'avait tellement vieilli, qu'il n'a pu supporter une courte maladie. C'était un homme excellent et qui m'avait accueillie comme sa fille au temps de mon malheur. Me voilà seule au monde, mon ami! je n'ai plus que vous...

Je partageai sa douleur tout en lui promettant de remplacer de mon mieux la famille qu'elle voyait impitoyablement moissonnée autour d'elle depuis un an. Je n'osai lui parler de Tonino; j'attendais qu'elle me fît part de quelque projet relatif à ce jeune homme. Elle garda le silence le plus absolu sur son compte, et ce ne fut qu'au bout de quelques jours que je me décidai à le lui faire rompre.

— J'ai des remords, lui dis-je. Je ne puis souffrir l'idée que vous êtes, pour me complaire, devenue indifférente à l'avenir de votre fils adoptif. Il devient le mien, d'ailleurs, du moment que vous m'acceptez comme chef de famille, et je sens que nous avons des devoirs envers lui. Dites-moi donc ce que vous comptez faire pour le soustraire aux dangers de l'inaction et de l'isolement.

— Je n'en sais rien, répondit-elle. Depuis six mois, je ne le connais plus. Il ne me parle plus avec confiance, nous sommes à peu près brouillés. Il dit qu'il saura se faire un

JE LA REGARDAI FIXEMENT.

état et se passer de ma protection. A vous dire vrai, je n'en crois rien, et, si nous l'abandonnons, je crains fort qu'il ne se perde.

Je fus surpris de la sécheresse d'accent de Félicie, et je la regardai fixement pour m'assurer qu'elle ne faisait pas un grand effort sur elle-même en se montrant prête à sacrifier cet enfant à mon égoïsme. Était-ce un muet reproche? était-ce une insinuation habilement dissimulée?

— Félicie, lui dis-je, il faut rappeler Tonino, il faut l'interroger ou l'observer, voir s'il réclame sincèrement son indépendance et s'il est capable d'en faire un bon usage; après quoi, nous prendrons un parti.

— Pourquoi, me dit-elle, essayez-vous de

me cacher que son retour vous sera très désagréable?

— Je ne veux pas vous le cacher, mais je veux surmonter ma répugnance; il y a là un devoir à remplir, je vous l'ai dit...

— Et, pour vous, le devoir passe avant tout?

— Oui, mon amie; c'est ma religion, à moi.

— Pourtant rien ne devrait passer avant l'amour, ce me semble, reprit-elle timidement.

— L'amour profite des sacrifices faits au devoir.

— Comment cela?

— Il s'élève et s'ennoblit.

— S'élever, s'ennoblir... oui, voilà mon rêve, mon ambition! Je crois vous comprendre; vous voulez triompher de la jalousie, n'est-ce pas? Eh bien, essayez; mais prenez garde de ne plus m'aimer quand vous verrez avec indifférence un homme me regarder avec amour.

— Je ne verrai jamais cela avec indifférence, mon amie, à moins que vous n'encouragiez ce regard lascif, qui vous souillerait à mes yeux et aux vôtres.

— Grand Dieu! s'écria-t-elle impétueusement, que dites-vous là? Si je ne suis pas parfaite, vous cesserez de m'aimer!

— Je ne sais pas si vous êtes ou si vous serez parfaite sous tous les rapports. Telle que vous êtes ou telle que vous serez, je vous chéris et vous chérirai toujours; mais, en fait d'amour, je suis exclusif, et je ne comprends pas que la fidélité complète soit une vertu difficile à un cœur aimant.

— Vous savez bien, reprit-elle après un silence, que je n'ai jamais été coquette. Cela n'est pas dans ma nature. Pourtant, si je le devenais à présent que j'aime; si, pour entretenir votre amour, je vous faisais quelquefois sentir que je peux en inspirer aux autres, seriez-vous si rigide que de regarder ce désir de vous plaire davantage comme un manque de fidélité?

— Oui certes, je suis rigide à ce point-là, m'écriai-je, et je ne croirais pas être injuste. Toute coquetterie a besoin d'un complice, et la femme qui associe un autre homme à la tentative fort peu innocente dont vous parlez fait plus que de tromper son époux, elle l'avilit. Qu'elle se fasse un jeu de sa souffrance, ce n'est qu'une méchanceté, et cela se pardonne; mais qu'elle encourage un étranger à tourmenter avec elle l'homme qu'elle a juré de respecter, voilà ce que je n'admettrai jamais, et ce qui m'inspirerait un invincible mépris.

— Je vous trouve cruel, reprit Félicie, et vous avez aujourd'hui une façon de dire les choses qui m'épouvante et me blesse. Vous ne voulez pas supposer que l'étranger en question serait un ami qui se prêterait chastement à une épreuve dans l'intérêt du mari?

— Où avez-vous pris cette morale de vaudeville, Félicie? Êtes-vous assez enfant pour croire qu'en jouant la comédie de l'amour, le faux rival que vous choisiriez pour aviver l'imagination ou les sens de votre mari n'aurait pas lui-même les sens et l'imagination occupés de vous? Ah! si jamais vous aviez la fantaisie de faire servir le masque expressif de Tonino à cette prétendue épreuve... prenez garde! je...

— Vous nous tueriez tous les deux? s'écria Félicie revenue à la joie involontaire de son instinct sauvage.

— Vous vous trompez, lui dis-je. Je ferais quelque chose de pis, je vous dédaignerais profondément l'un et l'autre.

Cette réponse l'irrita, et, pour la première fois, je la vis courroucée contre moi.

— Vous ne m'aimez pas, dit-elle; vous admettez l'idée que votre amour peut fondre comme une première neige? Qu'est-ce donc pour vous que d'aimer? Rien ou presque rien! Vous parlez de passer, en un jour, de l'adoration au mépris, comme de changer votre vêtement d'été pour un vêtement d'hiver! C'est donc comme cela qu'on entend l'affection quand on est philosophe? On se trace un plan, on établit une loi, et, hors de là, il n'y a pas le moindre écart possible. Si l'on n'a pas pour compagne une femme sans défauts, un autre soi-même, on ne la tue pas dans un accès de colère... oh! non! on n'est pas assez ému pour cela! on la tue dans son estime et dès lors dans son cœur. Allons! une pelletée de terre sur ce cadavre, et tout est dit! Eh bien, je trouve cela horrible, et j'aime mieux l'éternelle brusquerie, l'éternel reproche et l'éternel pardon de mon pauvre Jean. Il n'avait pas d'orgueil, lui, et, quand je le contrariais, il me contrariait aussi; nous étions quittes.

Elle sortit sans vouloir m'entendre, et s'en alla, en pleine nuit, pleurer sur la tombe de Jean. Ainsi Tonino absent était encore l'obstacle à notre mutuelle confiance. Son nom ne pouvait revenir entre nous, l'idée même d'un rapprochement de quelques jours ne pouvait être évoquée sans donner lieu à une querelle sérieuse et sans ébranler de fond en comble l'édifice de notre bonheur! Après tant d'efforts sincèrement tentés de part et d'autre pour fonder et consolider ce grand ouvrage, le résultat était mortellement triste.

Je réfléchis durant toute la nuit au parti à prendre pour concilier nos mutuelles susceptibilités avec l'assistance et la sollicitude que nous devions à Tonino. Dès le matin, j'en parlai à Félicie.

— Occupons-nous de l'enfant, lui dis-je. Querellons-nous encore, s'il le faut, à propos de lui, mais ne l'oublions pas. Votre intention a toujours été d'en faire un cultivateur? Eh bien, à défaut d'un peu de science que j'eusse pu lui donner en le gardant près de nous, donnons-lui une véritable éducation spéciale. Envoyons-le dans une ferme-école. Il en existe à notre portée. J'irai le voir souvent, je le surveillerai comme mon fils, et, quand il en sortira...

— Il n'en sortira pas, parce qu'il ne voudra pas y entrer, répondit Félicie en m'interrompant avec vivacité. Il est trop âgé, songez donc! il a aujourd'hui vingt-deux ans. Ce serait humiliant pour lui de faire son apprentissage avec des enfants. Il a de la vanité, vous le savez, et le voilà en âge de ne plus nous obéir comme un petit garçon. Il n'est point dit, d'ailleurs, qu'il acceptera votre autorité paternelle comme il acceptait celle de Jean. Le mieux, c'est de lui faire une pension convenable et de lui porter chercher de l'ouvrage selon son idée. J'ai assez souffert de vous à cause de lui. Je n'en pourrais supporter davantage; j'en deviendrais folle. Je ne veux plus de lui ici!

Félicie redevenait exagérée et presque tragique; mon sourire l'irrita encore.

— N'est-ce donc rien, reprit-elle, que les menaces que vous m'avez faites hier? J'avais d'abord cru que vous parliez en thèse générale; mais, quand le nom de Tonino est venu sur vos lèvres au milieu de tout cela, j'ai bien vu que je ne vous avais jamais compris. J'y ai songé cette nuit, allez! Si vous avez tant dédaigné mon amour au commencement, c'est parce que vous étiez jaloux de Tonino. Moi, je croyais que ce serait le contraire, et que vous n'étiez pas encore assez jaloux. Voilà pourquoi je vous ai révélé des misères que j'aurais mieux fait de garder pour moi. A présent, je vous connais! Quand vous soupçonnez, vous n'aimez plus, vous méprisez! Ah! j'ai été bien imprudente, et je me déteste pour cela.

— Félicie, m'écriai-je, dites-moi que vous m'avez trompé pour éprouver mes sentiments; dites-moi que Tonino n'a jamais été épris de vous : je pardonnerai un mensonge dont vous n'avez pas compris la gravité; j'en rirai avec vous, je vous en remercierai même et avec transport, si vous me délivrez de ce tourment que votre apparente sincérité a fait naître.

— Je n'ai pas menti, reprit-elle, je ne mens jamais; mais quelquefois l'imagination m'emporte, et, sans bien m'en rendre compte, j'exagère. Cela a dû m'arriver quand je me suis plainte à vous des idées de Tonino. Et puis je suis une nature inquiète, vous le savez bien. J'ai pu, j'ai dû me tromper. Peut-être que l'enfant n'a jamais eu les sentiments que je supposais. Le fait est qu'il n'y

paraît plus aujourd'hui, et qu'il est très froid pour moi. N'y songez donc plus; moi, j'avais oublié tout cela; ne pouvez-vous l'oublier aussi? Et faut-il que, pour quelques paroles imprudentes, vous soyez à chaque instant sur le point de me retirer votre confiance?

— Non, certes, répondis-je, il n'en sera pas ainsi. Je veux oublier; je veux accepter vos nouvelles explications, et je veux d'autant plus me préoccuper de l'éducation de votre enfant.

— Eh bien, parlez-lui, répondit Félicie tranquillisée. Le voilà pour vous écouter et vous répondre; je vous laisse ensemble.

Et elle sortit comme Tonino entrait dans la salle, à ma grande surprise. Il vint à moi d'un air triste mais sincère, et m'embrassa avec effusion.

— Vous paraissez étonné de me voir, dit-il; ne saviez-vous pas que j'étais ici avant le jour?

— Votre cousine ne me l'avait pas dit.

— Oh! ma cousine est bien singulière avec moi à présent! Elle ne m'aime plus du tout depuis qu'elle vous aime. Pourquoi cela, monsieur Sylvestre? Que vous ai-je fait pour que vous me haïssiez, moi qui vous étais si attaché et si dévoué? Voyons, voici le moment de s'expliquer. En arrivant ici à cinq heures du matin, je me suis arrêté naturellement devant le cimetière pour regarder la tombe de mon pauvre cousin. J'y ai vu ma cousine agenouillée. Je l'ai appelée. Elle a fait un grand cri, et, venant à moi, elle m'a dit que j'arrivais pour faire son malheur. Elle voulait me forcer de repartir tout de suite, et j'ai dû faire semblant de m'éloigner; mais le chevreau connaît trop le bercail. Je suis venu ici par un détour, et j'ai encore vu Félicie en colère contre moi. Alors, je me suis fâché aussi, et je lui ai dit que, puisque vous étiez à présent le seul maître, je ne me laisserais chasser que par vous. Parlez, monsieur Sylvestre; je veux bien vous obéir, moi, si je vous suis importun ou odieux; mais dites-moi pourquoi! N'ayant jamais rien eu à me reprocher envers vous, j'ai bien le droit de vous demander une franche explication.

Il parlait si ingénument que je lui répondis avec l'ancienne affection. Je le rassurai et je lui demandai s'il m'avait cru hostile au point de ne plus compter sur moi.

— Je l'ai cru, dit-il. Bien que ma cousine ait toujours pris sur son propre compte la résolution de m'éloigner, naturellement je vous attribuais ce changement à mon égard. Voyons, que faut-il faire? Dois-je m'en aller tout à fait, ou rester ici un peu de temps, ou y rentrer pour toujours? Du moment que vous êtes bon pour moi, tout ce que vous me conseillerez, je me ferai un devoir de m'y conformer.

— Eh bien, commencez par me dire bien sincèrement ce que vous souhaitez.

— J'aurais souhaité reprendre ici mon ancienne vie, travailler sous vos ordres, et avoir le bonheur de recevoir vos leçons comme au temps passé. Vous me paraissez toujours aussi doux et aussi paternel; mais, si ma cousine m'a pris en aversion, j'aime mieux partir et devenir ce que je pourrai.

— LE VOILA POUR VOUS ÉCOUTER ET VOUS RÉPONDRE.

— Que deviendrez-vous, mon cher enfant? avez-vous quelque projet?

— Quel projet voulez-vous que j'aie? Je suis dans une position qui n'a pas le sens commun. Me voilà comte del Monte, et je suis forcé de m'appeler Tonino Monti pour n'être pas ridicule. Je ne sais rien autre chose à fond que la gouverne des troupeaux; je suis pasteur, comme disait mon pauvre cher cousin Jean, un bel état, lorsqu'on a à faire prospérer un troupeau à soi ou à sa famille, et un état fort doux quand on vit dans sa famille, quand on y trouve de l'amitié et qu'on y reçoit un peu d'instruction; mais l'instruction que j'ai acquise jusqu'ici ne me met pas à même de remplir une fonction dans l'administration, dans l'industrie ou dans les arts. Je suis un mauvais comptable, je ne mordrai jamais aux chiffres écrits, bien que je sois fort à calculer de tête. Je ne suis pas assez musicien pour donner des leçons comme le grand-père Monti; je ne sais même pas le dur et triste métier de mon père. Je ne suis bon qu'à entrer berger dans quelque ferme. Eh bien, est-ce là un sort pour moi, et ma cousine souffrira-t-elle que je devienne valet aux gages d'un paysan? Pourquoi m'a-t-elle pris chez elle? pourquoi a-t-elle voulu m'élever à sa guise, m'inspirer de la fierté, me rendre intelligent et un peu artiste, si c'est pour m'abandonner à l'âge que j'ai? Elle a parlé de me faire une pension; pourquoi? Je ne suis pas infirme, je veux travailler; je rougirais de recevoir de l'argent pour croiser les bras, je ne dis pas que je ne deviendrais pas un bandit, si je me laissais payer pour ne rien faire. Pourquoi ne pas me souffrir ici? Si ma présence vous gêne, qu'on me laisse construire un bon chalet dans *les hauts*; qu'on me confie une belle vacherie, et je ne descendrai ici que quand on voudra. Je prendrai un ou deux petits gardeurs pour m'aider dans mon exploitation; je cultiverai même un peu, si l'endroit n'est pas trop mauvais; j'emporterai mon violon, vous me donnerez quelques livres à lire, et je ne m'ennuierai pas. Je gagnerai ma vie honnêtement, sans faire honte à personne et sans me faire honte à moi-même. N'est-ce pas ce qu'il y a de plus raisonnable et de plus facile?

Tonino avait si parfaitement raison, que je ne pouvais trouver aucune objection. Il connaissait très bien le commerce et l'élevage des bestiaux, et il aimait la vie champêtre. C'était bien vraiment le seul état qu'il pût exercer. Pour tout le reste, il avait une teinture insuffisante, et sa nature rêveuse et contemplative ne se prêtait nullement aux prodiges du travail intellectuel qu'il eût fallu faire pour réparer le temps perdu.

Il fallait donc le réintégrer dans la famille, sauf à l'envoyer dans *les hauts*, comme il disait, s'il me donnait quelque véritable sujet

de plainte. Au besoin, on pouvait l'occuper encore plus loin, du côté de Sion, où Félicie, par suite de l'héritage de son frère, avait quelques autres propriétés à faire valoir.

J'accueillis donc le retour du jeune comte avec une cordialité sincère, résolu à être d'autant plus sévère envers lui, s'il me trompait, mais ne pouvant me décider à admettre que cela fût possible. L'amitié que je lui témoignais lui fit verser des larmes, et il me jura passionnément qu'il m'aimait de toute son âme. A ces effusions se mêlait l'expression de la douleur qu'il venait d'éprouver en perdant son père. Il en parlait en des termes si naïfs et si tendres, qu'il m'émut, et je me serais trouvé odieux de le bannir en pareille circonstance.

Je rappelai Félicie, je lui montrai autant de confiance qu'à lui. Elle garda une attitude assez froide avec nous deux, et parut gênée et comme impatientée quand Tonino insista pour savoir la cause de sa dureté envers lui.

— Ne me direz-vous pas, s'écriait-il avec animation, ce que j'ai fait pour vous déplaire depuis la mort de notre pauvre Jean? Jusque-là, vous aviez été ma mère, et puis tout à coup je n'ai plus été qu'un ennui et un fardeau! J'accusais monsieur Sylvestre, et j'étais injuste. C'est un ange, c'est un dieu pour moi. Il est content de me voir. Il veut que je reste ici, donc, c'est vous, vous seule qui me repoussez. Faut-il que je sois malheureux! Qu'est-ce que j'ai donc dit ou pensé de mal pour être malheureux comme cela?

— Rien, répondit Félicie en me regardant, comme si elle eût voulu me prendre à témoin de chaque parole qu'elle lui adressait. Tu n'as rien fait de mal, mais tu étais contraire à mon mariage avec n'importe qui. Souviens-toi, tu es un enfant gâté, très jaloux de l'amitié qu'on t'accorde, et cela prouverait que tu n'es pas sûr de la mériter. J'ai craint de te voir manquer de respect à monsieur Sylvestre, car une ou deux fois, sans rien dire de mal sur son compte, — la chose ne serait pas possible, — tu m'as parlé de lui avec dépit. Or, je t'avertis, moi, que, si tu n'es pas décidé à le chérir et à le servir comme ton maître et ton meilleur ami, je ne te souffrirai pas auprès de moi. Il veut que tu restes, tu resteras; mais fais grande attention à ce que je te dis : pas de jalousie, pas de dissimulation, pas d'humeur, pas de plainte; car je jure qu'au premier mot, au premier regard qui témoignerait que tu lui en veux, tu ne resterais pas une heure dans la maison.

Tonino parut atterré un instant de cette dure mercuriale, qui me blessait moi-même, et tendait à me faire de nouveau suspecter la sincérité à laquelle je venais de me fier.

Il marcha dans la chambre avec agitation,

presque avec colère; puis, venant à moi et se mettant à genoux malgré moi :

— Puisque ma cousine me reproche devant vous mes fautes, il faut que vous m'en accordiez le pardon. Eh bien, oui, j'ai été jaloux d'une grande amitié qui allait lui faire paraître la mienne bien petite. N'est-ce pas naturel? où est le crime? Jamais un fils n'a vu sa mère se remarier sans avoir chagrin et peur. C'est de l'égoïsme, si vous voulez; mais, à mon âge, on n'a pas la raison et la vertu du vôtre. On est un enfant, et vous avez tant d'indulgence, vous! C'était à vous de me rassurer, de fermer ma blessure, de me dire que je serai encore quelque chose pour ma cousine et pour vous... Vous l'avez fait, je vous remercie, je vous crois; mais elle! pourquoi cette froideur et de si méchantes menaces? On ne m'avait pas habitué à ça, moi! Je devais être le soutien de sa vieillesse et le but de sa vie. Oui, voilà comment elle me parlait pour me rendre bon et sage quand j'étais petit. Voyez comme elle a changé! Et, si j'en souffre, est-ce mal?

— En voilà assez, dit Félicie. Sois bon et sage, sois ce que tu dois être, et mon amitié te reviendra comme autrefois; mais ce n'est plus si facile, je t'en avertis! J'étais seule les deux tiers de l'année, je n'avais que toi à gâter, et je croyais bien ne me marier jamais. Mon sort a changé, j'ai eu le bonheur inespéré d'inspirer une grande amitié à un homme très au-dessus de moi, et qui est devenu tout pour moi. Ne faut-il pas que, pour ne pas contrarier un bambin de ta sorte, je renonce au devoir de consacrer ma vie à celui qui daigne l'accepter? Nous sommes devant lui pour nous expliquer comme devant un juge et pour dire la vérité comme à Dieu. Tu as eu la hardiesse de prétendre me détourner du mariage! Tu pouvais avoir quelque raison quand il s'agissait de Sixte More, et je te laissais dire, cela m'était bien égal; mais, quand tu as voulu me prouver que monsieur Sylvestre ne me considérerait jamais que comme une servante, je t'ai imposé silence. Tu as insisté, tu as été colère, presque insolent. Tu m'as offensée et tu m'as fait de la peine. Je n'ai pas voulu ennuyer monsieur Sylvestre de tout cela. Il ne l'a pas su. Il l'a peut-être deviné, il a eu la délicatesse de ne pas vouloir connaître les détails, et je l'en remercie. Tu me forces à les lui dire. Eh bien, fais-toi pardonner, et ne recommence plus jamais, si tu veux que j'oublie ta sottise.

Tonino pleura de nouveau, et il plaida sa cause avec une candeur qui me vainquit entièrement. Je l'observais pourtant avec toute la clairvoyance dont j'étais capable, et rien dans son langage, dans son regard, dans son accent, ne sentait plus l'impertinence ou

la ruse. Ce n'était plus le Tonino que j'avais
redouté en croyant le pénétrer. C'était l'enfant
naïf et tendre que j'avais aimé avant d'aimer
Félicie, et plus il montrait de repentir dans
sa jalousie, plus cette jalousie me paraissait
innocente et naturelle.

Je fus presque tenté de gronder Félicie
quand nous fûmes seuls ensemble. Elle avait
été trop dure, elle m'avait fait un rôle de
maître et de juge qui n'allait pas à la douceur

IL FAUT QUE VOUS M'ACCORDIEZ LE PARDON.

de mes instincts. Elle s'y était prise de façon
à me rendre haïssable, ridicule peut-être,
moi qui ne voulais régner sur elle et sur les
siens que par la persuasion. A coup sûr, elle
s'était trompée en attribuant à ce jeune
homme une sorte d'amour offensant et dé-
placé. Ne s'était-elle pas confessée d'avoir
exploité cette supposition pour me passionner
davantage?

— Voyons. chère fiancée, lui dis-je, il serait
bien nécessaire de ne pas me bouder en ce
moment décisif de notre vie. Vous voilà redevenue mystérieuse comme au temps où j'avais
peur de votre sourire triste et hautain. Je
sais, je vois, et je sens qu'hier, pour la première fois, je vous ai blessée. Est-ce une
raison pour briser votre cœur en me faisant
un sacrifice que je ne demande pas? Vous
aimez Tonino, vous avez le devoir autant que
le besoin et l'habitude de l'aimer. Justifiez-le
complètement, s'il n'est pas coupable, et, s'il
l'est, pardonnez-lui avec la tranquillité d'une
âme pure que ne peuvent jamais troubler les
pensées d'un esprit égaré. Parlez-moi de lui
comme s'il était notre fils à tous deux. Empêchez-moi d'être trop confiant, empêchez-moi
aussi d'être injuste. Ne laissez pas sur tout
cela je ne sais quel voile, et, si vous trouvez
que je suis trop crédule après avoir été trop
soupçonneux, avertissez-moi.

Je ne pus obtenir aucune réponse satisfai-
sante; Félicie était sous le coup d'une terreur
inouïe de ce mépris dont je l'avais menacée.

— Laissez-moi me remettre de cela, dit-elle.
Aujourd'hui, je suis trop bouleversée. J'ai
veillé et pleuré toute la nuit; l'arrivée de
Tonino m'a saisie. Je me suis imaginé que
vous me croiriez complice de son retour, qui
est une désobéissance, j'ai été véritablement
en colère, je l'ai haï comme s'il venait m'ôter
votre estime, me voler le seul bien que j'aie à
présent en ce monde. Vous me demandez s'il
a eu réellement de mauvaises pensées, je n'en
sais plus rien, je n'ose plus le croire; ce
serait donc ma faute? J'en aurais donc eu
aussi? Vous avez dit qu'une femme était toujours complice d'un homme qui la désire...
Peut-être que vous me méprisez déjà! Cette
idée-là me rend folle, et s'il faut que la présence de Tonino vous rende jaloux un jour ou
l'autre, comment voulez-vous que je l'accepte
avec plaisir? Que me parlez-vous du besoin
que j'ai de le voir, du devoir que j'ai de
l'aimer? Il me semble que je le hais depuis
que vous m'avez menacée de votre indifférence. Et vous voulez que je vous dise si vous
faites bien ou mal de l'accueillir avec bonté!
Est-ce que je sais, moi? Peut-être me croirez-
vous un mauvais cœur si je vous dis que
vous avez tort, et une mauvaise conscience
si je vous dis que vous avez raison.

Il fallut me contenter de ces réponses évasives. Il est d'étranges natures que l'on ne
confesse jamais, parce qu'elles ne savent pas
rendre compte d'elles-mêmes. Je sentis en
frémissant qu'il y avait encore là un abîme
entre nous; mais n'était-ce pas ma faute?
n'était-il pas creusé par moi? n'était-ce pas
mon pédantesque besoin de logique qui remplissait de glaces et d'épines le chemin de
soleil et de fleurs où s'épanouit l'amour?
Pourquoi voulais-je absolument que Félicie
n'eût jamais tort? Ne pouvais-je accepter les
défaillances d'une âme souffrante qui, en
somme, se donnait à moi sans regret et sans

réserve? Étais-je un enfant, pour croire que je n'aurais jamais rien à lui pardonner? ou étais-je si parfait moi-même, que j'eusse le droit d'exiger la perfection chez elle?

Je me raisonnai, je me réprimandai. Je soumis ma rigide conscience du vrai à toutes

La destinée, la fatalité peut-être amena une diversion imprévue à mes secrètes agitations, et, cela, le jour même de l'arrivée de Tonino.

Vanina, la gardeuse de chèvres, avait grandi; elle était devenue une fort jolie fille

VANINA ÉTAIT DEVENUE UNE FORT JOLIE FILLE.

les transactions que la tolérance et la bonté peuvent accorder. Je résolus d'accepter la situation telle que je venais de la faire, de garder Tonino près de nous et de passer outre. Je sentis bien que je renfermais au fond de mon cœur une plaie vive et que je ne la refermais pas. Il s'agissait de vivre avec ce mal sans en faire souffrir injustement les autres. Je me flattai d'avoir cette force, et je l'eus.

blonde bien prise dans sa taille élancée, très gracieuse avec ses longs bras ronds et minces comme ceux d'une figure étrusque. On disait dans le pays que c'était une fille illégitime du vieux Tonino Monti, ce qui était assez invraisemblable, mais non impossible. Elle avait bien la fraîcheur de ton de la race germanique à laquelle appartenait sa mère, mais l'élégance et la grâce italiennes se retrouvaient dans ses mouvements et dans son accent doux et sonore. La supposition d'une sorte de parenté mystérieuse avec elle ne déplaisait pas à Tonino. Jean s'en était expliqué avec moi par un *peut-être* laconique et insouciant. Il était le parrain de cette enfant et l'avait recueillie, toute petite, par charité. Félicie, qui n'entendait pas raillerie sur les mœurs de son grand-père, l'avait longtemps tenue à distance pour ne point encourager les commentaires. Aussi l'éducation de Vanina était-elle fort négligée, et ses manières très rustiques. Pourtant, depuis deux ans, son intelligence s'était développée dans les fréquents entretiens qu'elle eut avec Tonino, et on l'avait vue, de jour en jour, devenir plus correcte dans sa tenue et dans son langage. Ces entretiens l'avaient rendue fort distraite. Félicie avait surveillé sa conduite, et, à la suite de quelques réprimandes, la jeune fille, craignant d'être chassée, s'était mise à l'ouvrage avec ardeur. On était alors très content d'elle; elle se rendait utile à la ferme, précieuse même dans la maison, et sa maîtresse lui témoignait de l'amitié, surtout depuis que l'absence de Tonino avait coupé court aux soupçons que pouvait faire naître leur intimité. Vanina, partie dès l'aube pour faire paître son troupeau sur le versant opposé de la colline, ne savait rien de l'arrivée inattendue de Tonino. Au moment où nous venions de nous mettre à table pour le dîner, elle entra dans la salle, étouffa un cri, eut un vertige, devint pâle, et se laissa tomber sur une chaise.

Cette joie naïve, aussitôt réprimée, mais suivie d'une rougeur révélatrice, fit sourire Tonino. Il alla vers elle et, l'embrassa sans façon en la tutoyant comme par le passé. Au bout d'un instant, il se leva pour l'aider à nous servir, Félicie et moi, et, à mesure que le repas se prolongeait, nous étions de plus en plus mal servis. Il arriva même que nous ne le fûmes plus du tout, tant ces deux jeunes gens chuchotaient en entrant dans la cuisine. Félicie dut appeler la Vanina et l'avertir; mais elle ne la gronda point et ne s'en prit qu'à Tonino, à qui elle ordonna de se rasseoir avec nous et d'être plus convenable.

— Si tu commences ainsi, lui dit-elle, je vois bien que je serai aussi mécontente de toi que je l'étais l'an passé. Tu as failli me faire renvoyer cette petite. Je la croyais coquette et dévergondée; à présent, je sais quelle est bonne et sage; mais elle est simple, et, si tu cherches à la détourner de son devoir, c'est toi que je renverrai.

— Encore cette menace! répondit Tonino avec un peu d'arrogance tempérée par l'enjouement. Je vois bien qu'il faudra s'y habituer et justifier toutes mes actions et toutes mes paroles. Sachez donc, cousine, que j'aime Vanina de tout mon cœur. Je vous ai dit *non* dans le temps : c'est que je ne croyais pas l'aimer; mais j'ai pensé à elle tout le temps de mon absence, et, à présent que je la retrouve si jolie, si proprette, si charmante fille, et m'aimant toujours... comme son frère! aujour-

d'hui surtout que je sens que vous ne m'aimez plus comme votre fils, je me dis que l'amitié d'une chevrière vaut mieux que rien, et je fais cas de ce que le ciel m'envoie pour me consoler.

— Aime-la, reprit Félicie; tu ne peux pas mieux placer ton amitié; mais, si tu lui parles d'amour...

— Vous me renverrez, vous l'avez déjà dit. Eh bien, je vous réponds que je lui parlerai d'amour et que vous ne me renverrez pas.

— Tu comptes l'épouser, alors?

— Oui, ma cousine,... avec votre permission et celle de monsieur Sylvestre.

— Et c'est de cela que tu lui parles à voix basse depuis une heure?

— Non, ma cousine; je ne lui parle encore que d'amitié. Il me faut votre permission pour lui parler mariage : me la donnez-vous?

— Moi?... Oui, de premier mouvement; mais je veux l'avis de monsieur Sylvestre, et tu auras la bonté de l'attendre.

— Je l'attendrai... à moins qu'il ne veuille avoir la bonté, lui, de me le donner tout de suite.

— Mon cher enfant, lui dis-je, je n'ai que des conseils d'amitié paternelle à vous donner. Vous me les permettez, et j'en suis reconnaissant. Me permettez-vous aussi de vous faire quelques questions?

— Faites, répondit-il en m'embrassant.

— Eh bien, repris-je, ne pensez-vous pas que vous êtes bien jeune pour vous marier?

— Je suis jeune, en effet; mais la Vanina est jeune aussi. J'ai vingt-deux ans, elle en a seize. Je suis assez raisonnable pour elle. Si je l'étais davantage, elle aurait le droit de trouver que je le suis trop.

— Mais le mariage est une chose grave!

— Pour vous et pour ma cousine, oui, très grave, mais non pour des jeunes gens qui ne sont rien, qui ne possèdent rien, dont l'avenir ressemblera beaucoup au passé, et qui n'ont pas l'habitude de se creuser la cervelle pour résoudre des problèmes. Nous travaillerons, nous nous aimerons, nous ne réfléchirons guère, et nous serons très heureux...

Félicie voulut faire une objection : il ne lui en laissa pas le temps.

— Oh! vous, ma cousine, lui dit-il, vous n'y entendez rien, permettez-moi de vous le dire. Vous m'avez fait de grandes morales autrefois, et je vous écoutais, tout confit en vous. C'était l'âge où vous vouliez faire de moi quelque chose de très bien, où vous rêviez pour moi dans l'avenir un mariage bourgeois; mais j'ai réfléchi. Depuis que vous ne vous souciez plus de moi, je me suis dit qu'épouser une riche fermière ou une chevrière sans le sou, c'était toujours déroger pour un gentilhomme, et qu'il me fallait trouver une princesse ou me contenter d'une bergère. Or, la princesse ne me tombera certainement pas du ciel; autant vaut donc choisir la bergère qui me plaira, et celle-ci me plaît. Donnez-la-moi, j'irai vivre avec elle sur la montagne, et, avant peu, je vous réponds que vous aurez beaucoup de chevreaux superbes et plusieurs petits cousins très gentils que vous aimerez peut-être comme vous m'avez aimé — du temps que j'étais gentil...

J'écoutais Tonino en souriant. Il y avait quelque chose de si sympathique dans sa bonne humeur! Quant à Félicie, elle l'écoutait froidement et comme mécontente de sa légèreté.

— Vous vous fiez à lui, me dit elle, vous avez peut-être tort. C'est un garçon qui rit de tout, et je n'ai pas bonne idée de ses projets sur la Vanina.

— Certes, quand il s'agit de moi, reprit Tonino, vous doutez de tout, même de mon honneur: mais vous, monsieur Sylvestre?

— Moi, j'y crois, à votre honneur : reconnaissez-vous qu'il est engagé, du moment que vous demandez l'autorisation d'aimer une jeune fille que votre cousine a le devoir de protéger?

— Si je vous dis oui, serez-vous tranquille?

— Je serai tranquille, si vous dites oui.

— Eh bien, je dis oui, et je le jure de respecter

— EH BIEN, JE DIS OUI.

l'idée de marier ces enfants en même temps que nous nous marierions nous-mêmes; mais elle persistait à ne pas croire Tonino sérieux et à lui parler avec une sorte d'aigreur railleuse. Je commençais à le trouver injuste. Tonino s'en plaignait, mais avec cette extrême douceur qui était le fond de son caractère, et qui rendait son commerce agréable et séduisant. Il ne connaissait ni l'emportement ni la rancune . il jetait sur toutes choses un rayon

la Vanina jusqu'à qu'elle soit ma femme.

Il tint parole, et, tout en montrant à cette jeune fille un attachement très vif, il ne mit plus sur son front aucune rougeur. De craintive et souvent troublée qu'elle était, la Vanina devint, sinon calme, du moins souriante et comme ravie dans la pensée d'un légitime triomphe. Il me parut évident que Tonino lui avait promis de l'épouser, qu'elle était sûre de lui et fière de l'amour qu'elle lui inspirait.

C'était là de quoi effacer le pénible souvenir de ma jalousie, et il se fût effacé entièrement, si Félicie eût franchement accepté

de gaieté, et il me montrait une affection dont j'étais véritablement touché. C'était à moi qu'il demandait raison des préventions de Félicie, et toujours avec une aménité caressante qui m'obligeait à le justifier et à les réconcilier sans cesse.

— J'ai bien besoin que vous m'aimiez, me disait-il alors car, vous le voyez, elle est froide et dédaigneuse. Son cœur m'est fermé depuis que vous y régnez, et c'est justice. Je ne suis rien qu'un étourdi et un ignorant, tandis que vous êtes un homme et presque un ange. Aussi je me console de toutes les rigueurs de ma cousine avec une bonne

parole de vous. Vous pouvez faire de moi tout
ce que vous voudrez, un ami, un chien, un
esclave; vous êtes doux, je le suis aussi;
entre nous, il n'y a besoin que d'un
regard et d'un sourire. Votre commandement
me rend heureux, j'ai du plaisir à vivre de
vous et par vous. Sans cela, j'aurais beaucoup de chagrin, mais je me dis que Félicie
est comme cela. Elle ne peut aimer qu'une
personne à la fois. Quand j'étais son fils, il ne
fallait pas lui parler de mariage; à présent
qu'elle a mis son âme dans le mariage, il ne
faut plus lui rappeler que j'ai été son fils.
Qu'est-ce que cela me fait après tout, si vous
êtes mon père? Je m'habituerai à ne voir
dans Félicie que ma cousine, à ne rien
regretter du passé, à me dire ce que je me
dis déjà . c'est que j'ai gagné au change,
car vous valez mieux qu'elle et que le monde
entier.

— Même mieux que Vanina?... lui dis-je
en riant.

— J'adore Vanina, répondait-il; mais, si
vous me défendiez de songer à elle, je brise-
rais mon cœur pour vous obéir. Je me dirais
que vous ne pouvez pas avoir tort, que vous
voyez clair dans les âmes comme Dieu y voit,
et que c'est pour mon bonheur que vous me
rendez malheureux.

Je m'attachai à pénétrer la nature de son
affection pour Vanina. Il me sembla que
c'était une affection vraie, sinon élevée.

— Elle n'est pas bien fine, la chevrière,
me disait-il; sans être sotte, elle est simple.
Elle comprend tout ce qu'on lui dit, elle la
comprend même trop, car elle le croit sans
réserve. Si vous lui disiez que, par des
paroles magiques, je peux la soutenir en
l'air, elle se jetterait du haut de la montagne,
la tête la première. C'est bête, cela, mais c'est
beau, et je ne désire point qu'on la rende
savante et questionneuse. Je la trouve bien
comme elle est, et belle selon mon goût. Je
n'aime que les blondes, peut-être parce que
je suis trop brun. Je suis amoureux fou de
cette peau blanche et de ces yeux d'azur.
J'aimerai ma femme avec les sens avant tout,
je vous en avertis; ne me chapitrez pas là-
dessus. Je suis un jeune homme, et je ne me
suis jamais assouvi. Si vous me demandiez
pourquoi, je serais embarrassé de vous le
dire. Je suis moqueur et, par conséquent,
difficile, peut-être un peu trop recherché
pour un homme dans ma position. Je me
sens de haute race, que voulez-vous! Les
grosses manières me blessent par leur côté
risible, et, quand la lourdeur de l'esprit perce
sous la beauté, je ne la vois plus belle.
Vanina a quelque chose de noble dans le
sang: je n'en suis pas sûr, mais je le crois.
Je n'en sais rien, mais je le sens d'une

manière vague. Elle fait avec grâce les
choses les plus prosaïques : mon sens artiste
n'est jamais choqué quand je la regarde, et je
me prends à la désirer follement; mais je
vous ai donné ma parole, et je la respecte.
Pourquoi non? Cette petite lutte que je sou-
tiens contre moi-même aiguise mon amour
et le rend plus ardent encore. Je vous réponds
que nous aurons, elle et moi, une belle et
longue lune de miel.

Et il ajoutait avec un franc rire :

— Ami, je vous en souhaite une pareille.

La liberté d'esprit, à la fois candide et
cynique, avec laquelle ce jeune homme me
parlait désormais de mon prochain mariage
avec sa mère adoptive me troublait bien un
peu quelquefois. Tonino manquait de ce je
ne sais quoi de voilé et de profond qui carac-
térise les âmes vraiment émues. Il y avait en
lui comme une soudaine sécheresse sceptique
dont il ne paraissait pas se rendre compte,
mais qui sautait à pieds joints sur le respect
de soi et des autres. Il était impossible de le
lui faire comprendre; car, bien plus que
Félicie, il était incapable d'écouter avec fruit
et de saisir le vrai sens des mots dans un
certain ordre d'idées. Un réalisme brutal
apparaissait tout à coup sous cette gentil-
lesse d'expansion, et il me faisait rougir,
moi, l'homme de cinquante ans, quand
je le laissais se livrer à ses rêves de
volupté.

Ces amours d'enfants, qui côtoyaient pour
ainsi dire mes austères amours avec Félicie,
avaient peut-être la rude vérité de l'âge d'or,
et parfois je me demandais si l'amour jeune
n'était pas le seul légitime, si cette pudeur
recherchée que ne connaissent pas les mœurs
rustiques n'était pas un résultat de la corruption sociale; enfin, si, à force de vouloir
relever ma fiancée par mon respect, je ne lui
ôtais pas ce que son cœur avait de puissance
et de spontanéité.

Un matin, Tonino vint me trouver embarrassé plutôt qu'ému.

— J'accours me confesser, dit-il; il faut me
laisser épouser tout de suite la Vanina. Nous
ne pouvons plus attendre. Que ma cousine ne
veuille pas de fêtes dans sa maison avant la
fin du deuil qu'elle s'est imposé, c'est bien :
je respecte cela; mais nous pouvons bien
nous marier sans violons, la fillette et moi.
S'il faut un festin et un bal champêtre, on
remettra ça au jour de vos noces.

— Voyons, enfant, répondis-je, est-ce que
vous avez manqué à votre parole?

— Non; mais je sens que je ne peux plus la
tenir. J'ai pris quelques baisers à ma fiancée,
chaque jour un peu plus prolongés que ceux
de la veille, et, que voulez-vous! elle me les
a rendus. Il faut me délier de mon serment,

ou me faire vite prononcer le serment conjugal.

— Je vais en parler à votre cousine.

— Oui, mais attendez! Il ne faut pas la consulter, il faut lui dire que vous le voulez.

— Je ne lui parle pas sur ce ton-là, mon cher enfant!..

— Vous avez tort. Vous ne saurez jamais la prendre, si vous ne lui parlez pas avec autorité. Elle ne se rend pas aux raisons, elle aime qu'on la commande.

— Permettez-moi de croire que je la juge et la connais mieux.

— Je ne crois pas, moi; mais cela vous regarde en général. Pour cette affaire-ci, qui m'intéresse et me concerne, ne m'exposez pas, je vous en prie, à être forcé de me parjurer envers vous ou de désobéir à ma cousine: elle ne voit déjà pas d'un si bon œil mon amour pour la Vanina.

— Pourquoi supposez-vous cela?

— Parce qu'elle est jalouse de moi.

Je crus avoir mal entendu: mais Tonino, impassible, répéta ce qu'il venait de dire :

— Oui, oui, elle est jalouse de moi, monsieur Sylvestre, cela vous étonne?

— Oui, certes! répondis-je en m'efforçant de cacher mon trouble.

— Moi, je suis étonné de votre étonnement, reprit Tonino sans se déconcerter. Vous voyez bien que vous ne la connaissez pas! Ma cousine est née jalouse, et, si je suis devenu jaloux de son amitié, elle a tort de me le reprocher : c'est elle qui m'a donné l'exemple. Quand j'étais petit, elle ne pouvait souffrir qu'on me fît plus d'amitiés qu'elle ne m'en faisait, et quelquefois elle me disait : « Personne ne m'aime, tu dois donc m'aimer pour tout le monde, et, si tu me préférais quelqu'un, ce serait me tuer. » Elle a oublié cela, parce qu'elle ne m'a plus aimé à mesure que je grandissais; mais l'habitude lui est restée de vouloir régner seule sur mes volontés. Elle est despote comme toutes les personnes ombrageuses. Quand elle donne un ordre, si je m'attarde un peu pour rendre un petit service à la Vanina,

... J'AI PRIS QUELQUES BAISERS CHAQUE JOUR UN PEU PLUS PROLONGÉS QUE CEUX DE LA VEILLE...

elle ne s'emporte plus, vous l'avez corrigée de la colère : elle nous boude et nous parle froidement pendant trois jours. Jalouse de son autorité, jalouse de la liberté et du bonheur des autres, voilà ce qu'elle a toujours été depuis quinze ans; c'est la conséquence de sa faute.

— De sa faute! m'écriai-je, est-ce que vous osez prononcer ce mot-là, vous, Tonino? est-ce que vous savez si votre mère adoptive a commis une faute?

— Comment ne le saurais-je pas? J'ai bercé son enfant. On me disait alors qu'elle était veuve : c'était bien inutile, je ne songeais pas à questionner; mais, plus tard, quand j'ai vécu ici, il m'a bien fallu savoir, comme tout le monde, qu'elle n'avait jamais eu de mari.

— Vous eussiez dû ne l'apprendre jamais, ne pas le croire, et, aujourd'hui encore, vous devriez parler comme si vous ne le saviez pas.

— Ah! permettez-moi de vous dire, monsieur Sylvestre! vous exagérez toutes ces choses-là; vous les jugez en homme du grand monde apparemment. Nous autres paysans, nous n'y voyons rien de si grave; nous disons : « C'est un malheur! » et ça nous paraît si facile à pardonner, que nous ne nous faisons pas un devoir de l'ignorer et un mérite de le taire.

Et comme je me taisais, moi, attristé et blessé au fond de l'âme, il reprit :

— Monsieur Sylvestre, je suis désolé de vous avoir fait de la peine; mais est-ce ma faute? Je suis un gardeur de vaches, et je ne peux pas sentir et penser comme vous, qui êtes un aristocrate et un philosophe. Tenez, vous n'êtes pas ici dans le monde qu'il vous faudrait. Jamais vous ne vous habituerez à la rudesse de nos pensées et de nos paroles, et Félicie a beau vouloir élever son esprit et ses manières pour arriver jusqu'à vous, elle vous blessera toujours par quelque endroit; car, si elle est la petite-fille du comte del Monte, elle n'en est pas moins la fille du père Morgeron, qui battait sa femme et s'enivrait avec de l'eau-de-vie quand il était de mauvaise humeur. Et puis elle a eu ce malheur dont nous parlions, dont vous ne voulez pas qu'on vous parle, et ça lui a aigri le cœur... Vous la guérirez, je ne dis pas non; mais ce ne sera pas sans peine, et vous aurez plus d'un gravier dans votre pain quotidien. Vous avez du savoir, du courage et un grand esprit, vous vous en servirez, c'est affaire à vous; mais il faudra passer sur beaucoup d'ornières et de cailloux avec des gens mal élevés comme nous autres. Pardonnez-moi d'avoir réveillé un souvenir qui vous déplaît, et de vous dire que ma cousine n'aime pas la Vanina. La Vanina n'a pas eu de *malheur*, elle! je ne veux pas qu'elle en ait par ma faute. Faites donc que ma cousine nous marie, voilà tout

ce que j'avais à vous dire. Ne le prenez pas en mauvaise part! j'aimerais mieux mourir que de vous offenser.

C'est ainsi qu'avec son ingénuité pénétrante et son prétendu gros bon sens, si délié, Tonino me torturait. J'en revenais à me demander s'il n'avait pas l'âme profondément perfide, s'il n'amenait pas habilement toutes ces explications, en apparence fortuites, pour me punir d'avoir inspiré l'amour auquel il avait prétendu, qu'il avait obtenu peut-être avant moi, et que je lui avais ravi...

Devant cette atroce supposition, la loyauté de mon âme se révoltait et criait : « Non! c'est impossible! Quelle autre énigme alors me présentait l'attitude de Félicie? Était-ce pour me punir de mes soupçons qu'elle brisait avec tant d'opiniâtreté le pacte de famille où Tonino avait sa place marquée, légitime, pour ainsi dire inaliénable? Elle semblait vouloir se rendre coupable envers lui, envers moi et envers elle-même, pour m'apprendre qu'il ne fallait pas jouer avec son orgueil et la mettre au défi de se justifier.

Et, comme si tout devait se flétrir et s'empoisonner en nous et autour de nous, voilà que Tonino, l'objet de ses dédains affectés, se plaignait à moi — se vantait peut-être! — de lui inspirer de la jalousie!

Il y avait des jours où je croyais voir clair dans toute cette intrigue. Tonino feignait d'aimer la Vanina pour irriter Félicie et l'attirer dans ses bras lascifs et incestueux. La Vanina elle-même se prêtait à ce jeu infâme pour plaire à son amant et contraindre ensuite Félicie à payer son silence vis-à-vis de moi. Félicie, en proie à je ne sais quel fatal vertige, était d'autant plus prête à tomber dans le piège qu'elle s'en éloignait avec terreur ou le bravait avec audace. Elle n'aimait ni moi ni Tonino. Elle était tout orgueil froissé, tout dépit contre la destinée, tout besoin de vengeance ou de réhabilitation. Il lui plaisait fort de devenir ma femme, affaire de vanité. Il lui plaisait peut-être mieux d'avoir Tonino pour esclave, affaire de sens.

Je luttais contre ce cauchemar, il me poursuivait dans mes rêves; mais, au soleil levant, si j'entendais les sons graves et purs du violon de Crémone vibrant sous la noble inspiration de Félicie, ou si je voyais passer la jeune chevrière allant aux champs avec ses yeux bleu de ciel et son grand geste harmonieux pour indiquer aux chiens de rassembler le troupeau, ou bien si Tonino, levé avant moi et par moi cherché avec angoisse, se laissait surprendre à genoux dans la litière fraîche, tandis que la Vanina tourmentait, en riant, dans sa main, les touffes épaisses de la noire chevelure du jeune homme, je me reprochais ma folie. je croyais sentir un souffle pur, venu des plus pures régions de cette Arcadie, passer sur mon front brûlant, et je ne sais quelles voix légères comme des brises frémissaient à mon oreille pour rire de mes idées sombres et de mon cerveau malade.

Ma souffrance aidait à ma souffrance, et j'empirais mon mal en agissant sous l'impression de mon mal. Quand j'invitai Félicie à hâter le mariage de Tonino, ma voix tremblait sans doute, et, si mes paroles ne furent pas dites d'un ton d'autorité, peut-être mes regards trahirent-ils le désir que j'avais de ne pas rencontrer de résistance. Il me sembla que Félicie frissonnait de colère ou de crainte, et qu'elle me répondait *oui* avec une répugnance secrète. Je lui demandai étourdiment pourquoi elle hésitait.

— Je n'hésite pas, répondit-elle; à quoi pensez-vous de me dire cela?

Je ne pus répondre.

— Vous êtes préoccupé, reprit-elle.

Je mentis en donnant un autre motif, un motif quelconque à ma préoccupation.

Elle fixa le mariage de Tonino au dernier jour du mois. Nous étions au 15 avril, en plein printemps. La floraison hâtive des arbres à fruits était exubérante. Tout chantait, tout brillait dans la campagne. Vanina, enivrée par les regards et les sourires de son jeune fiancé, était comme étouffée de bonheur. Lui, sans perdre l'habitude de son petit sang-froid doucement railleur, avait dans la poitrine des respirations étranges, comme des oppressions d'impatience contenue, ou des élans de joie mystérieuse. Je ne pouvais pas m'empêcher de les trouver beaux dans la naïveté de leur mutuel désir.

Félicie était tranquille, résolue, impénétrable. Elle s'occupait du trousseau des mariés avec sa générosité ordinaire et des soins tout maternels. Vanina, honteuse de la voir coudre, marquer et repasser pour elle, venait l'aider; mais, malgré elle, c'était toujours à quelque harde de son futur qu'elle travaillait

avec ardeur et intelligence. De sa propre toilette elle se souciait à peine. Et Félicie était obligée de corriger ses bévues. Elle le faisait avec patience, parlant peu, souriant à peine, affairée, absorbée, pensant à quelque chose qui ne s'exprimait pas et qui semblait impossible à exprimer.

Enfin le grand jour arriva. La mariée,

FÉLICIE S'OCCUPAIT DU TROUSSEAU.

éblouissante de fraicheur et de parure, vint avec Tonino demander à genoux la bénédiction de la patronne et la mienne.

— Toi, lui dit Félicie en l'embrassant, je te bénis de tout mon cœur. Je n'ai pas de reproches à te faire, tu es une enfant sans malice et sans volonté; mais je fais un effort pour bénir ton mari. Il aurait dû attendre la fin du deuil de cette maison où mon frère l'avait reçu et traité comme son fils. Les raisons qu'il a données pour se dispenser de le pleurer une année entière sont des raisons lâches, des raisons d'égoïste. J'y ai cédé à cause de toi, par pitié de ton inexpérience et de ta faiblesse. Je n'attendais pas de toi de grandes vertus, je n'avais pas le droit de t'en demander, ne t'ayant pas élevée avec autant de soin que j'aurais peut-être dû le faire; mais lui... Enfin n'en parlons plus. Aimez-vous et soyez heureux.

Est-ce cela qu'il lui disait, ou cela se passait-il dans mon imagination? Je regardai Félicie. Elle était pâle, et son œil courroucé suivait le jeune couple sans rien voir autre chose.

Je ne me trompais donc pas, Tonino ne s'était donc pas trompé : elle était jalouse; si jalouse, qu'elle ne songeait plus à me le cacher! Mais quel genre de jalousie était-ce?

— AIMEZ-VOUS ET SOYEZ HEUREUX.

Je trouvai le discours de Félicie gratuitement amer et peu convenable pour les oreilles d'une jeune fille qu'elle devait supposer pure. Je ne sais si la Vanina le comprit; elle rougit beaucoup et pleura. Tonino lui serra vivement la main sans répondre un mot à Félicie, et, quand elle les eut embrassés tous deux, il emmena sa fiancée en lui parlant à l'oreille, comme s'il la consolait des sévérités de la patronne et comme s'il lui disait . « Tu sais qu'elle est jalouse; mais, sois tranquille, je te protégerai contre elle. »

Je voulus le savoir; ma langue, enchaînée par la délicatesse, rompit ses liens. Je fus sévère, terrible peut-être. Je blâmai ce qui venait de se passer, je questionnai durement. Félicie trembla, balbutia, faillit s'évanouir : je fus impitoyable. Elle prit tout à coup son parti, comme elle le prenait toujours quand on l'y forçait.

— Eh bien, oui, dit-elle, je suis jalouse de cette jeunesse, de cette innocence, de cette virginité qui est pour moi comme un vivant reproche. Ce n'est pas de Tonino, c'est de vous que je suis jalouse quand je regarde la Vanina. Je la trouve trop heureuse d'être aimée avec ardeur par ce jeune homme et contemplée par vous avec une sorte de respect, comme si elle méritait votre estime! Qu'a-t-elle fait pour vous paraître sainte? Sans moi, sans mes menaces, Tonino eût depuis longtemps flétri cette pureté de hasard, et c'est à moi qu'elle doit de pouvoir mettre aujourd'hui le bouton d'oranger à sa ceinture! Comment voulez-vous que je ne sois pas irritée de l'air de triomphe avec lequel Tonino va la conduire à l'église? Il fallait bien rabattre un peu leur orgueil! Et vous me blâmez de l'avoir essayé! C'est me dire que je n'ai pas le droit de faire la morale aux autres; c'est m'humilier cruellement! Et avec cela vous me demandez si je regrette que Tonino soit heureux, comme si j'étais une mauvaise mère, ou comme si... Non, je ne veux pas aller jusqu'au fond de votre pensée. Il me semble que j'y trouverais toujours suspendu sur ma pauvre tête ce mépris qui doit me tuer.

Elle pleura amèrement, je dus la calmer, la rassurer, la consoler. Tonino m'appelait avec impatience. On nous attendait pour partir. Il entra et vit Félicie en larmes. Ses yeux expressifs se portèrent sur moi. Ils me disaient clairement : « Je le savais bien que vous ne pouviez pas être heureux l'un par l'autre. »

J'entraînai Félicie, honteux et irrité de sa figure souffrante, encore sillonnée de larmes. La Vanina la regardait timidement, avec un mélange de compassion, de respect et de fierté, comme si elle eût été tentée de lui demander pardon de l'avoir emporté sur elle.

Quand le prêtre eut béni leur union, les mariés, qui n'avaient eu pour escorte que nous, les témoins et les gens de la maison, nous remercièrent et nous demandèrent la permission d'aller passer trois jours chez la mère de Vanina, qui demeurait dans la mon-

tagne. Félicie acquiesça froidement à ce désir et leur dit à peine adieu.

Ils partirent seuls, se tenant par le bras, mais d'une étreinte si souple et si forte, qu'ils semblaient ne faire qu'un. Tonino se retourna pour m'envoyer un baiser, et il me montra le soleil de mai comme pour le prendre à témoin de son droit à l'ivresse de la vie.

J'essayai de distraire Félicie de sa tristesse.

— Ces enfants sont des ingrats, me dit-elle.

ILS PARTIRENT SEULS.

J'avoue que je ne m'attendais pas à les voir quitter la maison aujourd'hui.

— Ce n'est pas quitter la maison que de s'absenter trois jours.

— Ils s'absentent tout à fait, soyez-en sûr. Ils ont formé, en cachette de nous, quelque projet d'établissement. La mère de Vanina est une femme de mauvaise vie, et ce n'est pas chez elle que Tonino, à moins qu'il n'ait perdu l'esprit, irait abriter sa lune de miel.

— Ils ont pris pourtant le chemin de sa demeure?

— Ils vont la voir pour la consoler de

l'humiliation que je lui ai infligée en lui défendant d'assister au mariage.

— C'est le devoir de Vanina. Quelle que soit sa mère...

— Ah! vous êtes indulgent pour de plus grandes pécheresses que moi!

— Je ne suis pas indulgent pour cela; mais vous devriez l'être davantage pour ces jeunes gens. Ils ont besoin d'être heureux sans arrière-pensée, sans lutte contre vous, qui leur reprochez d'être égoïstes. Ils vont cacher leur ivresse dans quelque chalet où ils oublieront tout.

— Même la mort du pauvre Jean?

— Eh bien, oui, c'est leur droit après tout, c'est leur devoir peut-être. Dieu a fait de l'amour une loi si grande et si puissante, qu'il faut savoir la subir sans songer ni au passé ni à l'avenir. Les oiseaux qui bâtissent leur nid aujourd'hui se demandent-ils si l'orage l'emportera demain? Respectons donc le caprice de nos enfants, et, puisqu'ils paraissent désirer l'isolement, songez à leur préparer pour l'été un gîte confortable dans la montagne. N'était-ce pas l'intention de Tonino et la vôtre? N'avez-vous rien décidé encore à cet égard?

— Rien, répondit Félicie.

— Pourquoi?

— J'attendais votre volonté. Si j'avais décidé quelque chose sans vous, vous auriez pu le mal interpréter.

Je parvins à dissiper son amertume en la distrayant par des projets. Le raisonnement, qui, pendant nos semaines et nos mois de tête-à-tête, avait paru la convaincre, perdait toute action sur elle depuis que j'avais involontairement blessé son cœur et son amour-propre. Elle était comme anéantie moralement. On ne la réveillait qu'en la mettant aux prises avec les devoirs, les difficultés et les amusements de la vie matérielle. Elle y portait ce dévouement sans bornes qui était le grand côté de sa nature énergique.

Dès que je lui eus dit qu'il fallait assurer la liberté, la dignité et le bien-être du jeune couple :

— Eh! sans doute, répondit-elle; j'y ai bien songé, mais j'attendais votre encouragement. Au reste, tout est prêt. La grande laiterie du Vervalt, que j'ai donnée en dot à Tonino, n'est pas à fin de bail, mais je sais que, pour une faible indemnité, le fermier nous la laisserait occuper tout de suite. Il y faut des réparations; j'ai le bois tout débité sous les hangars, la pierre toute tirée dans la carrière. Je n'ai pas voulu dire cela aux jeunes gens. J'aurais souhaité qu'ils fussent plus humbles, et qu'au lieu d'attendre mes dons et mes soins comme une chose qui lui est due, Tonino me priât un peu ou me montrât quelque désir. Il n'a

pas jugé à propos de le faire. Il a eu l'air de me dire que, du moment qu'il possédait une jeune et jolie femme bien éprise de lui, il n'avait plus besoin de rien sur la terre, et que je ne pouvais rien ajouter à son bonheur. Il a évité de me parler de ses projets. compte-t-il vendre la laiterie pour s'installer plus loin de nous? Et, si j'y fais de la dépense pour qu'il y soit bien, ne me dira-t-il pas que c'est inutile?

— Allons toujours voir, répondis-je, quelle dépense on aurait à faire dans tous les cas pour entretenir cette ferme; nous consulterons ensuite Tonino.

— Comment n'êtes-vous pas au courant de cela? me demanda Félicie en se dirigeant avec moi vers la laiterie, qui était à une heure de chemin dans la montagne. N'allez-vous jamais vous promener par là?

— Rarement, le temps me manque; l'ouvrage d'en bas absorbe toutes mes journées, vous le savez bien. D'ailleurs, ceci rentre dans la vie pastorale, dont Jean ne s'occupait pas et faisait bien de ne pas s'occuper. Vous suffisiez à cette besogne à laquelle vous vous entendez merveilleusement.

La laiterie était fort belle, et le terrain environnant, de première qualité en pâturages, constituait un don assez considérable. Comme j'en faisais avec satisfaction la remarque :

— Peut-être trouvez-vous, me dit Félicie, que j'ai fait la part bien large à Tonino?

— Non, je n'y trouve rien de trop. Les époux sont jeunes, ils auront des enfants.

— Oui, ils en auront, répondit-elle. Ils sont nés heureux, ils les conserveront.

Je vis une larme couler sur sa joue. C'était la première fois que, devant moi, elle pleurait sa fille. Jamais elle ne m'en avait parlé qu'avec une douleur sombre, et, comme elle s'efforçait de me cacher cette larme .

— Pleurez, pleurez, lui dis-je; soyez femme, soyez mère. Je vous aime mieux ainsi que tendue et irritée.

— Mais ce souvenir qui me brise, ne le détestez-vous pas?

— Non; quand vous pleurez, je ne déteste rien dans le passé. Les larmes effacent tout, et la vraie douleur se fait toujours respecter.

Elle essuya ses yeux avec ma main et la baisa; puis elle attacha sur moi ce regard clair et profond où l'énergie et la passion de son âme s'exprimaient d'une façon victorieuse quand elle se livrait.

— J'ai eu deux désespoirs dans ma vie, dit-elle : la mort de mon enfant et celle de mon frère. Le jour où vous m'aimerez comme je vous aime, je les oublierai.

— Pourquoi oublier? lui dis-je. La douleur est saine aux belles âmes, et j'aime mieux

LA LAITERIE ÉTAIT FORT BELLE ET LE TERRAIN ENVIRONNANT, DE PREMIÈRE QUALITÉ EN PATURAGES,
CONSTITUAIT UN DON ASSEZ CONSIDÉRABLE.

partager la vôtre que de l'effacer. Vous me tiendrez par la tendresse encore plus que par l'énergie, soyez-en sûre. Je ne demande qu'à vous sentir faible pour me dévouer à mon tour.

Elle fut tout à coup ranimée, cessa de protester intérieurement contre le témoignage de mon affection, et s'occupa de la propriété de Tonino avec ardeur, presque avec gaieté. Elle voulait tout abattre pour tout reconstruire, et faisait des plans sur le sable du chemin avec le bout d'une branche. J'admirais son intelligence, son entente des détails, la promptitude de son coup d'œil. J'établissais ses comptes à mesure qu'elle développait ses projets. Quand j'eus atteint un certain chiffre :

— Non, je n'irai pas jusque-là, dit-elle; ce serait trop cher, vous me gronderiez.

— Jamais! répondis-je; vous avez de l'ordre, vous aurez toujours le moyen d'être généreuse.

— Mais c'est votre fortune que je dépense là, monsieur Sylvestre!

— Non, c'est la vôtre. Moi je n'en ai pas et n'en veux jamais avoir. Nous nous marions séparés de biens, comme cela doit être quand l'un apporte tout, et l'autre rien.

— Pourquoi faut-il que cela soit?

Et, comme j'hésitais un peu à répondre, elle s'écria :

— Ah! oui, je comprends : vous ne voulez pas qu'on croie que vous épousez une fille déchue pour vous enrichir!

— Je n'y songeais pas, lui dis-je; mais, puisque vous le prenez ainsi, j'accepte la supposition. Je veux qu'on sache que je vous épouse parce que je vous aime.

Elle fut ravie de ma réponse et se remit à faire ses plans, tout en causant avec le fermier et en réglant l'indemnité à lui donner. Nous en étions là, le soleil baissait, lorsque Tonino et Vanina se trouvèrent tout à coup à quelques pas devant nous sur le sentier.

— Ah! voyez, s'écria Félicie, les voici déjà! Ils viennent regarder leur domaine. Ils ne sont pas si enivrés que vous le disiez! Ils pensent déjà au lendemain.

— Ils sont dans le vrai, dans la nature. Ils songent au nid tout de suite, pendant la chanson d'amour et de printemps.

— Comment, vous êtes là, cousine? dit Tonino tout surpris, en doublant le pas.

— Oui, répondit-elle avec douceur: je suis venue préparer ton nid, comme dit monsieur Sylvestre. Est-ce ici que tu veux demeurer?

— Oui, certes, si j'ai moyen de l'arranger quand le fermier sortira.

— Le fermier sort demain, et demain, on commence les travaux. Regarde le plan avant que la brise du soir l'efface. Voici votre chambre, très grande, pour contenir les berceaux et les petits lits... Voici la salle pour causer, manger, faire de la musique. Voici l'étable doublée, séparée en trois pour les élèves des deux âges et les mères. Voici le grenier à fourrages, le séchoir, le rucher, la fontaine, etc.

— Mais c'est un rêve, s'écria Tonino; il me faudra vingt ans de travail pour payer tout cela!

— Vous ne payerez rien, lui dis-je. C'est votre cadeau de noces en sus de la dot.

Tonino eut un beau mouvement très spontané, improvisation de l'intelligence artiste, ou cri sincère du cœur.

— Mère! s'écria-t-il en tombant aux genoux de Félicie, tu m'aimes donc encore?

Elle fut vaincue et l'embrassa sans réserve ni méfiance.

— Si tu pouvais redevenir sincère et bon comme jadis, je t'aimerais comme jadis, lui dit-elle.

— Aimez-moi comme jadis, reprit-il: car me voilà guéri de mes folies et naïf comme à douze ans. C'est à elle que je le dois, ajouta-t-il en montrant Vanina. J'avais encore du dépit ce matin; elle m'a grondé, elle m'a dit que j'étais injuste et ingrat. J'ai senti qu'elle avait raison. Je me suis repenti, et, si nous nous trouvons ici, c'est que nous étions en chemin pour aller vous demander pardon.

Dès ce moment, le calme revint dans la famille; Tonino ne fut plus taquin, Félicie ne fut plus sombre. Vanina, douce et affectueuse, semblait être le trait d'union entre eux. Il y eut comme une convention tacite, moyennant laquelle les jeunes époux n'habiteraient pas notre domicile avant de pouvoir prendre possession du leur. Je le regrettai, je ne voyais pas sur ce chapitre comme Félicie. L'amour consacré me paraissait chose trop sérieuse et trop sainte pour que notre maison en deuil en fût profanée. Félicie ne s'expliquait pas, pour ne point se trouver en désaccord avec moi; mais Tonino me disait tout bas :

— Laissez-moi faire ainsi. Je sais que la vue de nos amours blesserait sa religion fraternelle. C'est assez puéril; car il n'y aura pas de raison pour admettre dans deux ou trois mois ce que l'on interdit aujourd'hui, à moins que le chagrin ne doive durer tout juste un an, tant que durent les vêtements noirs, et finir juste le jour où ils sont usés; enfin c'est l'idée de ma cousine, et il faut la respecter. Elle me souffrirait bien chez elle avec ma femme, elle serait bonne tout de même; mais quelque chose la froisserait au fond du cœur, et je ne veux plus lui faire de peine.

En attendant qu'il s'installât au Vervalt,

Tonino emmena sa femme faire une excursion. Félicie le chargea d'aller donner un coup d'œil à ses propriétés dans la vallée du Rhône; il en profita pour parcourir toute la Suisse et fut absent trois mois.

Il devait revenir pour notre mariage, au mois de juillet. Malgré le désir que j'avais de revoir cet aimable enfant, j'étais bien forcé de reconnaître que son absence était bonne à Félicie et à moi. La vie se faisait calme et belle. Félicie recommençait à modifier les côtés âpres de son caractère et à ouvrir son esprit à la science de l'amour; car, si, à l'âge de Tonino et de Vanina, il n'y a qu'à laisser faire le soleil et la loi divine, à l'âge que nous avions, Félicie et moi, et après de si amères expériences de la vie, il nous fallait toute une philosophie, toute une religion pour nous entendre.

Ce moment de fusion intellectuelle et morale semblait venu, et, lorsque nous nous engageâmes l'un à l'autre, j'étais fort, j'étais content d'elle et de moi; je me sentais ardent et austère, je la sentais pudique et confiante. Notre lune de miel, à nous, ne fut pas un emportement d'écoliers à travers les buissons en fleur : c'était une solennelle moisson de joies intimes et profondes sous le chaud et silencieux rayon de l'été.

Nous avions dû nous marier sans attendre Tonino. La veille du jour fixé pour son retour, il nous avait écrit que Vanina avait fait une petite chute, et que, dans la crainte d'un accident plus grave, elle devait rester en repos pendant quelques semaines. Il ne revint qu'à l'entrée de l'automne avec sa femme

bien portante et en bon espoir de maternité. Il m'avoua alors qu'elle n'avait pas eu le moindre accident, mais qu'il avait craint de gêner Félicie par sa présence.

— Je ne peux pas toujours m'expliquer, dit-il,

NOUS NOUS ENGAGEÂMES L'UN A L'AUTRE.

les bizarreries de son humeur; mais je les sens, je les devine avant qu'elles se montrent. et, croyez-moi, j'ai bien fait de ne pas assister à son mariage. Il faut si peu de chose pour la troubler! Tout est mieux ainsi, n'en doutez pas.

Je sentais que Tonino avait raison, mais pas plus que lui je n'aurais su dire pourquoi.

Il alla passer l'automne au Vervalt, et l'on se vit rarement. C'était le moment des grandes occupations de la campagne. On labourait les terres, on rentrait les fruits, on faisait le vin et les fromages, on se rencontrait dans la campagne avec plaisir, on se réunissait quelquefois le dimanche avec affection; mais on ne se sentait plus nécessaires les uns aux autres, et je dois dire que je me trouvais très heureux de n'avoir personne entre ma femme et moi. C'était un esprit trop impressionnable pour prendre la vie en douceur. Les violentes émotions de sa jeunesse lui avaient laissé l'habitude de dramatiser le moindre incident et de voir un abîme ouvert dans toutes les ornières du prosaïque chemin de l'existence. Mon ascendant faisait rentrer en elle la notion de la mesure des faits; mais c'était un soin continuel à prendre, une éducation toujours à refaire, une sérénité à ramener ou à entretenir, travail ingénieux et tendre, dont je ne me lassais pas et dont elle me témoignait une reconnaissance passionnée, mais qu'il ne fallait pas laisser interrompre ou troubler par la moindre émotion venue du dehors.

Dans les commencements, elle se créa un chagrin inattendu. Autant elle avait aspiré à la réhabilitation par le mariage avec un homme sérieux, autant elle en fut effrayée quand elle l'eut obtenu. Il lui suffisait d'un mot surpris au passage pour la mettre au désespoir : « Elle est bien heureuse, mademoiselle Morgeron, après ce qui lui est arrivé! » ou de la réflexion toute crue de quelque voisin : « 'Dame! c'est un beau mariage qu'il fait là, monsieur Sylvestre! » Elle ne se vengeait pas comme moi par un sourire de pitié de l'inoffensif attentat commis sur nous par une pensée brutale; elle s'alarmait et regimbait comme si l'offense fût tombée du ciel.

— Je le vois bien, me disait-elle alors : les uns croient que la cupidité vous a rendu indulgent; j'ai beau leur dire que vous n'avez pas voulu avoir la moindre part à ma fortune, ils ne comprennent pas et ils ne croient pas; les autres vous respectent, mais ils vous plaignent, et ma faute leur paraît d'autant plus énorme que vous me l'avez pardonnée. Ah! j'ai été une égoïste; je n'ai pas prévu que l'opinion ne se rendrait pas, et que vous porteriez votre part de ma honte. J'ai eu bien tort, ami, de ne pas suivre mon instinct. Savez-vous que cent fois j'ai failli vous dire : « Aimez-moi et ne m'épousez pas! je serai votre maîtresse et votre esclave, je ne me sens pas digne d'être votre femme. »

— Vous avez bien fait, lui disais-je, de ne pas me présenter cette lâche tentation. J'aurais cru que vous me jugiez capable d'y céder et que vous ne m'estimiez pas.

— Vous êtes bien rigide! quel si grand crime auriez-vous commis en me donnant votre amour sans me donner votre nom?

— J'eusse manqué de foi envers votre frère et vous qui m'aviez accueilli comme un frère. Puis ces liaisons-là, Félicie, ont pour excuse la jeunesse, qui brise tous les freins sans en avoir conscience; elles sont une honte pour l'homme dans la force de l'âge, surtout quand il n'y a pas d'obstacle entre lui et l'objet de sa passion.

Elle arrivait à comprendre que l'on pouvait allier la passion au devoir. Ce n'est pas sans peine qu'elle avait consenti à le comprendre.

Du reste, je l'égayais : je venais de la faire rire d'un propos de commère ou d'une maxime de paysan avare. Il est bien certain que j'avais fait des jaloux, et que Sixte More particulièrement, bien qu'il ne fût pas un méchant homme, avait glosé sur notre mariage? Qu'est-ce que cela pouvait me faire? Je trouvais dans le témoignage de ma conscience une sécurité complète. Félicie en était jalouse et me le disait. J'avais bien de la peine à obtenir qu'elle se pardonnât le passé, et qu'elle s'estimât assez elle-même pour laisser couler l'injure; mais je réussissais à lui faire voir le côté ridicule de la médisance et à l'empêcher d'en grossir le côté odieux.

En dépit de ces troubles passagers, nous étions heureux. Si Félicie ne réalisait pas l'idéal de sérénité et de charme intellectuel que j'avais pu rêver dans ma jeunesse, je ne le savais plus, je ne m'en souvenais pas. Il est un moment de la vie où l'on n'a plus d'exigence qu'envers soi-même. On sent le possible de la perfection, puisqu'on l'adore; mais on en sent le difficile, puisqu'on ne l'atteint pas soi-même. Cette poursuite du beau et du bien, toujours vaine malgré de grands et sincères efforts, rend indulgent pour ceux qu'on aime. On voudrait leur épargner les écueils où l'on s'est heurté, les épines où l'on se déchire encore, et l'on se fait humble à force d'ambition, doux à force de zèle.

Certes à cette époque d'adoption paternelle d'une âme orageuse et tourmentée, j'étais meilleur que je ne l'avais jamais été, j'étais pour ainsi dire meilleur que moi-même. Quand ma compagne me disait : « Je ne vous savais pas encore aussi bon que vous l'êtes », je lui répondais en toute sincérité :

— C'est que je n'étais pas si bon avant de vous aimer autant.

Ce bonheur dura deux ans. Il ne se compléta point pour moi par les joies de la paternité, et, à présent, hélas! je remercie la destinée de m'avoir épargné un terrible sujet de trouble et d'incertitude. Félicie se flattait toujours de devenir mère. Un vieux médecin qui l'avait soignée dès son retour d'Italie, et que je consultai sur son état général, m'apprit que je ne devais pas entretenir de vaines espérances. En même temps, il m'engagea à ne pas trop en dissuader ma compagne.

— Ce rêve de la maternité est chez elle une passion. Faites attention au moral! C'est un esprit fortement trempé; mais les idées sont fixes, les volontés exaltées, les instincts tenaces, et la force vitale ne répond pas à l'énergie qu'elle dépense. Je me suis étonné de lui voir accepter la mort de son frère. J'aurais cru qu'elle y laisserait la vie ou la raison. A présent, je m'explique sa résignation et son courage, elle vous aimait! Rendez-la toujours heureuse si vous voulez la conserver. Elle ne résisterait pas à un nouveau malheur.

— Croyez-vous donc que la privation de postérité soit pour elle un malheur sans compensation?

— Elle se soumettra en gardant ses illusions le plus longtemps possible. D'ailleurs, ceci est un détail. J'appelle votre attention sur un ensemble de circonstances et je vous dis : « Faites-lui la vie calme, si vous voulez qu'elle vive. »

— Il faut vous expliquer, m'écriai-je. Nous sommes seuls, et vous n'avez personne à ménager, car je suis un homme, et je puis tout accepter, tout prévoir. Je dois savoir si quelque mal sérieux menace ma compagne, afin de le conjurer à tous les instants de notre existence. Parlez.

— Eh bien, reprit-il, je vous parlerai comme un homme simple, mais expérimenté, doit parler à un homme intelligent et sérieux. Mademoiselle Morgeron a été longtemps entre la vie et la mort par suite de malheurs et de chagrins que vous n'ignorez pas. Elle est depuis longtemps rétablie. Une volonté bien entendue et bien employée lui a créé des forces nouvelles; mais, si on modifie une organisation, on ne la transforme pas dans son essence, et nous avons ici une organisation anormale. Je l'ai bien étudiée et comme un type rare dans sa classe. Chez la plupart des gens de campagne, — j'appelle ainsi, à quelque rang qu'ils appartiennent, tous ceux qui vivent en contact continuel avec la nature rustique, — le corps réagit sur l'âme avec une bienfaisante énergie, le grand air et l'exercice leur donnent forcément le sommeil, l'appétit et l'équilibre intellectuel. Chez

madame Félicie, il en est autrement : sa volonté est le seul foyer de ses forces physiques, et rien d'extérieur n'agit bien directement sur elle. C'est la disposition de son esprit qui la rend forte ou faible; en un mot vulgaire et rebattu, mais toujours vrai, la lame use le fourreau. Ne la faites pas trop réfléchir, et, si elle a la velléité de s'instruire, ménagez l'entendement. C'est chez elle un puissant instrument de perception, mais ce ne sera jamais un magasin d'idées acquises où les choses se classeront dans l'ordre logique. Donnez l'essor à l'activité, l'aliment à la bonté et à la tendresse. Ne lui demandez pas d'être bien conséquente avec elle-même; mais voyez la mobilité de la physionomie à la moindre émotion, tâtez le pouls souvent et reconnaissez que l'état fébrile se déclare avec une soudaineté inouïe sous l'empire de la plus légère excitation nerveuse. Surtout cachez toute inquiétude, car elle vous cacherait tout symptôme. Elle a une puissance de réaction extraordinaire, et je l'ai vue très gravement malade sans que personne s'en doutât autour d'elle. Apprenez à la voir avec des yeux clairvoyants qui savent cacher leur clairvoyance. Je ne connais personne de plus difficile à interroger et à soigner. Si, par hasard, elle avait un chagrin sérieux, ne vous demandez pas si elle est malade, soyez certain qu'elle l'est. Elle travaillera comme de coutume, elle aura l'air de dormir et de manger. Elle sera même gaie, si elle craint de vous affliger; mais elle aura une fièvre violente, et elle la gardera tant que vous n'aurez pas fait rentrer dans l'esprit le rayon consolateur. Les prescriptions du médecin n'y feront rien ou presque rien; soyez donc le médecin de votre femme. Moi, je suis un ami et non un charlatan.

Cette conversation laissa en moi une certaine inquiétude, et, durant plusieurs jours, j'observai Félicie avec une attention plus grande. Je ne découvris rien qui ne me fût déjà connu. Son impressionnabilité datait certes du jour de sa naissance, et ce qui eût été maladie ou destruction pour moi était pour elle action ou vitalité. De ceux qui comprennent de telles organisations, les médecins sont les derniers, surtout les vieux médecins instruits et raisonnables. Malgré eux, ils voudraient ramener la nature à la logique naturelle : quoi de plus sage? Mais il se trouve souvent que les types anormaux auraient besoin d'échapper au contrôle de la raison. Peut-être à la folie faudrait-il un traitement antirationnel.

Pourtant je m'efforçais de faire prédominer le simple bon sens dans l'esprit agité de ma compagne, et j'y avais mis tant de patience et d'adresse, j'avais couvert les dehors de l'enseignement avec tant d'enjouement et de douceur, que je croyais être arrivé au but. Comment expliquer le désastre qui m'atteignit au milieu de ma confiante sérénité, le coup qui me frappa en pleine poitrine, le déchirement de ce voile du sanctuaire où reposaient ma foi et mes illusions?

Un jour, Sixte More passa près de moi dans la montagne. Je savais qu'il avait assez mal parlé de moi, et il me sembla qu'il était embar-

IL HAUSSA LES ÉPAULES ET S'ÉLOIGNA D'UN AIR DE DÉPIT.

rassé pour me saluer. L'âme sans tache et sans reproche sourit de ces attaques et n'en connaît pas la blessure. Je l'abordai le premier et lui demandai des nouvelles de sa famille. Il se troubla tout à fait, haussa les épaules, et s'éloigna d'un air de dépit ou de dédain. Je restai où j'étais, le suivant des yeux. Il se retourna, fit un geste de menace, et puis quelques pas pour revenir à moi. Je l'attendis, il s'arrêta, et nous nous regardâmes dans les yeux, lui exaspéré, moi surpris mais tranquille.

Tout à coup il prit son parti, leva son chapeau, et, venant tout près de moi, il me tendit sa main, que je reçus dans la mienne en regardant toujours l'expression de son visage. J'y vis du trouble et point de perfidie. Je vous

ai dit déjà qu'il était honnête homme, et je le connaissais pour tel.

— Il vous est arrivé quelque malheur, lui dis-je; que puis-je faire pour vous?

— Rien, répondit-il; mais il faut que vous sachiez mes peines. Je ne peux pas m'empêcher de vous les dire, à vous que je n'aime pourtant pas. C'est plus fort que moi, votre figure me commande le repentir, et, chaque fois que je vous ai rencontré, je me suis dit : « Voilà un homme que j'ai méconnu parce que j'étais jaloux de lui. C'est de l'injustice, mais c'est ainsi. Quelque jour je me confesserai à lui, j'y serai forcé par quelque chose de bon et d'honnête qui est en moi, et ça ne m'empêchera peut-être pas de le mal juger encore, car il y a aussi en moi quelque chose de méchant, et cette chose-là, dont je rougis et dont je souffre, c'est l'amour que j'ai eu pour sa femme. » Cet amour-là est passé, ajouta-t-il en voyant que j'attendais pour lui répondre un plus complet développement de sa pensée. Je n'aime plus du tout Félicie, je n'ai pas besoin de vous dire pourquoi, vous le saurez un jour ou l'autre. Vous pouvez donc me répondre franchement que vous me pardonnez d'avoir eu de l'humeur, et que vous n'en avez point contre moi.

— J'ai eu de l'amitié pour vous, lui répondis-je; j'en avais encore, puisque je vous pardonnais dans mon cœur, sans attendre vos excuses. A présent vous avez eu le courage de rompre la glace, je vous estime davantage, et suis certain, quoi que vous en disiez, que vous ne reviendrez pas à vos injustices.

— Voyons! s'écria-t-il, étais-je tout à fait injuste? N'êtes-vous pas un drôle d'homme d'avoir épousé mademoiselle Morgeron? On a dit dans le pays : « C'est pour l'argent! » Je l'ai dit aussi, sans le croire; mais j'ai pensé que c'était une de ces idées que l'on a à votre âge et peut-être aussi au mien, car je ne suis que d'une dizaine d'années plus jeune que vous.

— Quelle idée ai-je donc pu avoir? Expliquez-moi ça, maître Sixte!

— L'idée de vous dire : « Voilà une fille très recherchée par des gens plus riches et plus jeunes que moi, et je veux être aimé d'elle. Je veux, par amour-propre, être préféré à tous les autres, à son cousin par exemple! »

— Son cousin?

— Oui, Tonino Monti, qui avait si long-temps compté être son mari, et qui a fait par dépit un autre mariage, ce qui ne l'empêche pas de regretter toujours la bourgeoise et d'être toujours envieux de votre bonheur. Félicie sait bien ça, elle! voilà pourquoi elle ne veut pas le voir devant vous.

— Vous vous trompez, Sixte! Nous voyons assez souvent Tonino, et ce que vous supposez sur le compte de notre cousin est aussi absurde que le sot amour-propre que vous m'attribuez.

— Comme vous voudrez! Alors vous avez épousé mademoiselle Morgeron par amour?

— Et par amitié.

— On est donc encore amoureux à cinquante ans?

— Certainement oui.

— Et, dans dix ans d'ici, je serai encore amoureux de votre femme?

— Vous vous disiez guéri!

— Je mentais; c'est-à-dire... il y a des jours où je le suis, et des jours où je ne le suis pas. Cela dépend de choses qui me tourmentent trop, puisqu'elles ne me regardent pas, et qui ne vous tourmentent pas assez, vous qui devriez les empêcher.

— Parlez : quelles sont ces choses?

— Vous ne vous en doutez pas du tout?

— Pas du tout.

— Eh bien...

Il s'arrêta; la sueur perlait sur son front, il se débattait contre quelque secrète angoisse.

— Monsieur Sylvestre, s'écria-t-il en me saisissant le bras avec force, pourquoi est-ce que vous laissez vivre ce maudit chien d'Italien qui vous trompe? Êtes-vous un homme, oui ou non? Les gens comme vous qui ont reçu de l'éducation et qui ont vécu dans le monde des riches sont-ils d'une nature autre que nous autres gens de campagne? Leur est-il commandé d'endurer des insultes et de laisser leurs femmes dans le danger de se faire montrer au doigt? Tenez, moi, je ne suis rien pour Félicie : elle ne me doit rien, et je ne lui dois rien non plus; mais, si j'arrive à découvrir qu'elle est coupable, je serai guéri de l'amour pour le restant de ma vie. Je mépriserai toutes les femmes et je resterai vieux garçon. Ça me fera un effet de voir Félicie menteuse et lâche, un effet à n'en jamais revenir! Et vous, vous êtes là bien tranquille, un peu pâle, voilà tout, mais souriant encore et me regardant d'un air de pitié, parce que vous me prenez pour un

méchant qui se venge, ou pour un fou qui a des visions.

En effet, je le croyais en proie à quelque accès de démence. Il s'en irrita et me défia de venir m'assurer du fait.

— Quel fait? lui demandai-je.

— Il y a une demi-heure, répondit-il en me montrant un massif de rochers, ils étaient là tous deux, ils se cachaient. Le saviez-vous?

— Ce que je sais, c'est qu'ils ne se cachaient pas. Votre soupçon est offensant pour ma femme. Je vous défends de dire un mot de plus sur son compte.

— Vous devez dire comme ça; mais vous allez voir s'ils y sont encore?

— J'irai tranquillement pour le plaisir de les rencontrer et sans aucune crainte de les surprendre.

— C'est ça! vous tousserez pour vous annoncer! Eh bien, allez, faites comme vous voudrez, soyez trompé; qu'est-ce que ça me fait, à moi? Je vous ai averti, j'ai fait mon devoir après tout, car c'est à vous que revenait le soin de punir Tonino. Vous ne le voulez pas? Eh bien, je le punirai peut-être, moi, un jour ou l'autre : il me tombera sous la main, et je l'écraserai comme une mauvaise bête, car voilà dix ans que je souffre de ses intrigues, et je suis à bout de patience. C'est lui qui a empêché Félicie de m'écouter, et c'est lui qui me fait rougir à présent de l'avoir tant aimée! Allez, allez, monsieur le mari, fermez les yeux, bouchez vos oreilles et dormez tranquille; moi, je veillerai pour mon compte.

Il ne me laissa plus lui répondre et s'éloigna hors de lui. Sa colère ne m'avait guère troublé, je le savais vaniteux et susceptible; je ne le croyais jaloux que par amour-propre, je connaissais son aversion pour Tonino, avec qui il avait eu récemment des discussions d'intérêt. J'avais si bien chassé mes soupçons et vaincu le passé, que je me dirigeai d'un pas et d'un cœur tranquilles vers le lieu qu'il m'avait assez vaguement indiqué.

C'était à une certaine distance de l'habitation et dans une petite gorge dont le sol appartenait précisément à la famille de Sixte More. La roche, très abrupte, se fendillait à pic le long du sentier; il n'y avait par là aucune grotte, aucun enfoncement pouvant servir de cachette ou seulement d'abri pour se reposer. En suivant ce sentier de chèvres, je fis le tour du massif; il était absolument désert. Je pensai que Sixte avait rêvé ou qu'il avait voulu se moquer de moi. Je connaissais mal la localité; j'y avais passé maintes fois, je ne m'y étais jamais arrêté. Je montai doucement une pente gazonnée où je crus voir quelques traces de pas; ces traces, déjà douteuses, disparurent entièrement. Je ne cherchais plus personne; l'endroit était beau, je gagnai le sommet du massif, et j'y cueillis quelques fleurs assez rares qui poussaient là. Je pensai à Tonino, qui m'aimait ardemment, à Félicie, que je me promis bien de ne pas troubler du dépit insensé de Sixte More. Je pensai aussi à moi pour me demander si j'étais digne du bonheur que je goûtais. Je ne pouvais pas me reprocher de l'avoir conquis avec insolence et de m'être réjoui du dépit des autres. J'éprouvais cette sorte de mélancolie des gens modestes dans leurs ambitions,

LE CŒUR ME BATTAIT BIEN FORT...

qui demanderaient volontiers pardon aux hommes et à Dieu d'avoir quelque sagesse silencieuse et quelque humble prospérité.

Tout à coup je vis Félicie au bas du rocher, tournant avec rapidité le sentier qui s'enfonçait dans un bois de mélèzes. Elle ne fit que paraître et disparaître; mais c'était bien elle, et sa marche ressemblait à une course furtive. Le cœur me battait bien fort. Je m'en fis reproche, je me levai pour la rejoindre. Je n'osai l'appeler. Sixte More pouvait être quelque part aux aguets et me croire jaloux. Je me rassis sans bruit, et, supposant que j'étais observé, je recommençai à cueillir des fleurs et des herbes sans montrer la moindre agitation.

Depuis un instant, j'étais observé en effet;

mais ce n'était pas par Sixte More, c'était par Tonino, que je vis tout à coup sortir d'un coude que le rocher faisait au-dessus de moi. Il m'avait vu le premier, il avait eu le temps de composer son visage.

— Que diable faites-vous là, mon père? me dit-il en souriant et en me caressant de son beau regard, limpide comme une source de montagne.

— Tu le vois, lui dis-je; je cueille ces fleurs qui m'ont tenté.

— Cueillez, dit-il; la cousine les aime beaucoup. Je passe quelquefois ici, c'est mon plus court pour aller vous voir, et, quand je lui en porte un bouquet, elle me dit toujours : « Où prends-tu de si belles fleurs? »

— Tu venais chez nous? repris-je. Il y a longtemps qu'on ne t'a vu.

— Ah! que voulez-vous! avec des petits sur les bras, une femme qui sèvre l'un pour nourrir l'autre! Je ne la laisse guère seule.

— Et tu fais bien. Allons, viens voir ta cousine.

— Elle va me gronder.

— Pourquoi?

— D'abord pour n'en pas perdre l'habitude, et puis parce que je ne lui ai pas donné signe de vie depuis un mois.

— Eh bien, elle te grondera et elle te pardonnera.

Nous suivîmes ensemble le sentier par où Félicie venait de fuir. Il était bien évident pour moi que Tonino ne pensait pas que je l'eusse aperçue: mais l'avait-il aperçue lui-même? savait-il qu'elle était venue là ou qu'elle venait d'y passer? Il était si calme et si souriant, que je ne pouvais croire à une trahison. Rien ne m'expliquait la présence de Félicie en ce lieu particulièrement sauvage; mais sans doute ce hasard allait s'éclaircir naturellement dès que nous la rejoindrions.

Tout en maîtrisant mon émotion, je marchais vite. Tonino m'arrêta à plusieurs reprises sous différents prétextes très vraisemblables et d'un air très naturel.

Tant il y a que Félicie était rentrée depuis au moins dix minutes quand nous rentrâmes nous-mêmes. Elle avait eu le temps de changer de chaussure et de se recoiffer. Comme elle prenait ces soins tous les jours avant de se mettre à table, je lui demandai fort simplement si elle était sortie. J'attendais une réponse simple, vraie, plausible ; elle me répondit avec assurance par un mensonge. Elle dit non !... Je répétai ma question comme si quelque distraction m'eût empêché d'entendre la réponse. Elle répondit non !...

Je sentis un vertige passer devant mes yeux et je ne sais quel frisson de mort dans tout mon être.

Non, il n'y a pas qu'une mort ; même dans cette courte vie que nous traversons, nous mourons plusieurs fois. Nous périssons à plusieurs reprises. Notre être apparent reste le même, mais au dedans de nous une âme se détache, s'envole ou s'anéantit ; nous la sentons se glacer en nous et peser comme un cadavre. Que devient-elle ? Va-t-elle nous attendre ailleurs pour s'ajouter à nos existences successives ? Est-ce une chose usée, finie, qui ne servira plus ni à nous ni aux autres ?

Où vont-elles, où vont-elles, nos amours passées ? qui me le dira ? Elles deviennent des fantômes, des ombres, des larves, disent les poètes. Eh quoi ! n'étaient elles rien ? Ce monde qui s'efface devant nos yeux n'a-t-il jamais existé ? Les passions sont-elles des rêves aussi vains que ceux du sommeil ? Non, c'est impossible. Les rêves du sommeil sont l'action d'un *moi* inconscient et incomplet. Nos passions sont, non pas seulement l'action fatale, mais encore l'œuvre voulue de tout notre être. L'entraînement les suscite, mais la volonté les poursuit, les connaît, les définit, les nomme et les satisfait. Nos passions, c'est notre esprit et notre cœur, notre chair et nos os, notre puissance réalisée, l'intensité de notre vie intime manifestée par notre vie physique ; elles aspirent à être partagées, elles le sont, elles agissent, elles deviennent fécondes, elles créent ! Elles créent des œuvres, des actes, des faits accomplis, l'histoire, — des choses belles, l'art, — ou bonnes, des idées, des principes, la connaissance du vrai. Elles créent des êtres, des enfants qui naissent de nous intellectuellement ou réellement. Ce ne sont donc pas des songes ni des spectres. Otez les passions, l'homme n'existe plus.

Et pourtant une passion peut s'éteindre, et nous ne mourons pas ! Ce serait peut-être trop beau de ne pas survivre à sa puissance et de partir avec ce qui nous faisait beaux nous-mêmes, la foi ! Il n'en est pas ainsi : il faut, à plusieurs reprises dans la vie, se sentir brisé, dépouillé, perdu sans ressources et refaire connaissance avec soi-même comme avec un étranger. Il faut se dire, et parfois brusquement foudroyé : « Où donc étais-je tout à l'heure, et quelle est cette autre existence qui me saisit comme une attaque de paralysie ? Est-ce que je vais pouvoir vivre ainsi sans ma pensée, sans mon cœur, sans la raison d'être que j'avais tout à l'heure et que je n'aurai plus jamais ? » Vous avez entendu parler des effets du curare, ce poison qui glace l'énergie vitale sans ôter la conscience de la mort inévitable et prochaine. Je me suis senti pris ainsi dans une chape de plomb, dans un bloc de pierre, sans transition, sans avertissement, sans réaction possible. Tous les êtres humains ont passé par là et l'ont plus ou moins compris. Plaignez ceux qui se débattent en vain et croient s'étourdir par la colère ou l'ivresse. Plaignez encore plus ceux qui savent que certains poisons ne pardonnent pas, et qui, dès la première atteinte, embrassent d'un regard lucide l'horreur de leur situation. Détrompé en un instant, je le fus sans retour et pour toute ma vie.

Aussi je ne vous promènerai pas à travers une série d'illusions ressaisies et d'espérances déçues. Comment je cachai la violence du choc qui me brisait, je l'ignore, je ne m'en suis pas rendu compte, car je ne m'en souviens pas. Je me trouvai le soir devant mon bureau. Félicie et Tonino faisaient de la musique dans la salle au-dessous de moi. Je ne les entendais qu'à de rares échappées comme si une porte se fût ouverte un instant et brusquement refermée entre eux et moi ; mais cette porte n'existait que dans mon cerveau. J'avais pris un livre que je touchais sans le voir. Un instant je m'occupai à me demander des choses puériles. Pourquoi Félicie m'avait-elle fait un mensonge si stupide, quand il lui était si facile de m'en faire un si vraisemblable ? Elle eût pu me dire même jusqu'à un certain point la vérité. « J'avais dans l'idée que Tonino viendrait aujourd'hui, j'ai été au-devant de lui, je l'ai attendu ; puis je me suis rappelé l'heure du dîner et je suis retournée sur mes pas sans me douter qu'il était tout près. Cinq minutes plus tôt, vous m'eussiez rencontrée, et nous fussions revenus tous trois ensemble. » Que lui en eût-il coûté de me dire cela ? — Et, s'ils s'étaient donné rendez-vous innocemment, que ne se laissaient-ils surprendre par moi, qui, depuis mon mariage, les avais vingt fois trouvés ou laissés ensemble sans m'en inquiéter ?

Quelle fatalité pousse donc au mensonge, qui est le plus flagrant et le plus éperdu des aveux, les coupables auxquels notre confiance assurait l'impunité ? Cela me parut pitoyable. Je me pris à rire tout seul, d'un rire de mépris, douloureux comme un sanglot, et qui me fit tressaillir et regarder autour de moi, comme si je m'attendais à voir mon double me railler et m'insulter.

Mais j'étais seul, c'est bien moi qui avais ri.

On eût pu m'entendre d'en bas, si le violon de Félicie n'eût couvert ma voix. Elle jouait admirablement ce soir-là. Je l'écoutai un instant et je me pris à rire encore, car tout mentait en elle, la musique comme le reste. Elle ne pouvait plus être autre chose que mensonge de la tête aux pieds. J'écrivis sur le bord de la table : « Ton nom est mensonge. »

JE SORTIS DE LA MAISON,
JE REGARDAI BRILLER LES ÉTOILES.

Je l'effaçai. Toute manifestation me semblait indigne de ma fierté. Je cessai de rire, je cessai de pleurer, car je pleurais aussi par moments sans en avoir conscience. Je sortis de la maison, je regardai briller les étoiles, et, chose étrange, tout à coup je respirai. Il me sembla que je grandissais jusqu'aux astres, que je les touchais, que je palpitais de leurs flammes, que je tenais le monde et mon cœur dans chacune de mes mains, que j'étais

fort comme Dieu, que j'étais heureux comme l'infini, que je chantais dans une langue inconnue. Que sais-je? j'étais probablement fou dans ce moment-là; mais non, allez, je n'étais pas fou! j'étais surexcité, extra-lucide peut-être! Je voyais, au delà de ma vie individuelle, la bassesse du mal et la splendeur du bien, ces deux pôles de l'âme humaine. Un crime venait de me plonger dans l'enfer des ténèbres, car les êtres humains sont liés par une terrible solidarité, et ceux qu'on aime particulièrement font en quelque sorte partie de nous-mêmes. En découvrant que les deux objets de ma plus tendre affection étaient gangrenés et pourris, j'avais senti la mort entrer en moi, la honte dont ils étaient couverts m'avait souillé, j'avais rougi et pâli comme si j'étais le complice de leur chute. Le mal était déchaîné sur la terre, il triomphait de tout, de moi comme des autres. Il n'y avait en ce monde que mensonge et brutalité. Puisque deux êtres que j'avais placés si haut dans mon estime et dans ma tendresse ne valaient pas mieux que les derniers des sauvages, pouvais-je être assuré de moi-même? n'étais-je pas capable de descendre aussi bas? Quelle garantie pouvais-je désormais offrir aux hommes et à Dieu de ma propre droiture et de ma propre chasteté?

Mais, quand ce nuage se dissipa, quand le rayonnement des astres dans un ciel pur éclaira cette échelle de Jacob que tout homme un peu trempé aperçoit dans sa détresse et saisit avec enthousiasme pour fuir les monstres et leur vomissement, je quittai la triste sphère où s'agitent les problèmes et les sophismes. Je montai vers la région du vrai, où le mal n'est plus que relatif et où son nom même ne signifie plus rien. Nous y monterons tous, épurés par le temps, l'expiation et l'expérience; mais tous n'y monteront pas en esprit dès cette vie. Le royaume de Dieu, j'appelle ainsi le sentiment clair, enivrant et grandiose du beau et du bon éternels et infinis, n'est pas ouvert, même pour un instant, à ceux qui ne voient que des yeux du corps et qui ont méprisé la notion de ce qui est le bien et le mal pour leur espèce. L'homme ne possède pas le bien absolu : c'est pour cela qu'il s'abaisse dès qu'il le cherche en dehors du bien relatif qui lui est accessible. Il ne faut pas de déchéance morale, il ne faut pas de fièvre malsaine et de satisfaction impudemment conquise entre l'élan de l'âme et son but mystérieux, sublime.

Moi, j'étais pur, et d'un mot terre-à-terre, qui, au milieu de mon extase, me venait aux lèvres, je pouvais me résumer : « Le mal qu'on me fait, je n'aurais jamais pu, je ne pourrais jamais le faire aux autres. » En effet, la belle Vanina, cent fois plus jeune et plus belle que ma femme, eût pu être apportée dans mon lit par les démons légendaires de la nuit, mes bras ne se fussent pas noués autour d'elle, ma pensée n'eût pas seulement effleuré la compagne de Tonino, et, cela, à vingt-cinq ans tout comme à cinquante. Je pouvais regarder dans mon passé ardent et viril, je n'y trouvais pas une souillure. Je n'avais pas à rougir d'une heure où l'animalité des sens l'avait emporté en moi sur la probité de l'âme.

J'étais donc tout simplement un honnête homme. Il n'y avait pas de quoi s'enorgueillir sans doute, mais il y avait de quoi se consoler et sentir en soi une force patiente et une sorte de joie austère. Ces malheureux qui travaillaient à m'avilir avaient entrepris l'impossible. J'étais mon juge et le leur. Ils m'avaient lâchement volé mon repos, mon bonheur, ma poésie, ma croyance en eux, tout ce qui avait servi de base à ma nouvelle existence. Il ne leur restait plus qu'à m'assassiner. Pourquoi non? Se défaire de la Vanina et de moi eût été logique; mais m'ôter une parcelle de ma valeur morale pour s'en parer aux yeux l'un de l'autre, voilà ce qu'ils ne pouvaient pas!

Tonino partait comme je rentrais. Il me fit, comme de coutume, des adieux enjoués et tendres.

— Eh bien, lui dit Félicie, tu ne l'embrasses pas, ton père?

Il m'appelait son père! il m'embrassa. Je pensai à la légende du baiser de Judas. Je me laissai embrasser.

Je m'absentai le lendemain. Sous prétexte de nouvelles observations sur le cours des eaux de neige, j'allai réfléchir et essayer de me reposer à la Quille. J'étais fatigué comme si j'avais fait le tour du monde. L'enthousiasme de la veille était trop surhumain pour être durable; il fallait payer mon tribut à la nature.

J'eus de terribles accès de fièvre, du chagrin amer, des colères dévorantes, des indignations à tout briser. Je fus exaspéré, je fus abattu. Deux jours et deux nuits se passèrent ainsi. Le troisième jour, je fus calme et je dormis. Il fallait prendre un parti au plus vite. Deux fois, Félicie, inquiète de mon absence, était

montée à mon chalet. Deux fois, la voyant arriver, je m'étais soustrait à l'angoisse de sa présence en me réfugiant dans des retraites inaccessibles. Je ne voulais pas me venger sur sa santé et sur sa vie, je ne voulais pas exploiter ses remords ou ses craintes. Cela ne m'eût point semblé digne d'un homme.

Je ne pus arrêter qu'un plan provisoire. Avant de disposer de mon avenir et de celui de ma femme, il me fallait connaître tous les détails de notre situation, me rendre un compte exact de la vérité, et prononcer, dans ma conscience sans erreur et sans défaillance. Interroger Félicie n'était pas le moyen de saisir le vrai; elle savait mentir, je n'en pouvais plus douter. Et, quand même j'arriverais à lui arracher la confession complète des faits, jamais elle ne pourrait m'en faire saisir les vraies causes. J'avais bien constaté qu'elle manquait de logique, je n'avais plus à m'étonner qu'elle manquât de conscience.

Soumettre son complice à un interrogatoire, c'était ouvrir la porte aux plus absurdes romans et aux drames les plus lâchement ridicules. Plutôt que de me commettre moralement avec ce drôle, j'aurais accepté encore l'outrage de ses caresses. Plus il s'avilissait lui-même, moins il pouvait m'avilir.

Je retournai donc à la Diablerette, résolu à ne rien laisser pressentir jusqu'au jour où je tiendrais tous les fils de la trahison.

Ils ne s'écrivaient probablement pas, mais ils avaient dû s'écrire. Tout à coup je me souvins que, peu de temps après notre mariage, Félicie m'avait remis une petite liasse de papiers soigneusement cachetés, en me faisant jurer sur notre mutuelle confiance que je ne l'ouvrirais que si elle mourait avant moi. J'avais pensé que c'était un testament, et, résolu à ne jamais l'accepter, je l'avais serré sans y attacher d'importance. Quelquefois, je m'étais pourtant dit que ce pouvait être un récit confidentiel de sa première faute, et, comme je ne m'étais pas engagé à le lire, je comptais ne jamais remuer les cendres d'un passé que mon amour avait anéanti, à moins que Félicie ne m'en reparlât expressément. Elle ne m'en avait pas reparlé.

Maintenant, ma pensée pouvait admettre d'autres suppositions. Les femmes de ce caractère ont des besoins passionnés d'expansion qui ne sont que le besoin d'encourager leur faute ou de poétiser leurs vices. Ces papiers pouvaient avoir trait à la découverte que j'avais cru faire, que j'avais probablement faite dès les premiers jours. Ils m'appartenaient. J'avais juré, par quelque chose qui n'existait plus, que l'on avait foulé aux pieds, ma confiance! Je n'eus pas de scrupules, je brisai le cachet. C'était la courte et énergique correspondance de Tonino et de Félicie à partir du voyage de Tonino en Italie, plus d'un an avant notre mariage.

Je traduis de l'italien :

De Félicie.

« Oui, je l'aime, oui, c'est de l'amour, c'est de l'adoration que j'ai pour lui. Puisque tu veux le savoir, sache-le. Je vois bien que tu ne me laisseras pas tranquille que je ne t'aie dit la vérité. Après, que diras-tu encore? Toi, je ne t'aime pas, je ne t'ai jamais aimé, tu le sais bien; faut-il te le répéter éternellement? »

De Tonino.

« Eh bien, je le tuerai, ton Sylvestre, et ce sera ta faute. Je l'aimais, tu me le fais haïr. »

JE TRADUIS DE L'ITALIEN...

Oui, il est grand, il est bon, il est parfait, je le sais; mais tu le condamnes à mort. Je t'aime, moi; est-ce que tu es assez folle pour l'oublier? est-ce que tu ne me connais pas? est-ce que tu ne sais pas ce que je veux, il faut le vouloir! »

De Félicie.

« Alors, si tu es un fou et un assassin, dis-le tout de suite, car il faut que je meure. Si dans trois jours je ne reçois pas de lettre de toi, je me tuerai. »

De Tonino.

« La vie de Sylvestre est dans tes mains. Sois au rendez-vous que tu sais, le 5, à une heure du matin. »

Du même.

« Tu as vaincu le tigre, tu l'as enchaîné. Tu l'as fait bien souffrir, cruelle, mais tu lui as laissé l'espérance. Ah! oui, tu m'aimes, va! Tu as beau le nier, ta colère fond dans mes bras; tu repousses mes baisers; mais tes mains, tes genoux, tes épaules sentent mes larmes, et ces larmes-là finiront par te brûler. Aime-moi donc, folle! est-ce que tu peux t'y soustraire? est-ce que tu ne l'as pas voulu? est-ce que tu ne m'as pas élevé sur ton cœur comme un oiseau tombé du nid, à qui tu donnais ta chaleur et ta vie? Un inceste? Allons donc, cousine! Le pape a des dispenses, et le ciel rit de tes scrupules. Tu veux me faire croire que nous pouvons être la mère et le fils? C'est bon pour ces lourds protestants ou pour ces catholiques à sang froid qui habitent le pôle. Nous sommes des Italiens, nous, des êtres vivants, ardents, complets. Moi, je n'ai jamais voulu t'appeler ma mère, et je ne t'appellerai jamais que ma vie; mais j'ai bien voulu boire tes caresses, j'en ai été nourri, enivré depuis que j'ai souvenance de moi-même. C'est là l'amour, il n'y en a pas d'autre. Tu n'aimes pas, tu n'aimeras jamais Sylvestre. C'est un vieillard, c'est un père, lui! très bien. Qu'il reste près de toi, vénère-le, adore-le comme une image de saint, je veux bien, ça m'est égal; mais ne l'épouse pas, je te le défends. »

Du même.

« Tu m'aimes et tu m'aimeras. J'ai consenti, épouse-le, puisque tu le veux! Ambitieuse! il te faut deux amours, un pour l'esprit, un pour le cœur? J'aurai le bon, moi: j'aurai celui que je veux. Il le faudra bien : patience! »

De Félicie.

« Non, cent fois non, tu n'auras pas l'amour que tu veux de moi. Quand même je succomberais au trouble où tu me jettes avec tes folies, cela ne prouverait pas que je t'aime. Quel plaisir trouverais-tu à me voir pleurer et mordre la terre? Ah! je le jure, je me tuerais après. Oublie-moi, ne reviens jamais. Quel mal tu me fais! Est-ce là la récompense d'un amour de mère? Oui, je ne voyais en toi que mon enfant. Mon enfant! avoir un enfant qui m'aime comme ma fille m'eût aimée, c'était si naturel!... Pouvais-je deviner qu'à peine assez grand pour atteindre mon coude, tu avais déjà de mauvais instincts? Souviens-toi quelle colère, quel chagrin, quelle honte j'ai eue quand, pour la première fois, tu as osé me dire que tu voulais être mon mari! J'aurais dû te chasser. Je n'ai pas eu de courage. Je m'étais habituée à t'aimer, et puis je n'aimais pas Sixte, je ne voulais de lui ni d'aucun autre. Je te voyais fou, avec des convulsions, l'écume aux lèvres. J'ai cru que tu allais mourir. Je t'ai promis de ne me marier jamais. Tu es dissimulé, tu as fait semblant d'être guéri, et tu as passé des semaines et des mois sans me donner de nouvelles inquiétudes, et puis, un beau matin, tu étais plus dangereux que jamais. Et cela a toujours recommencé et fini pour revenir encore, cette folie, jusqu'au jour où je t'ai chassé.

» Et, à présent que j'aime quelqu'un qui est pour moi comme un Dieu, tu crois que je ne te briserai pas, si tu prétends détruire mon bonheur et me rendre indigne de lui. Essaye, et il saura tout ! Nous verrons alors si tu oseras reparaître devant lui. Prends garde ! Je lui dirai que tu as menacé sa vie, que j'ai été à ce rendez-vous pour t'empêcher de faire un malheur. Je lui raconterai toutes tes sottises, tes pensées criminelles ; il le fera arrêter et mettre en prison. C'est tout ce qu'on doit à un enfant ingrat et dénaturé comme toi. »

De Tonino.
(A deux mois d'intervalle après la mort de Jean.)

« Ma chère cousine, après le malheur qui nous a frappés, je serais bien coupable si je n'abjurais pas entre vos mains mes folies et mes colères d'enfant. Pardonnez-les-moi, oubliez-les et recevez-moi en grâce. Votre enfant soumis et dévoué. »

Du même.
(Après le mariage de Tonino avec Vanina.)

« Ma cousine, je suis le plus heureux des hommes, et je fais des vœux pour M. Sylvestre et pour vous. Il est le meilleur des pères, comme vous êtes la plus généreuse des amies. Je n'ai pas toujours été digne de vos bontés. Pardonnez-moi le passé, et bénissez ma chère petite femme, qui vous chérit. »

Du même.
(Un an plus tard.)

« Félicie, je suis heureux, j'ai un fils depuis deux heures ! Il s'appelle Félix, le second s'appellera Sylvestre. Vous êtes mes deux anges gardiens. Chère femme patiente et tendre, tu m'as sauvé de moi-même ! Grâce à toi, je serai un homme de bien, comme celui à qui tu as dévoué ta vie ! Aime-moi comme je t'adore... »

Ici finissait ce recueil sans date, mais rangé en ordres et par chiffres.

C'était le premier acte du drame qui m'enveloppait. Il ne m'apprenait que ce que j'avais pressenti dès le début, et que Félicie m'avait laissé entrevoir, sans oser compléter ses confidences. En s'attachant au sens littéral de ces écritures spontanées, il n'y avait point de torts directs envers moi. Tonino pouvait se dire emporté par une passion aveugle qu'il avait vaincue et qu'il abjurait à mes pieds. Félicie pouvait se dire qu'elle avait triomphé du danger après s'y être exposée pour sauver ma vie, et que son amour pour moi n'avait pas été obscurci un seul instant dans son âme. Voilà pourquoi elle m'avait légué ces preuves de son innocence.

Mais, pour qui analyse et approfondit, il n'est point de vraie chasteté dans certaines épreuves, et, entre ce que j'avais supposé des vagues et timides désirs de Tonino et la passion sensuelle qu'il avait osé tant de fois déclarer et dépeindre, je découvrais un abîme. Cette passion datait de son enfance. Félicie avait eu à la réprimer et à la combattre durant de longues années, elle l'avait redoutée et ménagée, elle en avait eu peur, non seulement pour moi, mais pour elle-même. Une de ces lettres admettait clairement la possibilité d'y succomber, et, à travers des réprimandes et des menaces d'une puérilité presque risible, elle trahissait le trouble des sens et l'effroi de la chute. Ce n'est pas ainsi qu'une femme de cœur et de bien arrive à se faire respecter. Elle doit savoir se préserver et n'avoir jamais besoin de se défendre. Il n'est, d'ailleurs, pas nécessaire d'avoir reçu une éducation recherchée pour repousser l'amour qui offense ou déplaît. L'instinct et la sincérité suffisent. Une paysanne ne sait pas dire de ces mots qui glacent et répriment ; elle frappe de ses poings et de ses sabots celui dont elle ne veut pas faire son ami. Félicie n'avait été ni la robuste virago qui échappe au baiser par une gourmade sérieuse, ni la femme pudique à qui l'on n'exprime pas deux fois des désirs outrageants. La fièvre de Tonino s'était allumée en elle depuis longtemps déjà quand elle m'avait aimé d'une affection plus digne et plus morale, mais déjà souillée par des appétits secrets d'une âpreté invincible et fatale. Jusque-là pourtant, je n'avais pas le droit de m'indigner. Je souffrais et je rougissais de ce partage des sens ; mais j'avais déjà, devant quelques aveux de Félicie, subi cette rougeur et cette souffrance. Pourquoi n'avais-je pas poussé plus avant l'examen de sa situation et de son caractère ? J'avais craint de l'outrager, je l'avais trop respectée. En la voyant inquiète et blessée, j'avais accepté des réponses évasives. Si je n'avais pas été mieux éclairé, c'était ma faute ; il ne faut jamais s'en prendre aux autres des fautes que l'on commet, même quand ce sont des fautes généreuses.

Que s'était-il donc passé depuis que cet amour de Tonino pour sa cousine avait paru prendre fin dans les bras de Vanina et dans le sourire de son premier enfant ?

Rien peut-être?

Allons donc! on m'avait menti, on s'était caché de moi; donc, on était coupable, et cette fois criminel, car on s'était indignement joué de ma bonne foi. On m'avait témoigné de part et d'autre une affection ardente, on s'était vanté de dévouements sublimes. J'étais la plus risible idole qu'on eût jamais encensée et parée de fleurs pour lui cracher à la figure.

Il fallait pourtant le savoir, ce qui s'était

JE VIS LA TRACE TOUTE FRAICHE
D'UNE CHAUSSURE D'HOMME.

passé. J'étais résolu à le savoir pour apprécier le degré d'indulgence ou de sévérité dont j'avais à faire usage. Ah! que j'étais peu fait pour ce métier d'espion, et quel dégoût insurmontable il me causait!

C'était le devoir, je me soumis. Je me mis à explorer le rocher où j'avais failli surprendre le rendez-vous. Je découvris une grotte bien enfouie où l'on pénétrait par la voûte crevassée du massif. Monter au faîte de cet édifice naturel et descendre dans l'intérieur par la corniche était une entreprise assez difficile et périlleuse. Félicie n'avait pas reculé

devant l'effort et le danger. Une crypte bien abritée avait caché la honte de ses adultères amours. Un rayon de soleil venait s'éteindre brusquement au seuil, un éboulement de sable fin, tamisé par le vent dessinait un méandre à l'entrée, et il fallait marcher sur ce sable pour gagner l'endroit obscur et fermé à tous les regards. Avant d'y poser le pied, je l'examinai attentivement. J'y vis la trace toute fraîche d'une chaussure d'homme.

Tonino était donc là? Il attendait sa complice? Ils ne s'inquiétaient pas de m'avoir vu rôder une fois aux alentours? Ils ne se disaient pas que j'avais pu les apercevoir et concevoir des soupçons? Il fallait que leur faute fût ancienne et que leurs entrevues fussent fréquentes pour qu'il y eût tant d'effronterie et de confiance dans l'impunité acquise.

Je les tenais là, tous deux peut-être, ou j'allais les tenir dans un instant! mais je ne voulais pas encore les briser. Aussi je fus content lorsqu'à la place de Tonino je vis Sixte More sortir de la grotte et venir à ma rencontre.

— Enfin vous y voilà!... me dit-il avec amertume. Vous avez trouvé leur piste et vous savez la vérité; mais vous venez trop tard; eux, ils n'y viennent plus. Moi qui connaissais cette grotte et qui croyais être seul à la connaître, car c'est ici chez moi, je voulais les y surprendre, leur faire honte, ameuter le pays contre eux;... vous aviez refusé de faire vos affaires vous-même! J'ai guetté tous les jours de cette semaine. Ils se sont douté de quelque chose, ils n'ont pas reparu, et c'est ailleurs qu'il faut chercher. Je chercherai.

— Je vous le défends.

— C'est votre droit, si vous voulez vous venger; autrement je garde le mien. Comment ferez-vous pour m'empêcher de l'exercer? Dans votre monde, on se bat en duel, je crois; nous ne connaissons pas cela, nous autres. Je ne veux pas vous faire aucune insulte et aucun mal. Si vous m'en faites, je me défendrai comme un homme qu'on attaque, et ce sera au plus fort d'assommer l'autre. Je sais que vous n'êtes pas un freluquet, mais je suis solide aussi, et aucun homme ne me fait peur. Vous voyez donc qu'il faut raisonner avec moi et ne pas essayer de commander; ce serait ce qu'il y a de plus inutile.

— Raisonnons donc, maître Sixte. Reconnaissez-vous qu'un homme, trompé ou non, ait le droit d'empêcher un étranger de faire justice à sa place?

— Oui, s'il fait justice lui-même.

— Et qui sera juge de cette justice? le chef de famille ou l'étranger?

Sixte hésita, il était intelligent.

— Monsieur Sylvestre, reprit-il, tout le monde est juge de tout le monde. Vous ne pouvez pas empêcher l'opinion...

Il avait raison, j'en convins; mais il dut convenir aussi que l'opinion peut être égarée, et que le devoir de tout honnête homme est de juger sans passion et sans prévention.

— Je suis un honnête homme, dit-il avec orgueil, mes préventions sont fondées... Si vous vous conduisez en chef de famille ferme et clairvoyant, je me tiendrai tranquille; mais, si vous êtes faible, je penserai que vous êtes un mari complaisant, et vous ne m'empêcherez pas de le dire. Vous avez voulu être le maître de Félicie Morgeron ce n'était pas la chose du monde la plus facile, et, tout instruit que vous êtes, vous n'avez pas su en faire une honnête femme. Peut-être qu'un ignorant comme moi l'eût mieux gouvernée. J'ai donc le droit de vous critiquer et je vous critiquerai en face, attendez-vous à cela, si vous ne vengez pas votre honneur et mon amour-propre; car, moi aussi, je suis ridicule d'avoir tant aimé cette femme et de me l'être laissé enlever. Je veux qu'on sache qu'elle est méprisable et que je la méprise...

— Eh bien, moi, répondis-je, fût-elle méprisable, je ne veux pas qu'elle soit méprisée. Si j'ai une vengeance à exercer, ce ne sera pas celle-là, et je vous empêcherai de l'outrager et de la diffamer. Vous me forcez à prendre un parti extrême, le voilà pris. Comptons ensemble.

— Qu'est-ce que vous ferez contre moi?

— Je vous tuerai, maître Sixte, répondis-je avec le plus grand calme.

— Vous me tuerez?

— Probablement! Je vous dirai devant témoins que vous en avez menti, et je vous frapperai, s'il le faut, sans haine ni colère, mais jusqu'à ce que mort s'ensuive de part ou d'autre. Voyez si, pour satisfaire votre dépit et votre rancune, vous voulez mettre votre vie en danger le plus inévitable et le plus sérieux.

— Croyez-vous me faire peur?

— Si je croyais vous faire peur, ma menace serait lâche. Je sais que vous êtes tout aussi peu poltron que moi; mais je sais aussi que, pour le plaisir de faire une mauvaise action, un homme qui a du cœur et de la raison ne s'expose pas à tuer ou à être tué. Vous réfléchirez à ce que je vous dis, maître Sixte; c'est à prendre ou à laisser, et c'est mon dernier mot.

— Vous êtes un homme étonnant, reprit-il après avoir rêvé un instant; je vois que vous êtes décidé à faire ce que vous dites, et je me demande pourquoi vous agissez ainsi. Je ne comprends pas.

— Si vous êtes calme, je pourrai me faire comprendre.

— Parlez.

— Veuillez vous souvenir de l'amitié qui me liait à Jean Morgeron, de la confiance qu'il m'avait témoignée, des devoirs que sa mort m'a imposé. Sa sœur avait commis une faute. Il la lui avait pardonnée. Il l'avait protégée envers et contre tous, et il l'avait ainsi aidée à se réhabiliter. Ce que Jean Morgeron avait fait pour sa sœur, je dois ne jamais l'oublier et le continuer autant que possible, car, avant d'être son mari, j'étais son frère. C'est comme tel que j'étais entré dans la famille.

— Cela, c'est vrai; mais pardonner! Est-il possible que vous pardonniez ce qui se fait maintenant contre vous?

— Si cela était, je n'ai pas dit que je le pardonnerais dans mon cœur, ceci ne regarde que moi; mais je le pardonnerais peut-être en apparence, si ma conscience me le commandait. Or, je vous déclare que je ne veux prendre aucun parti avant de savoir si vous n'avez pas cherché à me tromper, et, comme je ne veux m'en rapporter qu'à moi-même pour découvrir la vérité, tout ce que vous me direz sera comme non avenu. Renoncez donc à m'éclairer de vos lumières.

— Vous me savez honnête homme, et vous osez dire que je cherche à vous tromper? Vous m'insultez!

— Non, Sixte! la passion — et le dépit est une passion violente — fait croire et dire des choses qu'on se repent plus tard d'avoir dites ou pensées. Il est peu d'honnêtes gens à qui cela ne soit pas arrivé au moins une fois dans la vie. Voyons, souvenez-vous de notre entretien de la semaine dernière, ici près. Vous m'avez dit le pour et le contre. Vous étiez ému et même un peu égaré. Vous veniez de voir, ensemble ou séparément, deux personnes dont l'intimité innocente ou coupable vous a toujours été amère. Vous avez supposé le mal, et pourtant vous ne l'avez pas constaté, car vous me disiez : « Je n'aime plus le souvenir de mademoiselle Morgeron » et, un instant après, vous disiez : « Je ne l'aimerai plus, si je découvre le crime dont je la soupçonne! » Aujourd'hui encore, vous avez tenu à peu près le même langage, et nous parlerions deux heures sans faire autre chose que de raisonner ou de déraisonner sur une supposition de votre esprit ou du mien.

— Ou du vôtre! Vous mentez, monsieur Sylvestre! Que le mot ne vous fâche pas, vous mentez par un bon motif; vous croyez devoir mentir, mais vous ne doutez pas de la faute; sans cela, vous ne seriez pas ici.

— Pourquoi pensez-vous cela, puisque vous y êtes également?

— Ah! vous êtes plus fin que vous n'en

avez l'air. Vous voulez me faire dire ce que
je sais.

— Je vous ai défendu de me dire quoi que
ce soit!

— C'est-à-dire que vous ne voulez pas m'en
savoir gré; mais, si je vous le disais malgré
moi, vous seriez content. Eh bien, prenez que
c'est malgré moi. Mes bergers ont vu, il y a
déjà un an, votre femme et Tonino venir ici.
Il y a donc un an qu'on vous trompe.

— LE SAVIEZ-VOUS?

— Voilà une pauvre raison pour le croire.
Venir ici ne constitue pas un crime contre
moi.

— Le saviez-vous?

— Apparemment, puisque je n'ai pas eu de
soupçons.

— Et, lundi dernier, votre femme vous a-
t-elle dit qu'elle y fût venue?

— Comment aurais-je découvert cette grotte,
si elle ne me l'eût indiquée?

— Vous avez réponse à tout. Allons, je
patienterai. Je ne divulguerai rien encore,
mais vous voilà averti. Je vous donne un
mois pour savoir et pour agir.

— Et, moi, je vous donne tout ce temps-là
pour réfléchir à ce que je vous ai dit.

— Vous me tuerez, si je parle?

— Ou vous me tuerez; mais ce sera un
combat de sauvages entre nous.

— Vous êtes trop philosophe ou trop
humain pour tuer votre femme ou votre rival,
et vous n'aurez pas de scrupule à menacer
ma vie, à moi qui veux
sauver votre honneur?

— Vous m'avouerez,
lui dis-je en riant, que,
le jour où vous feriez un
éclat, je serais quitte de
la reconnaissance que
vous réclamez aujour-
d'hui. Chacun, d'ailleurs,
garde son honneur et
celui de ses proches
comme il l'entend, du
moment qu'il n'y a pas
de lois pour le protéger.

— Des lois? Il y en a.
Faites-moi un procès en
calomnie.

— Pour ébruiter vos
insultes et donner à la
malignité publique un
éternel sujet de gaieté
ou de provocation contre
moi?

— Eh bien, si j'allais
dire partout aujourd'hui
que vous m'avez menacé
de me tuer, si j'allais en
prévenir l'autorité pour
me mettre sous sa pro-
tection, pensez-vous que
vous auriez réussi à en-
dormir l'opinion en cher-
chant à m'intimider?

— Il faut donc que je
vous tue ou que je me
fasse tuer tout de suite?
répondis-je. Je n'étais pas
préparé à cela; mais peu
importe, puisque votre
folie, votre haine ou votre obstination me
met ici le couteau sur la gorge. Défendez-
vous, maître Sixte; nous ne sommes armés ni
l'un ni l'autre, personne ne nous voit, nous
allons nous étreindre et lutter ici, jusqu'à ce
que l'un de nous ait étouffé l'autre.

— Parlez-vous sérieusement?

— Vous m'attaquez, il faut bien que je me
défende.

— Je vous attaque, moi?

— Vous me déclarez que vous êtes décidé à
déshonorer ma femme, et moi par contre; car,

si je vous laisse sortir d'ici, rien au monde ne pourra vous en empêcher. Il faut bien que je vous en empêche tout de suite.

— Je vous ai donné un mois...

— A la condition que, dans un mois, je verrai par vos yeux et agirai selon vos idées? Je ne peux pas m'engager à cela. Battons-nous sur l'heure, ou jurez-moi que vous ne parlerez jamais, quelque chose que je dise et que je fasse.

— Se battre ici! sans jour presque, et presque sans air! sans espace aussi; c'est un suicide à deux, monsieur Sylvestre.

— Jurons-nous au moins que celui qui tuera l'autre ne laissera pas son corps aux vautours et aux aigles!

— Au contraire, j'exige que vous laissez mon corps où il tombera, et que vous vous sauviez.

Il ne pouvait me refuser une chance dont il pouvait profiter. Il se remit en posture de combat et tenta de me frapper; je paralysai son bras sans lui rendre la pareille. Alors, voyant que je n'en viendrais là qu'à la dernière extrémité, il n'osa plus s'écarter des règles de la lutte. Malgré sa force et son courage, il était

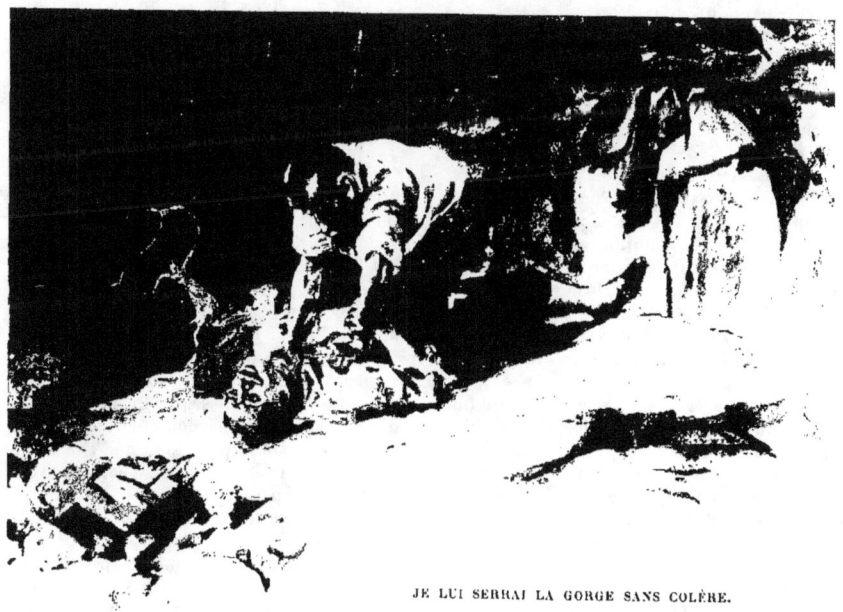

JE LUI SERRAI LA GORGE SANS COLÈRE.

— Les chances sont égales. Otez votre habit comme j'ôte le mien.

— Allons! s'écria Sixte en bondissant, si je reculais, vous croiriez m'avoir fait peur, et je ne veux subir les commandements de personne. Je suis un homme riche et considéré, je ne permettrai pas qu'un monsieur me prime dans le pays. Battons-nous, et malheur à vous qui l'avez voulu!

Nous nous primes à bras-le-corps.

— Attendez, dit-il sans me lâcher, le plus fort poussera l'autre où il pourra.

— C'est convenu.

Il laissa retomber ses bras, il était pâle.

— Mourir sans sacrements, ça vous est égal?

— Je suis en état de grâce.

très ému, et, saisi par l'impression sinistre du lieu où nous nous trouvions, il avait dans le regard je ne sais quoi de lugubre et de terrifié. Je vis bien vite qu'il était perdu si je le voulais, et je le ménageai, cherchant à lui faire sentir ma supériorité sans en abuser. Au bout d'un instant, il tombait assez rudement et je le tenais sous moi. Je lui serrai la gorge sans colère, et, comme il ne demandait pas grâce, je la lui offris.

— A quelles conditions? dit-il en bégayant de chagrin et de honte.

— A la condition que vous ne parlerez jamais de ma femme ni de moi, en bien ni en mal.

Il le jura. Je l'aidai à se relever et à se rhabiller. Il était abattu et comme abruti. Il me suivit machinalement dehors jusqu'à une petite source, où il but à plusieurs reprises. Quand je vis qu'il n'avait aucune contusion grave, puisqu'il avait tous les mouvements libres, et que le ton violacé de sa figure s'effaçait sous la salutaire fraîcheur de l'eau, je le quittai. Il me rappela, et, en me retournant, je vis qu'il pleurait. J'allai vers lui.

— Vous m'avez humilié, dit-il, oh! bien humilié!

— Vous vouliez que je le fusse par vous : le sort a décidé.

— Le sort? Oui, c'est cela! je n'avais pas ma force aujourd'hui. L'idée d'être mangé aux chiens ou aux loups!...

— Vous ne voulez pas avouer que cela fait quelque chose aussi de n'avoir pas la bonne cause?

— Je n'ai plus rien à dire; vous pouviez m'achever, nous n'étions pas convenus de faire grâce.

— C'était sous-entendu de part et d'autre.

— Monsieur Sylvestre, vous valez mieux que moi. Adieu! Je sais à présent que, si vous laissez vivre Tonino, ce ne sera pas couardise. Je tiendrai ma parole, vous pouvez être tranquille; mais je n'ai pas promis de ne pas tuer Tonino, et gare à lui si je le trouve dans mes jambes pour quoi que ce soit! Allez-vous-en. J'ai du chagrin d'avoir été humilié, il faut que je pleure!

Je m'en allai très calme, et, aujourd'hui encore, quand je me souviens d'avoir failli étrangler un homme, un peu méchant il est vrai, mais non sans valeur morale et sans honneur instinctif, je ne me repens pas. J'avais bien réfléchi avant de contracter un second mariage. Je m'étais dit, comme la première fois, qu'il n'y a pas à jouer avec le serment par lequel on s'engage à protéger une femme. Il est profond, il a une mystérieuse extension, ce mot de protection que l'homme prononce et signe souvent sans en peser toutes les conséquences. Protéger, c'est défendre, préserver et venger. Sous la lettre de ce mot légal, il y a un sous-entendu qui en développe l'esprit jusqu'à l'illégalité. Plutôt que de laisser outrager sa femme, on doit tuer l'insulteur, et, comme avec un mot elle peut être souillée, il est des cas où l'on peut être meurtrier pour un mot. Cela devient un cas de légitime défense que la loi n'a pas prévu officiellement, mais que le juge serait bien embarrassé parfois de condamner.

Félicie avait cessé de mériter cette protection de ma part. Étais-je pour cela dégagé de mon serment? Non! elle seule pouvait m'en délier en m'abandonnant pour se donner publiquement un autre protecteur, et, comme elle ne pouvait le faire sans ma permission, comme je ne pouvais pas la lui donner sans

manquer à mes devoirs, nous n'étions libres ni l'un ni l'autre d'accepter le contrôle de l'opinion. Or, l'opinion est acharnée. Sixte More, avec son caractère aigre et sa personnalité opiniâtre, résumait d'avance, je le voyais bien, la lutte que j'allais avoir à soutenir contre toute la contrée, si je laissais ébruiter ce qu'on allait appeler ma honte. Les coupables qui m'exposaient avec une lâche témérité à cette lutte formidable y avaient-ils songé?

Je mesurais l'étendue de ma tâche, j'étais prêt; mais, pour rendre le péril moins imminent, je devais porter une grande prudence dans mes investigations : en suivant les traces, en épiant les rendez-vous, je pouvais être épié et suivi moi-même. C'est l'inquiétude et l'impatience des jaloux qui éclaire et ébruite ce qu'il faudrait envelopper d'ombre et de silence.

Je fus très patient, très maître de moi. J'avais la certitude d'arriver à la connaissance entière des faits, si je ne me laissais pas surprendre par l'indignation. J'avais affaire à deux êtres profondément habiles à dissimuler, mais je ne crois pas qu'il soit possible de tromper une personne qui ne veut pas être trompée, et qui, froide, attentive, pétrifiée pour ainsi dire à son poste d'observation passive, ne laisse échapper aucun indice, saisit un regard, commente un mouvement, s'empare d'un souffle, dissèque une ombre, et, tout cela, sans qu'on se doute de l'impassible contention de son esprit, sans que l'on soupçonne à quel degré de finesse sont arrivées ses facultés de perception.

Je rendais de temps en temps visite à la Vanina. Je ne rendis pas mes visites plus fréquentes, mais je les mis à profit pour observer ce qui se passait dans son intérieur. Elle eût été volontiers jalouse, car elle aimait son mari avec passion; mais elle n'avait aucun soupçon, aucune inquiétude sur son compte. Elle ne doutait pas que Félicie n'eût été éprise de lui, et, fière de l'avoir emporté sur son ancienne patronne, elle vivait encore dans l'ivresse de son triomphe. Elle aimait Félicie quand même, elle la respectait toujours comme une supériorité intellectuelle et sociale; mais elle était trop naïve pour ne pas laisser voir à moi, et à Félicie elle-même, qu'elle ne la craignait pas.

Je les vis ensemble, et un voile tomba de mes yeux, Félicie la détestait! Vanina était bonne et confiante, un peu vaine et un peu bornée. Elle remerciait franchement Félicie d'avoir fait son bonheur, et puis elle avait un sourire enfantin qui semblait lui dire et qui lui disait en effet : « Vous n'eussiez pas pu l'empêcher. »

À ce sourire, Félicie répondait par un sourire terrible, affreux, que Vanina ne comprenait pas. Il devint clair pour moi que la rivale de Vanina avait horriblement souffert de voir Tonino épris de cette pauvrette, et que, le jour où Tonino avait dû lui dire : « Je n'ai jamais aimé que toi », elle avait été enivrée et séduite.

Vanina était heureuse, elle était riche, et la maternité l'avait embellie merveilleusement. Ses enfants étaient superbes; elle allaitait le dernier avec ostentation, elle montrait l'aîné avec orgueil; Tonino les aimait avec une sorte de férocité. On eût dit qu'en les couvrant de caresses il était prêt à les dévorer. Je vis que, devant Félicie, il se retenait de les embrasser. Elle était mortellement jalouse de la maternité de Vanina. Elle comblait ces petits de soins et de présents, elle évitait de les regarder et ne leur donnait jamais un baiser.

Tonino aimait-il sa femme? Pauvre misérable Félicie! Vanina seule était aimée! aimée réellement avec les sens et avec le cœur. Elle était trompée pourtant; mais cette âpre jouissance de perversité n'eût pas suffi à l'âme avide et inquiète de Tonino, ou bien l'ivresse du mal était épuisée, et déjà Félicie en était à la jalousie qui persécute et importune! Juste châtiment dont j'eus à rougir pour elle et dont elle ne sut pas me cacher l'amertume.

Je ne cherchais plus aucune occasion précise de confirmer par le fait ces révélations de tous les instants. J'étais sûr qu'elle se présenterait d'elle-même par la force des choses; elle se présenta.

Nous revenions justement de chez Tonino un soir d'été. Le soleil était encore chaud, et nous prîmes à travers bois. Tonino nous accompagnait, il voulait nous reconduire jusqu'à mi-chemin, ayant, disait-il, quelqu'un à voir aux chalets de Sixte More. Ces refuges à troupeaux étaient situés à une petite distance de la gorge rocheuse où j'avais failli surprendre leur dernier rend.z-vous; il y avait de cela quinze jours.

Félicie parlait affaires avec son cousin. Sur le chapitre de l'élevage et du commerce des animaux, ils avaient de fréquentes discussions. Tonino entendait fort bien ses intérêts. Cet artiste contemplatif, à qui Jean Morgeron avait tant reproché autrefois de vivre dans les nuages, de ne pas aimer le travail et de n'être bon qu'à rêver aux étoiles en écoutant ruminer les vaches sur la litière des chalets, était devenu un trafiquant des plus actifs et des plus retors. Chaque année, il augmentait son cheptel et ses profits. Son rêve était d'acheter dans peu un terrain à mi-côte et d'y bâtir une espèce de castel. Il prétendait reprendre alors son vrai nom, del Monte, son titre même, et, par anticipation, il appelait en

riant sa femme la contessina, et son fils aîné il baronino.

Félicie blâmait ces ambitions dont il avait plaisanté longtemps, mais dont il commençait à laisser voir la sérieuse préoccupation. Elle lui disait que la vanité le perdrait, qu'il entreprenait trop, qu'il aspirait à sa ruine, et elle ajoutait avec une ironie bien significative que le pays se moquerait toujours de la comtesse Vanina, élevée à l'hôpital et prise par son mari à la queue des chèvres, qu'elle était alors bien heureuse de garder pour dix écus par an.

Je ne me mêlais pas de leur conversation. Je feignais de m'être pris depuis quelque temps d'un grand amour pour l'histoire naturelle, et j'allais un peu en zigzag, tantôt derrière eux, tantôt à côté, ramassant une chose ou l'autre; mais je ne perdais ni un mot ni un regard.

Je découvris bientôt qu'au fond de leur dispute il y avait, de la part de Tonino, quelque chose d'assez abject. Il exploitait l'amour ou la crainte de Félicie. Il voulait qu'elle plaçât dans ses mains, sous forme d'association, une somme qu'elle lui avait prêtée l'année précédente. Félicie n'insistait pas pour qu'elle lui fût rendue prochainement; elle lui donnait plusieurs années pour s'acquitter. Elle n'exprimait pas même la crainte que Tonino, par ses entreprises téméraires, ne se rendît insolvable; mais elle refusait de participer à ses profits et pertes, disant qu'elle ne voulait pas encourager ses folies, et qu'elle comptait le tenir par la nécessité de restituer ce qu'il avait emprunté à elle et aux autres.

Ils furent un moment très irrités.

— Vous me traitez comme vous traitiez le pauvre Jean, disait Tonino. Vous l'avez assez fait damner, j'espère, avec vos moqueries et vos critiques. Vous lui reprochiez tout, à lui qui ne vous avait jamais rien reproché!

Ce mot entra comme un poignard dans le cœur de Félicie. Tonino était jaloux du passé maintenant, ou il feignait de l'être. Cette faute ancienne, cette tache indélébile, ma généreuse équité avait cru l'effacer à jamais; Tonino la faisait reparaître, comme cette marque à l'épaule des forçats qu'on ravive en frappant dessus. Le frère et l'époux avaient pardonné, oublié même! eux qui portaient la peine et la honte de cette tache, ils l'avaient acceptée, et il avait fallu à cette femme vraiment ingrate un amant pour la lui reprocher!

Je vis son sein se gonfler et ses yeux se remplir de larmes brûlantes qu'elle laissa couler sur ses joues sans les essuyer, craignant de se trahir vis-à-vis de moi. Elle garda le silence, je m'éloignai à dessein. Je me perdis dans un buisson, feignant d'y poursuivre une couleuvre. Je vis alors Tonino se rapprocher de sa complice, lui prendre la main malgré elle, lui demander pardon par son attitude; mais quel pardon humiliant pour elle! C'est vraiment lui qui faisait grâce, et qui lui accordait comme une faveur une caresse furtive.

Quand je les rejoignis, elle boudait toujours. Je leur demandai de passer près des rochers où j'avais cueilli certains saxifrages quinze jours auparavant, et je feignis de ne pas bien

Quand il fut là, il s'arrêta un instant, et je vis Félicie se lever instinctivement, irritée ou effrayée de l'imprudence ou, pour mieux parler, de l'impudence de son amant. Ils échangèrent quelques œillades rapides, de ces regards qui résument par leur éloquence sensuelle toute une scène, tout un drame de passion surexcitée. Les yeux de Tonino disaient : *Là!* puis ils cherchèrent à l'horizon le point opposé à celui où le soleil allait disparaître, et ils formulèrent ce commandement triom-

— DEMAIN MATIN. RÉJOUIS-TOI.

me rappeler l'endroit. Je surpris un certain effroi dans les mouvements de Félicie. Tonino, parfaitement tranquille, escalada le roc, cueillit les plantes et me les rapporta. Pendant qu'il me rendait avec grâce ce service empressé, j'avais saisi un détail d'une grande importance.

J'étais sur le sentier avec Félicie assise sur une pierre. Je m'étais éloigné un peu, et, sans en avoir l'air, je voyais son visage d'assez près sans que rien pût m'échapper dans les mouvements de Tonino. Quand il redescendit, il passa près d'une fissure peu visible que j'avais pourtant remarquée déjà, sans croire qu'elle pût ouvrir à la grotte une entrée plus facile que la crevasse supérieure.

phal : « Demain matin, réjouis-toi! » — Les yeux de Félicie répondirent d'abord : « Non, je te hais! » Un sourire de Tonino reprit : « Prends garde que je ne te prenne au mot! » — Elle rougit. Ses yeux baissés parlèrent encore plus clairement : ils disaient : « Je suis lâche, je viendrai. »

Il me remit les fleurs qu'il avait cueillies, en me disant :

— Elles sont en graines, à présent; vous ne pourrez plus les étudier.

En botaniste, j'aurais dû répondre que c'est ainsi précisément que je les voulais; mais je répondis :

— Au fait, les voilà passées. J'en ai vu de semblables, moins avancées, du côté de la

Quille. J'irai voir demain matin, si elles sont ouvertes.

Et, demandant pardon à Tonino de la peine inutile que je lui avais laissé prendre, je posai les plantes sur le rocher, comme si je n'y tenais pas et les oubliais. C'était promettre de ne plus venir les étudier au lieu où nous étions.

Ils furent contents de moi, ces charmants amis de mon cœur! ils se regardèrent encore à la dérobée. Les yeux de Tonino dirent encore ceci : « Le mari ne nous gênera pas. La fête sera belle », et les yeux de Félicie dirent de leur côté : « Les joies dont tu vas m'enivrer effaceront le mal que tu m'as fait ce soir. »

Il y eut aussi un muet colloque de ce genre au moment où Tonino nous quitta. Il lui recommandait d'être tendre avec moi, et elle passa aussitôt sa main sous mon bras, afin de me faire croire qu'elle était heureuse de se retrouver en tête à tête avec son cher mari. Nous allions rentrer encore une fois à la maison comme une paire d'amoureux! Elle n'osa pas le dire, mais la convulsive pression de sa main osa l'exprimer...

Durant le trajet qui nous restait à faire, elle fut atroce. Le sentier devenu trop étroit pour nous laisser passer de front, je voulus quitter son bras.

— Non, dit-elle en marchant comme un chamois sur l'extrême rebord du précipice, sans vouloir me quitter; je ne peux pas tomber, l'amour me porte.

— Quel amour? lui demandai-je, préoccupé du danger qu'elle courait.

— A quoi songez-vous? reprit-elle. Quel amour puis-je avoir dans le cœur? Ah! Sylvestre, c'est vraiment le seul que j'aie jamais connu. Il n'y a que vous qu'on puisse aimer avec toute son âme. Vous êtes la bonté, la patience, la sagesse et la tendresse. Vous êtes la grandeur et la vérité, vous! Tout ce qui n'est pas vous est injuste, ingrat, égoïste, corrompu, cruel et lâche. Je hais et je méprise tout ce qui n'est pas vous.

Et, comme je voulais l'empêcher de promener cette exaltation de commande le long des abîmes, elle reprit en s'aventurant de plus en plus :

— Oh! vous avez l'air de ne plus me croire depuis quelque temps. Je ne sais pas ce que vous avez, l'étude vous absorbe. Est-ce que vous allez redevenir chercheur et rêveur comme avant notre mariage? Pourtant vous ne pensiez plus à vos livres et à vos recherches, et je croyais que, quand vous vous reprendriez d'amour pour tout cela, vous me feriez chercher et étudier avec vous. Vous me l'aviez promis, et voilà que vous recommencez à penser pour vous seul, et à vous promener en ermite! Est-il vrai, que vous

voulez encore grimper demain aux chalets Zemmi?

— Je n'irai pas, si cela vous contrarie.

— Allez-y, mais emmenez-moi avec vous; je porterai ma part de vos herbes et de vos cailloux.

— Soit; mais cela vous ennuiera beaucoup, et la course est rude. Vous êtes ce soir un peu souffrante.

— Mais non! Pourquoi vous imaginez-vous cela?

— Vous vous êtes querellée, Dieu sait pourquoi, avec Tonino. Vous savez que je vous interdis les discussions trop vives; elles vous donnent la fièvre et n'amènent aucun bon résultat. Tonino suit la pente de son caractère, de ses instincts et de ses goûts; vous ne la lui ferez pas remonter.

— Alors, vous l'abandonnez à sa folle nature? Vous ne l'aimez donc plus?

— Pourquoi ce doute?

— Vous ne lui parlez presque plus. Il s'en aperçoit, allez, et il en souffre.

— Il a tort, il s'apercevra qu'il se trompe.

— Eh bien, alors, ne le laissez pas devenir ambitieux.

— Il me semble qu'il l'a toujours été.

— Oui; mais, depuis qu'il est marié, c'est bien pis. Vous ne voyez donc pas cela? C'est sa femme qui le perdra. Cette Vanina est sotte; elle rêve d'être comtesse, je vous jure!

— Elle l'est. Qu'importe un peu de gloriole, pourvu qu'elle soit bonne épouse et bonne mère?

— On n'est rien de bon quand on est bête comme elle l'est.

— C'est à mon tour de vous dire ce que vous me disiez de son mari : pourquoi ne l'aimez-vous plus?

— Est-ce que j'ai jamais aimé l'un ou l'autre, moi? Vous, vous êtes bon, vous êtes tendre, vous vous attachez à tous ceux qui vivent autour de vous; c'est un besoin que vous avez. Moi, j'aime et je hais selon qu'on vous apprécie. Si j'ai un faible pour Tonino, c'est parce qu'il vous aime plus que tout; mais Tonino n'est point estimable, je vous l'ai dit cent fois; c'est un être sans cœur, qui rapporte tout à lui; et avec cela il est méchant! Avez-vous entendu ce qu'il m'a dit ce soir?

— Non, je n'ai rien entendu.

— Eh bien, tant mieux! vous l'eussiez battu, j'espère, car ses paroles méritaient un soufflet de vous.

— Alors, j'ai eu tort de ne pas entendre? J'ai manqué à mon rôle d'époux et à mon devoir d'ami? Mais ne rêvez-vous pas tout cela? Vous redevenez très exaltée, ce me semble.

— Je ne suis que clairvoyante; si vous
laissez faire Tonino, il vous ruinera.

— Il *me* ruinera! Je l'en défie. Je ne possède rien au monde.

— Vous ne voulez rien, je le sais; mais
vous avez quand même! Ma fortune est la
vôtre.

— QUI PASSE! S'ÉCRIA-T-ELLE COMME EFFRAYÉE.

menter votre richesse et à vous voir faire du
bien; mais mon unique devoir serait de
travailler pour vous, si vous veniez à être
ruinée.

— Le plus court et le plus sage serait
d'empêcher ma ruine. Faites attention à
Tonino. Il veut m'emprunter encore et toujours!

— Vous seule êtes
juge en cette occurrence.
Je ne m'occuperai ja-
mais de ces détails de
famille: ils me répu-
gnent. Pour tout ce qui
est argent ou propriété,
je suis et veux rester ici
l'étranger qui passe.

— Qui passe! s'écria-t-
elle comme effrayée.

— Qui passe sa vie,
répondis-je en souriant,
car à aucun prix je ne
voulais encore laisser
voir mon dégoût.

Elle se pencha sur
moi et me tendit son
front d'un air à la fois
tendre et passionné. J'y
mis un baiser qui dut
être froid comme celui
que donnerait une sta-
tue. Elle doutait si peu
de ma clairvoyance,
qu'elle ne s'aperçut de
rien, et, comme le sen-
tier était élargi, elle
marcha plus tranquille
à mes côtés. Elle éprou-
vait le besoin de se
plaindre de Tonino, cela
est certain, et c'est moi
qu'elle prenait pour
confident. Blessée par
lui autant que subju-
guée, elle se vengeait
de lui avec moi, n'osant
lui résister en face. A
quelles étranges lâche-
tés, à quelles incroya-
bles effronteries sont
entraînées les âmes
ainsi dévoyées! Je puis dire que, malgré
mes tristes expériences, jusqu'à ce jour-là,
je ne connaissais pas le cœur humain,
ce qu'on appelle le cœur humain, ce que
j'appelle, moi, le cœur farouche, personnel,
antisocial et antireligieux des êtres qui n'ont
pas la notion du vrai devoir humain!

Le jour suivant, comme j'avais annoncé
une course qui m'éloignait complètement du
lieu du rendez-vous, je vis ma femme s'habiller

— Je ne l'ai pas acceptée.

— Vous avez le droit de la maintenir et de
la conserver.

— Nullement, je n'ai pas accepté ce devoir.

— Pourquoi travailler comme vous faites,
alors? Pourquoi donner tant de soins et
dépenser tant de savoir pour faire prospérer
l'île de Jean?

— Par tendresse pour sa mémoire et par
dévouement pour vous. Je me plais à aug-

de bonne heure et se disposer à partir avec moi. M'étais-je trompé sur ses intentions? Son regard de consentement avait-il menti à Tonino? ou bien avait-elle eu des remords dans la nuit, et voulait-elle, en s'enchaînant à mes pas, résister à l'attrait fatal qu'elle subissait?

Je vis bientôt que c'était une feinte. Elle eut tout d'un coup la migraine au moment de me suivre. J'étais résolu, en tout état de cause, à ne pas m'absenter et à ne pas la laisser s'absenter elle-même. Je l'engageai à se coucher, et je lui annonçai que, pour la dispenser de la surveillance du ménage, qui était toujours pour elle une si grosse affaire, je ne sortirais pas de la maison ce jour-là.

Elle ne sut pas me cacher sa surprise et son déplaisir. Elle n'était pas, disait-elle, très sujette à la migraine, et cet état, chez elle, n'était ni très grave ni très douloureux; je n'avais pas l'habitude de m'en tourmenter ni de lui servir de garde pour si peu. J'allais perdre une belle matinée pour un bobo dont elle serait guérie avant une heure en se tenant très tranquille. — Et, comme je persistais, comme elle était agitée et ne pouvait tenir en place :

— Eh bien, dit-elle, partons. Je veux vous accompagner, puisque vous êtes décidé à vous inquiéter de moi. Je serais plus malade, si j'étais enfermée, en pensant que vous êtes prisonnier par ma faute.

Elle insista. Nous partîmes; mais au bout de trois ou quatre cents pas, elle s'arrêta, disant que la marche augmentait son mal, et qu'elle sentait bien qu'une heure de sommeil la guérirait.

— Allez toujours devant, disait-elle; à midi, j'irai vous rejoindre. Attendez-moi là-haut.

Elle voulait m'échapper, j'avais juré que cela ne serait pas. Je prétendis que j'éprouvais aussi quelque malaise, que c'était signe d'orage, et que, dans cette prévision, il n'était ni agréable ni prudent d'aller sur les hauteurs.

Je rentrai avec elle, elle me remerciait de ma sollicitude; mais elle en était outrée, cela était évident. Elle ne put se défendre de jeter avec dépit la porte de sa chambre, où elle était censée devoir se reposer.

Je montai à mon cabinet de travail. De là, je voyais et j'entendais tout ce qui se passait dans cette maison de bois, aussi légère que solide, aussi sonore que bien percée aux quatre points de l'horizon.

Je savais indubitablement ce qui allait se passer. Félicie écrirait ou mettrait un signal sur le haut de la maison pour avertir son amant d'un contretemps imprévu. Elle sortit deux fois de sa chambre. Deux fois elle

m'entendit marcher avec intention sur le balcon du second étage. Elle ne pouvait se glisser dans les greniers sans me rencontrer. Elle renonça à mettre un signal.

Dès lors, elle allait écrire : elle ne voulait pas que Tonino supposât qu'elle le laissait volontairement se consumer dans une vaine attente; mais où lui enverrait-elle sa lettre et par qui? avait-elle un confident? — Non. Tonino était trop méfiant ou trop avare pour accepter la menace qu'un complaisant tient suspendue à toute heure sur la tête des coupables. Il devait avoir un moyen de correspondre que je ne devinais pas et que je voulais surprendre.

Le moyen était simple. Elle devait envoyer un exprès avec quelques menus objets et commander à cet exprès de passer par les chalets Sixte More, parce que, lui disait-on, Tonino pouvait s'y trouver, ce qui dispenserait le messager d'aller plus loin. Tonino guettait le sentier, et à la vue de l'exprès il devait aller à sa rencontre, se charger du paquet destiné à sa femme et le congédier.

Voilà ce qui résultait de l'introduction d'un de nos petits bergers dans l'étage au-dessous de moi, et de sa sortie au bout d'un instant avec un petit carton sous le bras. Il partait dans la direction du rendez-vous.

Il fallait le gagner de vitesse. Je sortis avec une précaution affectée, comme si, croyant au sommeil de ma femme, je craignais de la réveiller, et sous les fenêtres de sa chambre je m'enfonçai dans un verger assez touffu qui me dérobait à ses regards. J'allais y travailler souvent, elle pouvait croire que j'y resterais quelque temps. J'en sortis par la clôture opposée, en rampant sous les buissons. Je gagnai ainsi une ravine qui, après s'être enfoncée à gauche, remontait bientôt à droite dans la direction de la grotte. Une fois hors de la vue, je gravis avec tant de prestesse, que je croisai l'enfant avant qu'il fût entré dans le bois de mélèzes, un kilomètre au moins avant la gorge où devait être Tonino.

— Où vas-tu, mon petit Pierre? dis-je au messager d'un air de bonne humeur.

— Je vais, répondit-il, porter un présent au filleul de *la dame.*

— Justement je vais au Vervalt, repris-je. Donne-moi ça, je m'en charge.

— Oh! non, monsieur, il ne faut pas!

— Pourquoi?

— Madame a dit : « Ne le remets qu'à monsieur Tonino. C'est une surprise que je veux faire à sa femme. »

— Je me charge de la surprise.

— Et si madame me gronde?

— Attends-moi là; nous rentrerons ensemble, et je promets de dire à madame ce qu'il faudra pour que tu ne sois pas grondé. Tiens, descends dans la ravine, cache-toi et fais un somme. Je t'appellerai en repassant.

L'enfant ne se fit pas dire deux fois. Je gagnai l'extrémité du bois opposée à celle qui touchait aux grottes. J'ouvris le carton qui n'était lié que par un ruban rouge, sans cire ni cachet : il ne contenait qu'un petit bonnet d'enfant; mais le carton était un peu plus lourd que ne le comportaient l'épaisseur apparente et la dimension. J'en mesurai exacte-

— DONNE-MOI ÇA, JE M'EN CHARGE.

ment la profondeur en dedans et au dehors. Le fond avait une épaisseur un peu trop sensible; donc, il était double. Il fallait décoller le papier qui cachait la fraude. Comment opérerais-je sans laisser les traces de cette trop facile effraction? La maison du médecin était peu éloignée; c'était l'heure de sa tournée. J'étais sûr de pouvoir accomplir mon dessein. J'y fus en peu d'instants. Sa servante me permit d'entrer dans son bureau pour écrire une lettre, et, par discrétion et marque de confiance, elle m'y laissa seul. Je cherchai et trouvai de la gomme arabique, le papier blanc

ne manquait pas. Je procédai à la séparation des deux feuilles de carton. Je trouvai une lettre des plus explicites.

« *On ne me quitte pas, je ne pourrai pas m'échapper!* et tu vas m'attendre, tu m'attends déjà! Je vois, je sens d'ici ta colère et ta jalousie! Et je sais ce qui va m'arriver! tu me bouderas, tu aimeras ta femme, ou tu feras semblant de l'aimer. Des jours, des semaines peut-être se passeront encore sans que tu veuilles m'attendre de nouveau, sans que tu viennes me voir, sans que tu m'envoies un souvenir, un mot de consolation! Et je serai encore obligée, comme hier, d'aller chez toi, et de feindre, et de subir les airs stupidement vainqueurs de ta chevrière! O Dieu, Dieu! est-ce là ce que tu m'avais promis? Que tu es fourbe et cruel! Pourquoi faire semblant d'être jaloux? Je n'ai plus d'amour pour Sylvestre, tu le sais bien. Je l'ai aimé, j'en conviens, je l'aime encore de vénération profonde et d'enthousiasme intellectuel. Il est mon idéal et mon dieu sur la terre. J'ai cru l'aimer autrement, je l'ai peut-être aimé ainsi, que sais-je? Oui, il me semble que j'ai été bien heureuse dans ses bras et comme ravie au ciel! Je ne veux pas te mentir;... mais, depuis un an, depuis que, pour mon malheur, j'ai connu et partagé ta passion, je n'ai plus senti près de lui que la peur et la honte. Je ne sais pas s'il a senti aussi que je n'étais plus la même. Il réfléchit, lui, et il raisonne; il raisonne tout, non par froideur comme tu le crois, mais par bonté. Il cherche toujours à expliquer en bien et à l'avantage des autres ce qui peut le surprendre ou le chagriner. Il se sera dit peut-être que, si je me refroidissais, il y avait de sa faute, et il a redoublé de tendresse et de dévouement. Et moi, j'ai dû jouer une comédie affreuse pour lui cacher que mon âme était morte sous tes baisers! Ah! malheureuse que je suis! quels

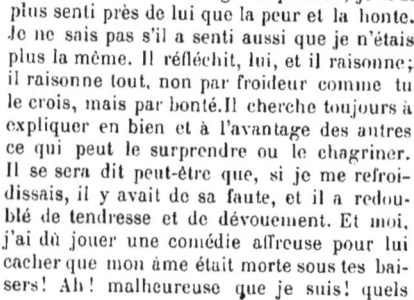

reproches j'ai à me faire !... Eh bien, je t'aime
si follement, que, si j'étais vraiment aimée de
toi comme j'ai cru l'être, je ne me repentirais
de rien. Rappelle-toi les premiers temps de
notre bonheur, ce n'est pas si loin, un an !
Qu'il a été beau, l'été dernier ! Il y avait du
soleil dans nos âmes et du feu dans nos veines.
Dans ce temps-là, je n'avais pas plus de conscience qu'une fleur, pas plus de scrupules
qu'un oiseau. J'étais ivre... Il y avait tant
d'années que le feu couvait sous la cendre et
que j'avais soif des voluptés que tu m'as données ! Je les ignorais... Voilà pourquoi, tout en
frémissant de crainte et de vague désir auprès
de toi, la peur d'une déception m'a jetée
dans le sein d'un ami plus sûr et plus
doux. Hélas ! il ne m'a pas trompée, et la
déception que je craignais de toi, la voilà
venue ! Ne dis pas non. Tu as des passions
trop violentes pour qu'elles soient dura-
bles, et je sens que tu ne m'aimes déjà
plus...

» Mais voilà qu'au lieu de te calmer, au lieu
de te ramener, je te fâche encore ! Tu t'empor-
tes quand je te le dis, et je te le dis sans
cesse, c'est comme une fatalité ! Au lieu de me
gronder et de me menacer, rassure-moi donc !
Ne sais-tu répondre que par des caresses et
du délire ? Ces réponses-là, tu sais bien que,
venant de toi, elles sont irrésistibles ; mais
nous vivons séparés, nous nous voyons rarement et plus rarement encore nous pouvons être seuls et bien cachés. Quand il y a
des témoins autour de nous, d'où vient que
nous nous querellons, que tu sembles me
haïr, que je suis prête à te haïr aussi ? C'est
monstrueux, le mal que nous nous faisons
quand nous voulons revenir à l'amitié, aux
relations de famille et d'intérêt commun !
Comment peux-tu croire que je ne pense pas
à ton avenir avec plus de prévoyance et de
raison que toi-même ? Je vois bien que je
n'aurai pas d'enfants, je suis maudite ! Sylvestre en a eu, le malheur vient de moi ! Tu
m'avais promis... Non, je suis maudite ! Il
faudra bien que tes enfants soient les miens,
quoique je ne les aime pas ; mais ce que tu
voudras, je le voudrai. Sylvestre ne veut rien,
lui. Je l'ai sondé encore hier soir à ce sujet,
il ne veut rien. Tu n'as guère à craindre que
nous ayons de la famille, puisque tu
m'ordonnes de n'être plus que sa sœur. Cela
sera si tu m'aimes, je trouverai des défaites,
je me dirai malade. Il est si crédule et si
dévoué ! Pauvre Sylvestre ! Enfin aime-moi,
tout est là. Reviens ardent et noyé d'amour
comme tu l'étais d'abord. Sinon, je me tuerai,
vois-tu, car je suis très coupable, je le sais.
Je ne le sens pas encore beaucoup. Tant que
j'aurai de l'espérance, je ferai taire le repentir ; mais, si tu me brises, si tu m'aban-

donnes, je me haïrai moi-même et je ne sup-
porterai pas la vie.

» Je te dis tout cela, il le faut ; il faut que tu
réfléchisses à l'horreur de ma situation, et
que tu prennes garde à toi aussi. Il ne faut
pas trop te jouer de ma jalousie et porter aux
nues l'imbécile paysanne que tu as épousée
par dépit. Je ne réponds pas de ne la point
mettre sous mes pieds, si tu la pousses à me
braver. — Ah ! tiens, je deviens folle, je
deviens méchante. Moi qui étais généreuse,
je ne le suis plus ; tu as tué ma bonté. Je
peux encore combler ta femme de prévenances et de présents ; mais me défendre de
la détester, c'est impossible, quand je pense
à ce second enfant, venu sitôt après le premier, et dans un moment où tu me jurais
que ta femme n'était pour toi qu'une servante,
que tu ne l'aimais pas ! — Je suis à plaindre,
les heures s'écoulent, Sylvestre s'obstine à
rester à son bureau. Je vais employer le
moyen que tu m'as donné pour t'écrire, il me
paraît sûr. Adieu ; viens bientôt, ou donne-
moi un autre rendez-vous ; — ou crains que
je n'aille chez toi, — que je ne dise la vérité
à ta femme ou à mon mari. Je suis capable
de tout, si tu me laisses encore compter les
jours et les semaines dans l'état de désespoir
et de fièvre où je suis ! »

Pourquoi aurais-je intercepté cette lettre
odieuse et déplorable ? Elle était une épine
de plus dans la couronne de blessures que
s'était tressée Tonino en croyant se parer
des lauriers de la victoire et des myrtes de
l'amour. Ces deux malheureux avaient à se
châtier l'un par l'autre : l'expiation était dans
son plein. Je ne pouvais que l'abréger par
mon intervention. Séparés brusquement, ces
deux êtres se regretteraient encore ; il valait
mieux les laisser devenir le supplice vivant,
incessant, inévitable l'un de l'autre. Je fus
implacable, moi, dans ce moment-là !

— Qu'ils se déchirent et se maudissent !
m'écriai-je ; qu'ils ruinent l'existence l'un de
l'autre ! qu'ils se haïssent et se brisent ! C'est
ici que cesse pour moi le devoir de la protection.

Je repliai la lettre, que j'avais lue presque
sans la toucher, tant elle me répugnait. Je
recollai rapidement et adroitement la boîte. Je
courus retrouver le petit Pierre ; je la lui remis.

— Je voulais aller au Vervalt, lui dis-je ;
mais il m'a fallu passer chez un voisin qui
me prie de lui rendre un service, et j'y
retourne. Va donc où l'on t'a dit, ce n'est
qu'une heure de retard dont tu n'auras pas à
te confesser et que j'expliquerai, si l'on te
gronde.

Il reprit le sentier des chalets de Sixte
More, et je me glissai à travers bois jusque
vers les grottes,

Je vis Tonino qui errait avec précaution aux alentours, mais sans impatience. Il venait d'arriver : il ne s'était pas gêné, lui, pour laisser Félicie exposée à l'attente toute une matinée ; il n'avait pas prévu qu'elle en serait empêchée, et qu'une lettre pourrait aller jusque chez lui et tomber dans les mains de sa femme. Il reçut cette lettre sur le

JE RECOLLAI RAPIDEMENT ET ADROITEMENT LA BOITE.

sentier, renvoya l'enfant et disparut dans les rochers, sans doute pour lire la missive.

Je remarquai dans toutes ses allures l'insouciance hautaine d'un homme qui, par habitude de ruse, se croit devenu impénétrable, et que la feinte commence d'ailleurs à ennuyer profondément. Allait-il répondre ? Il avait toujours sur lui des agendas et des crayons, car il passait désormais sa vie à faire des calculs et à prendre des notes. Je me tins caché à distance convenable ; j'attendis.

Je le vis bientôt reparaître : il achevait de déchirer en petits morceaux le carton que j'avais recollé avec tant de soin, et il en jetait les débris dans la crevasse du rocher. Il mit le petit bonnet dans sa poche sans souci de le froisser, et descendit hardiment vers la Diablerette. Il n'avait, du reste, aucun motif pour s'en cacher, et il ne pouvait pas manquer de prétextes pour que sa visite dût me paraître très naturelle.

Je le laissai passer et je m'avisai de ce qui pouvait, de ce qui devait arriver. Félicie avait certainement exploré le verger où elle m'avait vu entrer, et, ne m'y voyant pas, elle avait pu se flatter de trouver encore son amant au rendez-vous. Elle allait venir à sa rencontre. A peine avais-je eu le temps de concevoir cette pensée, que je vis accourir Félicie.

Elle était inquiète et regardait autour d'elle, comme si elle eût craint d'être suivie. Il l'aborda très naturellement, lui parla sans doute de manière à la rassurer et entra avec elle dans le bois où j'étais.

Je les perdis de vue. Mais je ne cessai pas d'entendre, non loin de moi, le bruit de leurs pas sur les bruyères sèches et cassantes. Un moment je crus qu'ils s'éloignaient : le son de leurs voix me détrompa. Ils avaient gagné la partie gazonnée d'une suite de petites clairières qui s'enchaînaient à celle dont je m'étais fait un refuge ; ils approchèrent à mesure que je reculais. Évidemment le lieu qui m'avait paru le meilleur pour observer sans être vu était celui qu'ils cherchaient pour eux-mêmes, car ils devaient connaître encore mieux que moi tous les détails d'une localité si voisine de leurs rendez-vous.

Je reculai toujours sans bruit, mais je dus bientôt m'arrêter derrière une roche, au delà de laquelle les arbres et les buissons plongeaient à pic dans le précipice de la ravine. Ils vinrent jusque-là, tout près de moi. Par là, il n'y avait plus de sentier à rejoindre : c'était le désert, le silence et l'impunité !

Ils s'assirent si près de moi, que je dus retenir mon haleine.

— Quelle idée tu as, disait Tonino, de venir dans ces broussailles, quand la grotte était si facile à gagner sans être vu de personne!

— Je n'irai pas me livrer à toi, répondit-elle, et subir des embrassements qui m'humilient, parce qu'ils m'ôtent ma volonté, avant que tu aies répondu à ce que je t'ai écrit. Il le faut, je le veux, réponds!

— Crois-tu que, si je le voulais, tu me résisterais ici plutôt que là-bas?

— Ici, je te résisterais. Rien qu'en élevant la voix, je te donnerais peur. Là-bas dans cette grotte maudite, j'aurais beau menacer et crier; c'est là que tu es mon maître, c'est là que... Oh! la première fois, c'est malgré moi!... Ne fais pas ton méchant sourire... J'ai combattu toute une journée, et quand je voulais fuir, tu fermais la sortie avec tes bras qui étaient de fer. Tu as employé la force!

— Tu mens!

— Tu m'as tenue prisonnière malgré moi, je le jure devant Dieu!

— Est-ce pour revenir avec des reproches sur des souvenirs que, bientôt après, tu as trouvés si doux et si enivrants, que tu m'amènes ici? Voyons, que veux-tu? Ta lettre est aussi folle que les autres. Tu dis blanc et noir, tu m'aimes et tu me hais, tu aimes ton mari et tu n'aimes que moi. Tu as des remords et tu n'en as pas, tu veux adopter mes enfants et tu ne peux pas les souffrir. Avoue que tu perds l'esprit! Je ne sais plus que faire de toi!

— C'est pourtant à toi de trouver le remède. Puisque je deviens folle ce n'est pas moi qui le trouverai.

— Mais tu rends tout impossible! Notre vie était si bien arrangée! Nos deux mariages, qui semblaient devoir nous séparer, nous avaient assuré la tranquillité. Nous n'étions plus responsables du bonheur domestique l'un de l'autre, et c'était pour le mieux; car nous sommes trop passionnés pour vivre ensemble, tu le vois bien! Toi avec ton excellent et charmant mari, moi avec ma bête de femme, qui est douce et qui me craint, nous n'avions plus qu'à nous aimer avec rage, dans le mystère, sans lequel il n'y a plus d'amour, et en réservant à nos ardents plaisirs ces heures fortunées que l'on guette, que l'on se ménage à l'avance, et que l'on savoure comme une conquête sur la destinée! Quoi de plus beau, de plus jeune, de plus complet que nos premiers rendez-vous? L'hiver les a rendus plus difficiles et plus rares, et tu t'en es prise à moi comme si j'étais l'auteur de l'hiver! Ton cerveau a travaillé, l'ennui est venu, tu t'es rejetée dans la tendresse de ton mari. Tu avais de l'humeur et tu croyais me piquer au jeu en me parlant de lui. Tu m'as rendu inquiet, chagrin, et pas mal fou aussi pour mon

compte. Je t'ai défendu d'être sa femme, je te le défends encore quand la sauvagerie de l'amour m'exaspère; mais il faut bien réfléchir après et reconnaître que cette union sans partage est impossible entre des amants qui sont mariés tous deux. Sois donc raisonnable, ne rends pas malheureux ce cher Sylvestre, que j'aime peut-être plus et mieux que tu ne l'aimes; car tu es bien ingrate envers lui, et, au lieu de t'amuser à d'inutiles remords, tu ferais mieux de garder ton secret et de lui cacher tes agitations et tes colères contre moi. Il finira par en deviner la cause, et son repos sera perdu à jamais. Moi, j'ai la conscience tranquille à son égard. Je ne lui veux que du bien, je me mettrais au feu pour lui; il n'y a que lui au monde qui me paraisse respectable. Je ne veux pas lui prendre sa femme, sa société, son bonheur. Il ne sait pas que cette femme admirable en tous points a des sens,... des besoins de cœur, si tu veux, que ni lui, ni moi, ni personne au monde ne pourrait assouvir! — Allons, ne te fâche pas, n'enfonce pas tes jolis ongles dans mon pauvre bras! C'est ton éloge que je fais à mon point de vue; car, si je t'adore, c'est parce que tu es ainsi. D'ailleurs, j'ai voulu être à toi, j'aurais mauvaise grâce à l'oublier! Je l'ai voulu dès le premier battement de cœur de ma vie. Je devinais en toi ce que personne ne savait, ce que tu ne savais pas toi-même; une vapeur brûlante t'enveloppait comme un nuage à travers lequel Sylvestre ne pouvait pas te discerner clairement, comme moi qui m'y tenais plongé à toute heure. Sois sûre que, si cet homme sage et pur t'eût devinée, il ne se serait pas attaché à toi: il eût été ton amant peut-être, jamais ton mari; mais il s'est trompé. Les gens qui n'ont pas de vices ne voient guère ceux des autres. Je dis des vices, puisqu'on appelle comme ça les passions! tu sais qu'au fond je m'en moque, je ne me pique pas de vertu, moi; je suis ce que Dieu m'a fait. Que l'on me traite de brute et de sauvage, ça ne m'offense pas. C'était un homme de ma trempe, un athée comme moi en fait de morale qu'il te fallait rencontrer et accepter pour connaître l'amour et la vie. — Donc, nous pouvions être heureux l'un par l'autre, sans rien ôter au bonheur de ton mari et de ma femme. Ni l'un ni l'autre ne nous connaît, c'est tant pis pour eux! ils n'auront de nous que l'amitié et la déférence; mais, puisque, après tout, ils ne nous demandent pas autre chose et ne comprendraient point nos transports, disons que c'est tant mieux pour nous quatre, et conviens que j'ai eu raison de vaincre tes scrupules. Tu essayes de gâter par tes caprices une existence que j'ai faite raisonnable et douce pour nos ménages, brûlante et délicieuse pour nous seuls. Je te supplie de te calmer et de reprendre confiance en moi... Laisse-moi, ajouta-t-il, gouverner ta vie, tes affaires, ton avenir, ton mari lui-même, qui ne demande qu'à se livrer à l'étude des belles choses et à ignorer les émotions poignantes. Ne t'inquiète point de la manière dont j'aime ma chevrière et du nombre d'enfants qu'elle pourra me donner. Elle n'aspire qu'à en nourrir une douzaine. Il n'y a guère à craindre les charmes d'une femme qui n'a d'autre passion que la maternité. Être jalouse de la Vanina! toi! c'est absurde, c'est injuste, c'est même inhumain... Pauvre Vanina! si elle me voyait mourant d'amour à tes .pieds, elle tomberait morte d'étonnement et d'humiliation. Veux-tu donc la tuer, toi, si grande et si noble? Non, tu ne le veux pas, pas plus que je ne veux tuer mon cher et bon Sylvestre en cessant de le tromper. Respectons nos liens, voilà toute la morale que je comprenne, et ce que je comprends, je m'y range, qu'il m'en coûte ou non. Soyons très bons, très aimables, très prudents: alors, nous serons contents de nous-mêmes, et cela nous rendra contents l'un de l'autre. Savourons nos joies, donnons au travail, aux devoirs, et aux affaires les heures qui nous séparent. Ne nous disputons pas pour des misères, pour de l'argent, pour des questions de tien et de mien. Ce sont là des prétextes que tu cherches ou que tu saisis pour épancher ta bile. Laisse-moi conduire ma barque comme je l'entends. Qu'est-ce que ça te fait, que je mange mon argent et que j'expose le tien? Depuis quand tiens-tu à l'argent? Qu'est-ce que l'argent peut avoir à faire dans nos amours? Tu dis toi-même que tu n'auras plus d'enfants, et je sais de reste que ton mari méprise les écus. Vas-tu devenir intéressée, toi qui n'as jamais travaillé et amassé que pour les autres? Allons! j'ai répondu à tout, je crois; qu'as-tu encore à dire?

— Je dis, s'écria Félicie irritée, que tu es un vicieux et un perfide! J'admire que, foulant aux pieds toute morale, tu me prêches les devoirs du ménage! Cela te sied bien, à toi, de prendre la défense de mon mari! Tiens, avoue que tu es déjà las de moi, que tu veux bien de temps en temps venir faire un chapitre de folie avec moi, me prendre comme une aventure piquante,... endormir mes soupçons par une comédie de passion ou de sentiment, par tes paroles traîtresses, par des phrases apprêtées à l'avance et qui jurent dans ta bouche. Le reste du temps, tu aimes ta femme à plein cœur et tu ris de moi avec elle! Mais écoute, que tu mentes ou non, je ne veux plus de la part que tu me fais. Ce ne sont plus des extases, des mots, des soupirs et des rugissements qu'il me faut, c'est ton amitié, c'est ta confiance, c'est ta société, c'est ta soumission, c'est toi à tous les moments de ta vie et de la mienne, c'est la part de ta femme que je veux... A ce prix, je changerai de rôle avec elle; elle sera ta maîtresse, ton aventure, ta distraction furtive... Je sais maintenant l'amertume et l'indignation de cette position-là, je la lui laisserai sans jalousie; j'aime mieux avoir à la plaindre qu'à l'envier. Voilà ce que je veux, tu m'entends? Tu viendras, sous le prétexte que tu voudras, demeurer chez moi, et tu iras la voir de temps en temps. Elle y consentira. Tu lui parleras le langage qui m'a séduite, elle se croira adorée, elle croira triompher de moi, et c'est moi qui rirai d'elle!

— Très bien, reprit Tonino avec ironie. Voilà qui est très bien arrangé! Et Sylvestre, qu'est-ce que nous en ferons?

— Ah! ne me parle de lui, vois-tu, ou je monte sur ce rocher et je me jette en bas.

— Tu vois bien qu'il t'est plus cher que la vie, plus cher que moi, et que ce serait à moi d'être jaloux?...

— Et tu ne l'es plus! C'est facile à voir à présent. Eh bien, moi...

— Toi, tu es jalouse par amour-propre; mais, de l'affection, tu n'en as jamais eu pour moi.

— C'est possible. Pas plus que toi pour moi! Qui sait? C'est le vice qui nous a réunis, rien de plus.

— Tu dis des paroles atroces.

— C'est le fait qui est atroce! Allons, va-t'en! Je comprends mon sort. Je réparerai ma faute. J'aimerai mon mari, je t'oublierai.

Elle voulait s'éloigner, il la retint. Certes, il était rassasié et fatigué d'elle, et il eût rompu avec empressement, si un intérêt sordide n'eût couvé sous cette passion sensuelle. Il fit sans doute un grand effort pour secouer la lassitude de son esprit et l'épuisement de son cœur. Il lui parla avec ce mélange d'éloquence et de prosaïsme qui lui était propre, et dont mon récit ne peut se permettre de vous rendre les charmes et les platitudes. J'en retranche autant que possible les côtés cyniques, les mots enfiévrés, tantôt exaltés, tantôt choquants, toujours dangereux ou avilissants pour la femme qui les écoute ou qui les accepte. Sans doute il étudiait dans la rougeur ou dans la pâleur de Félicie l'effet irritant ou adoucissant de son argumentation hachée, absurde, tantôt révoltante, tantôt spécieuse.

La conclusion de cet entretien, qui devait dénouer la situation et qui la renoua plus étroitement, fut qu'il fallait patienter et attendre. Attendre... quoi? La réponse était fatale. Il fallait espérer ma mort et celle de Vanina. J'étais encore jeune et bien constitué, mais je m'exposais souvent dans les glaciers; il ne fallait qu'une petite pierre une brindille, moins que cela, une distraction d'une seconde pour me faire glisser et disparaître. Je bravais, d'ailleurs, mille autre périls journaliers; j'étais très humain et aussi très enfant! Je me serais jeté à l'eau pour sauver une fourmi. Avec ce caractère-là, j'avais bien des chances pour rencontrer la mort. Ma bonne santé elle-même impliquait un danger. Ceux qui, comme moi, n'avaient jamais fait de maladie étaient souvent emportés par la première atteinte. Il ne fallait qu'un refroidissement ou un coup de soleil. Je ne prenais aucune précaution. C'était imprudent à mon âge! la vie tient à si peu de chose! On ne devrait jamais s'effrayer de la longue durée des liens qui pèsent; il n'y a rien qui dure. Tout ce qu'on peut raisonnablement prévoir, c'est que les vieux doivent partir avant les jeunes. Le fruit mûr tombe le premier. Pour conclure, le bon Tonino, tout en me pleurant d'avance, promettait à ma femme de m'enterrer et de me survivre. Quant à la sienne, elle était moins forte qu'elle ne le paraissait : elle avait failli mourir en donnant le jour à son premier enfant, et, puisque Félicie le forçait à lui tout dire, il lui confiait, d'un ton odieusement dolent, que, depuis ce temps-là, la pauvre Vanina avait la poitrine faible; enfin, disait-il, il ne fallait pas rendre l'avenir impossible par la haine et l'impatience du présent. Il y a une destinée; il y croyait, lui, il y avait toujours cru. Il s'était dit dès l'adolescence : « Je serai le mari de Félicie », et, le jour où il avait épousé Vanina, une voix fantastique lui avait dit au pied de l'autel : « C'est en attendant que tu possèdes celle que tu aimes! » La possession était arrivée, le mariage viendrait.

— Je ne sais pas quand, je ne sais pas comment, ajoutait-il; mais c'est écrit, je le sens, je le sais, je le vois, et je te le prédis! tu verras! crois-moi ou tais-toi, ne m'ôte pas le rêve qui me fait vivre!

Je souriais de mépris en entendant Tonino parler ainsi de la destinée arrangée à sa guise. Placé en contre-bas de la roche qui nous séparait et qui surplombait l'abîme, je regardais les assises minées de cette masse qu'emporterait probablement le prochain orage, et je me disais qu'elle était peut-être encore plus ruinée en dessous et menacée d'une chute plus imminente qu'elle ne me paraissait. Qui sait si, en la poussant un peu

par mégarde, Tonino ne l'eût pas fait descendre avec le terrain en talus qui me portait? Et qui sait aussi, si, en plantant mon bâton dans le sable, je n'eusse pas pu déterminer l'avalanche et précipiter avec moi ces faiseurs de projets qui bâtissaient leur nid sur ma tombe?

J'étais las d'écouter, j'en savais assez. Je ne sais plus ce qu'ils se dirent; quand ils se furent éloignés, je ne les écoutais plus, je ne les surveillais pas, tout de leur part m'était devenu indifférent.

Je savais dès lors tout ce qu'il m'importait de savoir : le passé de cette liaison, le présent, les aspirations vers l'avenir; le degré actuel de sincérité, de lucidité ou d'entraînement de l'un et de l'autre coupable, les audaces, les sophismes, les craintes et les espérances, je savais tout. Mon rôle changeait de phase. Je n'avais plus à m'éclairer, l'enquête était finie; j'avais à examiner la cause en moi-même et à prononcer le jugement.

Mais, quelque irrité et indigné que je fusse, j'étais un homme trop réfléchi pour ne pas voir qu'avant de juger les coupables il fallait juger l'importance du délit, et, avant cela encore, juger l'espèce humaine. Il fallait même remonter plus haut et se perdre dans la contemplation de l'infini; car nous ne pouvons définir l'homme sans mettre Dieu en cause.

Je ne pouvais procéder que d'après mes propres lumières, et je n'avais pas attendu jusqu'à ce jour pour me fixer dans ma croyance. Ni spinosiste ni cartésien, je procédais pourtant en grande partie, comme tous les hommes de mon temps, de l'un et de l'autre système, et je m'étais complété par la doctrine du progrès, qui semble devoir accorder les deux doctrines. En effet, il est certain que Spinosa ait raison en faisant la liberté et la responsabilité de nos consciences moins absolues que ne l'admet Descartes, et si Descartes a raison aussi d'étendre, plus que ne le fait Spinosa, le domaine de cette responsabilité et de cette liberté, nous ne trouvons ni chez l'un ni chez l'autre le dernier mot de cette grave question. Le catholicisme est cartésien en ce sens qu'il admet la responsabilité absolue, partant le châtiment éternel.

— Le catholicisme ne résout donc rien, puisque le châtiment éternel est repoussé par la raison, par le sentiment et même par l'expérience, procédant par analogie.

Les nouvelles philosophies admettent toutes une notion supérieure, et il ne faut être ni bien érudit, ni bien subtil pour être frappé de la vérité qui se dégage des principales études de notre époque. C'est une vérité claire, basée sur l'expérience, c'est-à-dire sur la critique de l'histoire des hommes, et qui a cette rare

PLACÉ EN CONTRE-BAS DE LA ROCHE, JE REGARDAIS LES ASSISES MINÉES DE CETTE MASSE.

puissance d'expansion que la raison et le sentiment l'acclament aussitôt.

L'homme n'est ange ni bête, eût dit Pascal. — Nous disons en somme aujourd'hui la même chose, et nous le disons tous ou à peu près tous; l'homme subit en grande partie la fatalité de ses instincts, son âme n'est pas absolument libre; en certains cas, beaucoup trop fréquents pour qu'on les dise exceptionnels, cette âme n'est même pas du tout libre. Et pourtant Spinosa est sinon condamné, du moins dépassé et rectifié. L'homme est un agent moral. Quand il n'est pas, en tant qu'individu, responsable de ses pensées et de ses actes, il est susceptible, en tant que membre de l'humanité, de le devenir. L'espèce a été créée perfectible, l'homme est donc virtuellement libre; chaque siècle, chaque heure de son existence ôte une écaille de ses yeux, adoucit une rudesse de son instinct, développe une lumière de sa raison, une puissance de son cœur.

Cela ne paraît pas toujours dans l'ensemble, mais cela est. Même aux époques qui semblent pencher vers la décadence, un travail souterrain répare en préparant. La vie de l'humanité a ses hivers plus ou moins rudes, ses printemps reviennent toujours, et, comme le milieu de l'homme progresse insensiblement, l'homme, qui a la sensibilité, progresse sensiblement et insensiblement à la fois.

Une société peut être gangrenée, elle peut se dissoudre et disparaître. La vérité a marché quand même. N'eût-elle qu'un représentant, debout, elle existe, elle se répandra, elle formera des sociétés nouvelles. Les cataclysmes ne détruisent pas les lois divines, ils n'altèrent pas plus l'essence des choses morales et intellectuelles qu'ils n'altèrent l'essence physique. Non seulement ces vérités ne périssent pas, elles montent et s'épurent.

La conséquence de mon humble philosophie personnelle était bien facile à déduire. Si les coupables que j'avais à juger étaient, à n'en pouvoir douter, deux esclaves de l'instinct, deux victimes de leur organisation excessive ou défectueuse, ils n'en étaient pas moins deux êtres intelligents qu'une meilleure éducation et un milieu plus propice eussent pu affranchir de la servitude de leurs appétits. En méprisant jusqu'au dégoût la fantaisie maladive qui leur avait fait méconnaître le bonheur conjugal pour se jeter dans les bras adultères l'un de l'autre, j'étais obligé de me rappeler que j'avais devant les yeux un homme qui eût pu, avec l'aide d'une autre destinée sociale, devenir un très honnête homme; une femme qui, dès l'enfance, préservée par l'amour paternel des dangers de l'isolement, eût pu rester pure et ne pas subir, le reste de sa vie, la fatalité morale et physique d'une première faute. La liberté morale subsiste; mais elle peut être étouffée chez l'individu par l'absence de secours intellectuels, par la contagion despotique du mal.

Devant ce problème, je n'avais pas à examiner la question suprême du mariage et à me demander si l'indissolubilité qui le frappe était praticable pour le sentiment. Il redevenait une question de fait, d'ordre public. L'adultère caché échappait au contrôle du législateur. L'époux redevenait juge dans sa propre cause. Je me voyais investi d'un droit terrible; mais tout droit est corrélatif d'un devoir. Je cherchai à bien définir et à bien connaître mon devoir.

Nous marchons tous, et quelques-uns de nous très vite. J'avais dépassé mon demi-siècle. Le temps n'était plus où je me plaisais à la lecture d'un roman intitulé *Jacques*, qui a fait quelque bruit et qui m'a ému dans ma jeunesse. C'était une œuvre de pur sentiment que l'auteur a refaite plusieurs fois sous d'autres titres, et avec des réflexions, on pourrait dire des acquisitions nouvelles qui ont dérouté les critiques inattentifs. J'avais assez bien compris l'ensemble de son œuvre et suivi la marche de ses idées. Donc, l'opinion de madame Sand, ou, pour mieux dire, ses aperçus et ses recherches n'étaient pas sans importance pour moi. Mes instincts se rapportaient assez aux siens, et j'avais lu et commenté *Jacques* comme tout mari tant soit peu littéraire l'a lu et commenté en son temps.

C'était une époque encore agitée par l'irruption des vues passionnées du romantisme, l'époque provenant des René, des Lara, des Werther, des Obermann, des Childe Harold, des Rolla, types des meurtris, des désespérés ou des fatigués de la vie. Jacques était un petit bâtard de cette grande famille de désillusionnés qui avaient eu leur raison d'être, historique et sociale. Il entrait dans le roman, déjà pâli par les déceptions; il croyait pouvoir revivre à l'amour et il ne revivait pas. Il était l'Obermann du mariage, ou plutôt le mariage n'était pour lui que la goutte de fiel qui fait déborder la coupe. Il se tuait pour laisser aux autres un bonheur dont il ne se souciait plus, auquel il ne croyait pas. S'il avait en lui quelque instinct de grandeur, c'était son désintéressement de la vie. Impropre à la lutte, il n'acceptait pas le devoir; mais il se faisait justice, et la morale du livre eût pu être celle-ci : « Puisque tu ne sais pas vouloir, tu n'as pas le droit de vivre. » On a voulu faire de ce roman une thèse pour ou contre le mariage. Je crois que l'on s'est beaucoup trompé. L'auteur ne s'élevait pas si haut et n'en cherchait pas si long. Il était jeune, et il appartenait à une littérature qui n'avait pas encore vieilli.

J'ai dit que mes instincts de jeunesse avaient répondu à ceux de Jacques. Plus tard, ils avaient été ravivés par le dénouement d'un très beau drame d'Alexandre Dumas, *le Comte Hermann*, un *Jacques* plus vivant, plus instinctif et plus audacieux que celui de madame Sand; car il s'immolait par pur héroïsme, sans avoir ressenti d'avance le dégoût de la vie. En somme, ces martyrs volontaires de l'amour trahi n'étaient pas fous. Tout cœur généreux dans sa foi éprouve immédiatement la soif de mourir.

A l'époque que je vous raconte, ces fictions littéraires eussent pu trouver encore en moi un écho de sentiment. J'avais été romantique comme tout le monde; j'étais, je suis resté romanesque; la raison de l'âge mûr n'avait pas plus émoussé ma sensibilité que ne l'a fait depuis le poids de la vieillesse. Il est donc certain que, si j'eusse écouté la voix qui sanglotait au fond de mon cœur et celle qui murmurait des imprécations dans mes rêves, j'aurais monté à la prairie de la Quille et j'aurais cherché dans le glacier voisin la mort ignorée que me souhaitait mon rival, et qu'eût acceptée ma femme.

Mais j'étais devenu un homme. La lâcheté ou plutôt l'inutilité du suicide m'était apparue, en même temps que la notion du devoir s'était agrandie et formulée. Je sortis vainqueur de la tentation qui me guettait dans le trouble du sommeil. Éveillé et lucide, je ne m'y arrêtai même pas un instant.

Un autre personnage de l'auteur de *Jacques* eût pu venir, plus tard ou plus tôt, m'influencer quelque peu. Valvèdre ne recommence pas Jacques. l'infidélité de sa femme rend la vie à son cœur. Il couve et garde un autre amour. La question du divorce est sou · levée. Les personnages appartiennent à cette législation et peuvent en profiter. L'époux trahi ne croit pas devoir rompre des liens qui établissent sa protection sur sa femme. Il l'assiste à sa dernière heure, il ne se remarie que quand il peut donner une autre mère à ses enfants. L'adultère, cette fois, a puni et tué l'épouse. L'époux a triomphé de la colère et de la douleur.

Ma situation n'était point la même, tant s'en faut. Tant qu'elle avait réussi à me tromper, ma femme ne m'avait pas rendu malheureux, et aucune autre ne devait plus me présenter l'idéal d'une meilleure existence. A quoi pouvais-je désormais me rattacher dans la vie qu'on venait de briser? A rien autre chose que le devoir, un devoir aride, effrayant et sans compensation tangible.

Ce devoir, quand ma conscience l'eût élucidé, n'était ni de châtier ni d'absoudre. Comme il est impossible d'apprécier la dose de résistance intellectuelle et morale qu'une conscience humaine plus ou moins éclairée peut opposer à la violence brutale de l'instinct, il est impossible au philosophe et au physiologiste de prononcer avec certitude une condamnation quelconque en matière criminelle. Le législateur l'a reconnu en séparant le juge du bourreau d'une manière radicale. Le jury vote sur l'existence ou la non-existence de l'acte qui emporte telle ou telle peine. Le magistrat ne juge rien; il applique un texte de loi : tout repose sur un calcul de probabilités plus ou moins réussi.

On serait embarrassé pour soi-même de décider pourquoi l'on fut lâche ou brave un tel jour. L'examen de conscience d'une âme vraiment délicate est parfois un travail sérieux et qui nous laisse quelques doutes. Comment donc faire ce travail pour un autre, eussiez-vous toute sa confiance, et fussiez-vous assuré de sa sincérité?

Je ne pouvais donc pas châtier ce que mon cœur et ma raison condamnaient pourtant sévèrement. Le crime seul tombait sous la coulpe de mon blâme, le droit de punir les coupables m'échappait. Je ne pouvais pas davantage absoudre. Les mêmes raisons s'y opposaient. Je savais avoir affaire à deux êtres très intelligents sous plus d'un rapport, et à qui les bons conseils et les bons exemples n'avaient pas toujours manqué. Il y avait eu une dose de lumière et de liberté dans ces âmes, même dans celle de Tonino. Ils méritaient à coup sûr de sanglants reproches et quelque rude leçon

Cela suffisait bien à mon ressentiment légitime; outre que je n'admets pas la peine de mort, je n'ai jamais eu le goût de tuer, de frapper ou de torturer. Je me fais une telle idée de la dignité humaine, que je ne connais pas d'expiation comparable à celle de se voir flétri à bon droit par le dédain d'un homme juste. D'ailleurs, eussé-je eu, selon moi, le droit de tuer mon rival, je ne l'eusse pas fait. Il était père de famille, et sa femme l'idolâtrait. Elle était pure et vraiment digne et dévouée, cette Vanina. Elle nourrissait une innocente créature à qui l'on avait donné mon nom et que ma bouche avait bénie. Je me représentais l'horreur d'une scène de violence dont cette famille eût pu être témoin et victime. Je me souciais fort peu de ce que l'on pourrait railler en moi, si l'on venait à découvrir le secret qui souillait mon intérieur. Un homme qui se respecte aussi scrupuleusement que je l'ai fait toute ma vie sait très bien qu'il aura sa revanche devant l'opinion. Ce n'était pas, on l'a bien vu, pour préserver ma réputation, c'était pour empêcher le public d'avilir et de briser ma malheureuse femme, que j'avais réduit par la force Sixte More au silence.

Quand je me fus mis en présence du blâme

à infliger et de la leçon à donner, je dus séparer les deux causes et faire une distinction entre les coupables.

Lequel était le plus coupable? Par le fait et en apparence, c'était Tonino. La perversité de ses instincts était flagrante; mais, comme intelligence et comme raisonnement, il était très inférieur à Félicie. Sa conscience avait été moins avertie: son éducation morale, entreprise tardivement par moi, avait été interrompue et vite effacée par les circonstances. S'il trouvait dans sa femme une tendresse aveugle, il n'y trouvait aucune résistance sérieuse à ses mauvais penchants, aucune vive lumière pour se diriger. Il était réellement l'élève et la création de Félicie. C'est elle seule qui eût pu le rendre chaste, sincère et désintéressé. Elle n'avait pu lui donner la droiture et la chasteté qu'elle n'avait pas; le désintéressement qu'elle avait, elle n'avait pas su le lui faire aimer et comprendre. Au lieu d'agir sur lui par l'esprit, elle l'avait laissé réagir sur elle par les sens. Le jour où j'avais surpris cet enfant de son cœur baisant ses cheveux, j'avais surpris aussi un sourire mêlé à la répression, un sourire ému et lascif qui ne m'avait pas trompé et que je n'aurais jamais dû absoudre. C'était peut-être le premier encouragement involontaire donné à cette passion dont elle devait subir la honte; mais, à coup sûr, dès ce jour-là, Félicie appartenait à son prétendu fils adoptif, le sentiment d'adoption maternelle était profané et devenait une triste et lâche imposture.

Hélas! oui, cette femme était moins excusable que son complice. Si celui-ci avait eu l'initiative de l'attaque, il avait obéi à l'instinct viril, à la curiosité délirante de la puberté, à une première explosion des sens que Félicie avait subie jadis à ses dépens et dont elle connaissait bien le danger. Elle n'avait su ni réprimer cette explosion chez Tonino, ni l'épurer par une franche acceptation de l'avenir qu'il rêvait. Il était trop jeune, trop inconsistant, m'avait-elle dit alors, pour qu'elle pût songer à en faire son mari. Il fallait pourtant ou l'éloigner sans retour et sur l'heure, ou l'éloigner provisoirement et sanctifier sa passion par une promesse.

Mais non; elle s'était éprise en ce temps-là d'un autre qui ne songeait point à elle. Elle avait vu en moi un être qui lui avait paru très supérieur à Tonino et à elle-même. Elle m'avait aimé avec son orgueil et par besoin de chercher sa réhabilitation plus haut que dans son milieu. — M'avait-elle vraiment aimé? Pourquoi non? Elle avait eu l'aspiration au vrai, la curiosité de l'esprit, comme Tonino avait eu celle des sens. Je me rappelle l'ardeur avec laquelle ses yeux m'interro-

geaient quand je parlais devant elle, puis ses questions, ses objections, son ergotage, ses soumissions enthousiastes, ses luttes renaissantes, les révoltes et les abandons de son âme troublée, ses inintelligences systématiques, ses élans généreux, ses feintes humilités, ses sourdes colères, ses lassitudes affectées, ses réveils spontanés, tout ce monde de pensées et de sentiments que nous avions remué ensemble dans nos longs entretiens et nos irréprochables tête-à-tête. Elle avait alors énormément pris sur elle, soit qu'elle eût joué une habile comédie, soit qu'elle eût résolu de dompter ses instincts, car elle m'avait semblé la plus chaste des femmes, et jamais impureté secrète ne fut mieux cachée.

Même dans l'effusion d'amour sanctionnée par le mariage, Félicie avait su jouer son rôle. Elle avait soigneusement gardé avec moi le charme de la pudeur, et, en y songeant bien, je concevais qu'elle eût pu comprendre et goûter à son tour le charme des voluptés exquises sans s'imposer l'effort de la ruse. Il y avait tout un côté de son être, délicatement perfectible, par lequel elle appréciait la passion vraie, la sainteté de l'amour exclusif. N'était-elle pas d'autant plus criminelle de vouloir compléter sa vie par les âcres plaisirs de l'adultère? Peut-être regardait-elle ceci comme un droit. L'idée admise par certaines écoles philosophiques de développer l'être dans toutes ses manifestations et de le satisfaire dans tous ses appétits avait pu être admise aussi par cette femme incertaine et troublée; mais aucune doctrine de liberté, quelque cynique qu'elle fût, n'a jamais admis l'imposture systématique. Les partages de sentiment, les promiscuités les plus éhontées ne se sont jamais mises en principe sous la protection d'un époux trompé. Félicie avait regardé comme un grand bienfait de mon affection, comme un grand honneur rendu par moi à son caractère, le mariage qui nous liait. Elle ne voulait pas renoncer à ces avantages. Elle les conservait au prix du mensonge: pouvait-elle se croire innocente et seulement excusable?

Elle avait des remords, mais insuffisants pour la retirer du mal. Elle avouait elle-même qu'aux jours de sa passion satisfaite, elle avait été insouciante *comme un oiseau* et s'était sentie pure *comme une fleur*! Elle était entrée alors dans cet état de l'âme que, ne l'ayant pas connu, je ne pouvais pas juger: l'enivrement absolu. Ce qui me la faisait paraître plus lâche et plus inique était-il précisément ce qui devait me rendre plus compatissant et plus miséricordieux? Quand on rencontre un homme ivre, près de tomber dans l'eau ou de se faire écraser par les voitures, on sait bien qu'il a perdu la force et la raison par sa faute, et cependant on le retire du danger, la pitié faisant taire le mépris ou le dégoût. Hélas! l'ivrogne aussi croit développer sa vitalité et compléter son rêve en détruisant son intelligence. Pour le philosophe impassible, il n'y a là qu'un imbécile qui se trompe.

Comme les sauvages qui ne savent pas que l'ivresse conduit à la mort ou à l'imbécillité, Félicie avait voulu boire l'*eau de feu*; mais les pauvres Indiens ignorent-ils réellement le désastre qui les attend? Ne voient-ils pas succomber leurs frères? Une première expérience faite sur eux-mêmes ne les éclaire-t-elle pas? Et pourtant on voit de nobles races s'éteindre ainsi tout entières. L'Indien est beau, brave, intelligent. L'héroïsme se traduit chez lui en cruauté, la sobriété stoïque aboutit à l'intempérance. Il a l'hospitalité antique, et vous n'êtes pas en sûreté chez lui, car il a l'imagination déréglée, et, pour un rêve qu'il a fait la nuit, il assassine l'hôte qu'il chérissait la veille.

J'étais forcé de comparer Félicie à ces natures généreuses mais incultes, qui offrent l'effrayant accord des dons sublimes et des perversités farouches. Nous n'avons qu'un critérium pour juger les autres et nous-mêmes. Plus l'être est développé en intelligence et favorisé de la nature, moins ses fautes nous paraissent pardonnables, et il ne nous semble pas que Dieu, dont la conception ne se déduit pour nous que de l'examen et du sentiment de notre propre justice, puisse avoir une autre justice que nous.

Mais n'est-ce pas là une erreur fatale et qui fait injure à la divine mansuétude de *celui* qui ne punit pas? Punir! je crois vous l'avoir dit déjà plus d'une fois, c'est la plus amère douleur d'une âme généreuse. L'homme qui se plaît à rendre le mal pour le mal, qui trouve sa volupté dans les supplices qu'il inflige ou voit infliger, l'inquisiteur qui sourit au bûcher, le juge qui triomphe en arrachant une condamnation à mort, Dieu les renie sans doute cent fois plus que leurs victimes, fussent-elles cent fois coupables. Comment admettre Dieu insensible à la douleur, si on l'investit des devoirs du juge? Et pourtant le souverain bien ne peut pas souffrir! Donc, nous avons sur Dieu les notions les plus contradictoires. Nous avons besoin de concevoir sa justice basée sur les mêmes errements que la nôtre, et, s'il l'exerçait à notre manière, nous perdrions tout amour et tout respect pour lui.

Je m'abîmais dans ces méditations douloureuses, et peu à peu la douleur portait ses fruits amers, mais toniques pour les âmes droites. La pitié l'emportait sur l'indignation en ce qui concernait Félicie. Quant à son complice, je devenais de plus en plus dédaigneux et glacé. Sa souriante perversité le dégradait tellement à mes yeux, que je voyais de moins en moins en lui un de mes semblables. Pour Félicie, ce mot des bonnes gens qui apprécient les mérites évanouis me revenait machinalement aux lèvres : « Quel dommage! » Pour Tonino, en me rappelant tout le passé, je me disais : « Cela devait être! »

Pour celui-ci, aucun châtiment profitable n'étant admissible, il n'y avait à lui appliquer que les mépris de la répression. Je me rendis chez lui et je lui parlai ainsi :

— Vos discussions d'intérêt avec ma femme me fatiguent et me blessent. Je ne veux pas que son repos soit plus longtemps troublé par vos projets de fortune. Vous contestez un remboursement dont j'exigerai qu'elle vous tienne quitte. Vous lui demandez, pour d'autres entreprises, une somme que je vous accorde de sa part; mais c'est à une condition : vous partirez dès ce soir pour le pays qu'il vous plaira de choisir à cent lieues au moins d'ici. Vous préparerez un établissement provisoire ou définitif d'ici à six semaines, et, dans six semaines, j'y conduirai votre femme et vos enfants. A partir du moment où nous voici, vous ne reverrez pas Félicie, ou, devant elle, je vous infligerai l'outrage que méritent ceux qui manquent à leur parole; car vous allez me donner la vôtre, si vous voulez toucher les vingt mille francs que vous lui demandez, et recevoir la quittance des cinq mille que vous lui devez.

Tonino était pâle comme la mort. Il comprenait, il avait un tremblement convulsif d'épouvante, mêlée à une certaine joie inquiète. Il voulut parler, je l'interrompis.

— Donnez-moi votre parole d'obéissance.

— Mais...

— La donnez-vous?

— Je la donne.

— Parlez à votre femme. Prenez votre bâton et votre sac de voyage. Je veux vous voir partir, vous avez un quart d'heure.

— Ma femme va être bien inquiète, je ne sais comment lui dire...

— Appelez-la ici. Je lui parlerai moi-même.

— Monsieur Sylvestre...

— Ne prononcez pas mon nom. Obéissez.

Il obéit.

— Vanina, dis-je à la jeune femme, je fais partir votre mari pour une affaire qui ne souffre pas une minute de retard. Sa fortune, l'avenir de vos enfants dépendent de ce voyage, et la promptitude assure absolument le succès. Ne vous alarmez de rien, réjouissez-vous, au contraire. Gardez pendant quelques jours le secret sur ce départ. Votre mari vous écrira de sa première étape, et, dans six semaines, vous serez réunis, j'en réponds.

Tonino confirma mes paroles, embrassa sa famille avec agitation, prit quelque argent et

TONINO EMBRASSA SA FAMILLE AVEC AGITATION.

boucla son sac de voyage. Nous partîmes sur la route d'Italie.

— C'est par là que vous allez? lui dis-je.

— Oui, je veux aller d'abord dans mon pays pour donner un air de vraisemblance à mon voyage.

— C'est bien vu; mais votre pays est trop près, je ne vous permets pas d'y rester plus de vingt-quatre heures.

— J'irai en Vénétie. Nous avons là des parents éloignés, un reste de famille. J'ai besoin d'une notoriété quelconque pour m'établir.

— Allez.

— Comment recevrai-je là la somme et la quittance?

— Je vous les porterai en vous conduisant Vanina et vos enfants.

— Mais toutes les choses que je laisse? mes affaires en train, mon bétail, mon mobilier?

— Je me charge de tout comme si vous étiez mort, et que j'eusse à liquider la situation de votre famille.

— Il y aura bien du préjudice!

— On vous le payera.

— Vous consentez à ce que je vous écrive?

— Non. Vous n'écrirez qu'à votre femme. Toute infraction à mes volontés annulera mes promesses.

— J'obéirai, dit-il. Voulez-vous me permettre de vous remercier?

— Je vous le défends, au contraire.

Il hésita un instant à s'éloigner et tenta je ne sais quelle comédie.

Il plia le genou devant moi et pleura de vraies larmes. Il pleurait à volonté, comme les femmes.

— Relevez-vous lui dis-je, et partez!

— Eh bien, s'écria-t-il, frappez-moi, crachez-moi à la figure, foulez-moi aux pieds. J'aime mieux cela que votre indifférence.

Je lui tournai le dos. Il prit son parti et disparut.

Je retournai auprès de Félicie, je ne lui dis rien.

Je vaquai à mes occupations habituelles. J'étais bien sûr que Tonino ne lui écrirait pas. Il la redoutait; peut-être la haïssait-il. Dans tous les cas, il s'applaudissait d'un dénouement qui l'enrichissait au gré de son ambition, en le délivrant du tourment de feindre la passion qu'il n'éprouvait plus. Quant à la honte que je lui infligeais, elle était sans doute déjà bue.

Quelques jours s'écoulèrent dans un calme apparent. J'avais remarqué chez Félicie des phases de douceur et de tranquillité que je m'expliquais maintenant. Elle éprouvait par intervalles le besoin d'oublier Tonino, et presque toujours, après une entrevue ora-geuse, elle évitait de penser à lui et s'abstenait d'en parler. Sa nature fiévreuse exigeait ces phases de repos. Quand les forces étaient réparées, elle s'agitait de nouveau pour le revoir en secret, ou pour s'occuper ostensiblement de ses affaires et de sa conduite.

Je laissai passer ces quelques jours, et, quand elle me dit qu'elle était inquiète des enfants et s'étonnait de n'en pas entendre parler, je lui appris que Tonino était parti.

— Parti? où donc?

— Pour très loin et pour ne pas revenir.

Elle tomba sur son siège comme foudroyée.

Je n'oublierai jamais l'expression de ses yeux clairs et profonds, qui me demandaient avec une terreur ingénue : « L'avez-vous tué, et allez-vous me tuer aussi? »

Et, comme mon regard, à moi, ne lui révélait rien d'effrayant, elle eut un sourire égaré, et joignit les mains comme pour rendre grâce à Dieu de ne s'être pas trahie.

Il faut admirer comme les coupables sont parfois stupides, et comme ils croient aisément se jouer des honnêtes gens!

Elle ne comprit rien à mon air tranquille et me demanda en balbutiant l'explication de l'étrange nouvelle que je venais de lui apprendre.

— Ma chère amie, lui dis-je, il fallait en finir avec une situation pénible. Vous m'avez caché, par générosité, vos peines secrètes; mais je les ai depuis longtemps pénétrées.

Elle se crut encore perdue.

— Ah oui! s'écria-t-elle en tombant comme prosternée devant moi, vous savez tout, je le vois bien!

— Pourquoi cette attitude de repentir ou de désespoir? repris-je : de quoi et à qui demandez-vous pardon?

Elle se releva, effrayée de son trouble, et recommença à me regarder étrangement.

— Vous n'avez, repris-je, aucun tort que je sache dans cette situation, ou, si vous en avez envers Tonino, je ne puis en être juge. J'ai vu que ce jeune homme était très mécontent de son sort malgré tous les sacrifices que vous aviez faits pour le satisfaire. Vous vous êtes plainte amèrement à moi de son ingratitude, et je vous ai vue redouter le préjudice que son ambition pouvait vous porter. J'ai réfléchi et je l'ai interrogé. J'ai su ce qu'il voulait. Il est dégoûté du pays et de sa condition actuelle. Il veut de l'argent comptant et sa liberté. Je lui ai promis l'argent dont il vous disait avoir besoin, vous le lui enverrez. Vous serez ainsi délivrée de ses plaintes et de vos impatiences, de ses obsessions et de l'indignation qu'elles vous causaient. Vous ferez un sacrifice nécessaire à votre repos et au mien, sacrifice qui me paraît peu de chose auprès des avantages que vous en retirerez sous tous les rapports.

Je m'étais préparé à tout en parlant ainsi, et pourtant l'effet de ma déclaration me surprit extrêmement. Au lieu de se résigner à un arrêt si modéré et de comprendre qu'elle ne pouvait pas trop payer le silence et l'éloignement de son complice, Félicie se révolta contre le sacrifice d'argent que je lui imposais. Elle si généreuse et si désintéressée, car elle l'était toujours, elle se sentit humiliée d'avoir à compter avec celui dont elle avait subi la flétrissure, et qui, de la prière et de la soumission, semblait passer au commandement et à la menace. Sa richesse avait été une puissance, une arme entre ses mains, et plus encore, hélas! un moyen de séduction ou d'intimidation qu'elle avait sans doute rougi de compter pour quelque chose dans ses honteuses amours, et qui avait pourtant compté pour beaucoup, elle me le laissait voir!

Elle défendit donc avec énergie le seul moyen qui lui restait de ramener l'ingrat à ses pieds; oui, elle défendit son argent avec âpreté, assurant que je m'étais trompé sur la gravité de ses discussions avec Tonino, et que je ne pouvais pas parler sérieusement en la condamnant à céder à des exigences aussi déplacées.

— D'ailleurs, ajouta-t-elle, vous vous trompez encore bien plus, si vous croyez que nous aurons acheté la paix. Tant qu'il me restera un pré ou un champ, il rêvera de me le faire vendre pour l'aider dans ses spéculations. Plus il obtiendra, plus il comptera obtenir, et, avant deux ans, vous le verrez revenir ici pour nous supplier.

La malheureuse se flattait de cet espoir. Je n'hésitai pas à le lui ôter. Je ne voulais pas punir, mais je voulais faire cesser le mal.

— Vous savez, lui dis-je, que Tonino est très poltron. S'il revient, je le menacerai, et cela suffira pour l'éloigner à jamais. Vous n'ignorez pas qu'il est certains hommes qui ne peuvent pas lutter un instant contre certains autres hommes. Je le lui ai fait sentir. Il ne reviendra pas, il ne vous écrira jamais. Quant à s'adresser à moi pour obtenir d'autres sommes, je doute en effet qu'il y renonce; mais cela importe peu: je me ferai juge de ses besoins, et, s'ils sont réels, vous comprendrez qu'il faut venir à son aide. Quand vous lui donnerez la moitié ou les deux tiers de votre fortune, vous auriez encore de l'aisance, et je ne vois pas pourquoi vous regretteriez d'enrichir le seul parent qui vous reste.

— Sylvestre, vous êtes fou! s'écria Félicie hors d'elle-même. Vous méprisez l'argent jusqu'à la folie! Vous croyez donc que je dois

quelque chose à Tonino, quand c'est lui qui me doit tout? Qu'est-ce que c'est que cette idée-là, de me placer à jamais dans la dépendance d'un ambitieux résolu à me dépouiller? Où sont les droits de Tonino sur mon existence, sur les fruits de mon travail et du vôtre, sans parler de celui de mon frère qui devrait nous être sacré?

— Vous garderez l'île Morgeron votre vie, ou du moins ma vie durant, je vous le promets; mais le reste est superflu pour nos besoins. Nous n'avons ni ambition, ni postérité, ni goûts de luxe, ni infirmités. Nous pourrions vivre de très peu, je vous assure.

— Vous avez l'air de vous moquer. Pourquoi donc cette tendresse soudaine, cette tolérance sans bornes pour Tonino, que vous n'aimiez guère il y a quelques jours?

— J'ai réfléchi, vous dis-je; j'ai pris pitié de lui en voyant que vous ne l'aimiez plus vous-même.

— Vous avez vu clair! Dieu m'est témoin que je ne l'aime pas!

— Eh bien, que vous ayez tort ou raison, je l'ignore; mais vous l'avez beaucoup aimé dans son enfance, vous l'avez habitué à compter sur vous. Il n'a compris le travail qu'avec votre aide, l'avenir qu'avec votre garantie. Il n'est pas né stoïque, votre tendresse l'a empêché de devenir homme. Vous pensez qu'il ne la mérite plus, soit! mais il est trop tard pour que vous lui en retiriez les témoignages et les effets. Pour lui, ces effets et ces témoignages s'appellent argent. Vous êtes forcée de lui donner de l'argent...

— Et si je ne lui en donne pas?

— Il se plaindra de vous, Félicie... Il dira qu'en d'autres temps vous avez été meilleure pour lui, et, comme il va demeurer loin, je ne pourrai pas l'empêcher de vous maudire et de vous accuser à mon insu.

— Ainsi, pour avoir été envers lui une bonne et tendre mère, il faut que toute mon existence lui appartienne?

— Réfléchissez...

Ce mot fit tomber l'audace ingénue de sa défense. Elle douta de ma simplicité, elle eut un frisson, et, profondément humiliée de sa situation, elle alla ouvrir la fenêtre pour respirer.

— Que voulez-vous! repris-je, un peu cruel dans ma patience; il faut savoir payer ses plaisirs en ce monde!

— Ses plaisirs! s'écria-t-elle effarée.

— Les plaisirs purs comme les plaisirs impurs, tout se paye. Ç'a été une douce joie d'adopter cet enfant et de vous croire sa mère. Ce bonheur a duré des années: il a constitué des droits au fils adoptif.

Elle respira. Elle admira ma candeur, mais

elle n'osa plus la discuter, et, le lendemain, dévorée d'une inquiète curiosité, elle alla trouver la Vanina.

Celle-ci n'était pas tout à fait aussi simple qu'elle le paraissait. Elle était femme à l'occasion, et, d'ailleurs, Tonino lui avait toujours donné à entendre ou à deviner que Félicie était encore sourdement éprise et jalouse de lui. Si elle ne craignait pas précisément cette rivalité, elle n'en souffrait pas moins, honnête comme elle l'était, de voir son mari sous la dépendance d'une femme qui, à un moment donné, pouvait lui vendre honteusement ses bienfaits. Voilà en quelle abjection Félicie était tombée dans l'esprit peu développé, mais assez juste de son ex-servante.

C'est là précisément que l'attendait le plus amer de ses châtiments, celui que je n'avais pas songé à lui infliger et dont se chargeait l'inexorable logique des faits. Comme elle interrogeait un peu vivement et d'un ton d'autorité la Vanina sur la manière dont s'était opéré le brusque départ de son mari, sur ce qui s'était passé entre lui et moi à ce moment-là, la jeune femme, à qui j'avais recommandé la discrétion durant quelques jours, refusa de s'expliquer et se mit en révolte ouverte. J'ignore ce qui se passa précisément entre elles et quelles terribles révélations furent échangées. Félicie se mit au lit en rentrant, et je dus appeler le médecin.

C'était toujours ce même Morgani qui l'avait soignée dès son enfance.

— Ah! me dit-il après l'avoir vue, elle a eu une grande émotion.

— Elle vous l'a dit?

— Elle ne m'a dit jamais rien, et je n'ai besoin de rien savoir quand j'ai tâté son pouls.

— Son mal est-il sérieux cette fois?

— Cela vous regarde. Consolez-la, et elle résistera au mal chronique qui la menace.

— Vous parlez maintenant d'un mal chronique? Quel est-il?

— Il n'est pas déterminé; mais il est imminent, si l'exaspération générale continue.

— Ainsi, mon ami, vous ne voyez rien à faire, et vous venez pour l'acquit de votre conscience?

— De ma conscience d'ami, car ma conscience de médecin n'a rien à voir dans tout ceci; mais écoutez-moi avec calme, comme il convient à un époux dévoué et à un philosophe. On me dit que Tonino est parti : faites qu'il ne revienne pas.

— Pourquoi? Expliquez-vous. Je suis aussi calme et aussi sage que vous pouvez le désirer.

— Il faut que je m'explique? J'aurais cru que vous m'aideriez et que vous étiez pour

quelque chose dans le départ du cousin. Eh bien, n'importe. Sachez que Tonino est amoureux de Félicie, que cela trouble son ménage, et que Félicie est offensée de cet amour, qui persiste en dépit de son indignation.

— Vous êtes mal renseigné, docteur. Tonino n'est pas amoureux de Félicie, son ménage est heureux : donc, Félicie n'a pas lieu d'être offensée.

— Alors, prenez que je n'ai rien dit. Administrez de légers fébrifuges avec prudence, et tâchez de ramener la gaieté : moi, je croirai que les aveux délirants de votre femme n'ont aucun sens et ne portent sur aucune réalité.

Je m'installai auprès de Félicie.

Elle délirait en effet, et je ne devais permettre à personne de surprendre ses paroles. Elle était surtout dévorée de colère contre Tonino et Vanina. Il n'y avait ni regret, ni amour, ni crainte, ni remords dans ses plaintes. Elle n'était malade en ce moment-là que de honte et de dépit.

Dans la nuit, elle s'apaisa et me reconnut. Elle me demanda avec effroi si elle avait parlé dans son sommeil. Je lui dis que non. Elle dormit plus tranquille.

Peu de jours après, elle fut rétablie; mais ce n'était qu'une guérison relative. La fièvre persistait, peu déterminée, mais incessante. Morgani m'assura que c'était l'état normal d'un pouls exceptionnel. Plus attentif que lui, je constatai une aggravation, et, dès lors, je résolus de guérir le moral autant que possible.

L'expiation était suffisante, elle était même trop grave, si elle mettait la vie en danger. La répression était complète et absolue. Je ne comptais pas contraindre Félicie à payer toute sa vie les amers plaisirs d'un an d'adultère. Tonino avait très bien compris mon attitude méprisante. Il était trop craintif pour tenter rien de nouveau contre moi. Ma misérable femme était donc délivrée de lui. Le fait humiliant de donner de l'argent pour cela était pour elle une leçon assez cruelle et assez amère.

Mon devoir était désormais de tenter la réhabilitation de cette âme brisée. Il fallait la mettre à même de sentir, sans trop de blessure, l'aiguillon du repentir, et de lui ouvrir l'horizon d'un avenir plus digne d'elle. Mon ressentiment était apaisé, ma dignité satisfaite. J'étais tout entier à la compassion, j'appartenais à la loi de patience.

Et d'abord je me demandai si, la crise passée, il serait utile à cette conversion de montrer le rôle que j'y jouais. Je reconnus bien vite que c'eût été renouveler l'expiation. Félicie avait eu, en me croyant informé de sa faute, des douleurs d'épouvante telles, qu'elle fût, je crois, tombée morte, si je ne l'eusse dissuadée. Ce qu'il y avait de plus horrible à envisager pour cet esprit où l'orgueil combattait la luxure, c'était d'encourir mon mépris. C'était là un si grand désastre pour elle, qu'elle n'y eût pas survécu. Je crois qu'elle ne pouvait pas se représenter l'horreur d'une telle situation, puisqu'elle se laissait si facilement persuader que j'étais sa dupe.

Il importait donc de conserver ce rôle sans m'en lasser, quelque irritant et humiliant qu'il pût être. Demander une confession n'eût pas été seulement tyrannique, cela eût été puéril. Pour se confesser avec sincérité, il faut être repentant; Félicie n'en était qu'à l'humiliation intérieure. Pour l'amener à l'attendrissement, il eût fallu m'attendrir moi-même. Cela, je ne le pouvais pas sans me dégrader. Montrer mon cœur brisé à cette femme brisée par un autre, c'était une lâcheté impossible.

Elle éprouvait pourtant le besoin de me confier une partie de ses peines, et, si je l'eusse permis, elle m'eût désormais parlé de Tonino à toute heure, aimant mieux en dire du mal que de n'en point parler; mais je jugeai que ce soulagement était pire que le silence : je le lui interdis en lui répétant d'un ton sévère et froid qu'il ne fallait pas juger Tonino sur un passé qu'elle avait fait elle-même, mais qu'il fallait voir comment il gouvernerait l'avenir en se voyant seul responsable de sa propre existence et de celle de sa famille. Elle prit d'abord de l'humeur et m'accusa de faiblesse. Elle railla mon optimisme. Je la laissai dire sans répliquer, elle se tut, elle n'osa plus y revenir.

Vanina demanda bientôt à me voir, elle était pressée de partir. Irritée contre Félicie, elle ne s'expliquait pas; mais, sans l'interroger, je vis bien que tout était à jamais rompu entre elles. Vanina savait maintenant que cette fortune annoncée par moi à son mari n'était autre chose qu'un don imposé par moi à Félicie, don considérable eu égard à sa petite fortune territoriale. Vanina souffrait de voir Tonino accepter ce bienfait, que sans doute Félicie lui avait reproché en le lui révélant. Elle voulait partir avec ses deux enfants et une servante, rejoindre Tonino avant qu'il se fût établi, l'empêcher de profiter de ma générosité, le forcer à être pauvre au besoin, à travailler avec courage sans rien devoir à personne.

— Il y a bien assez ici, disait-elle, pour nous acquitter envers votre femme : qu'elle reprenne tout ce qu'elle nous a donné. Moi, je ne veux plus rien lui devoir. Je suis forte et je suis fière. Je ne crains pas ma peine et je ne suis pas inquiète de mon mari. Il a trop d'esprit pour ne pas faire fortune sans le secours des autres.

Je cherchai à lui faire entendre qu'elle n'avait pas le droit de refuser ce que, de bonne grâce ou non, ma femme donnait à son mari, et par conséquent à ses enfants. D'ailleurs, avant de faire un éclat que Tonino pouvait blâmer et rendre inutile, il fallait le consulter. Elle me promit de prendre patience jusqu'au terme fixé pour mon départ avec elle; mais elle ne put tenir parole. J'appris, le surlendemain, qu'elle était partie, avec ses enfants et deux de ses serviteurs, pour la Vénétie, où Tonino était déjà rendu, mais non établi encore.

En apprenant cette nouvelle, Félicie redevint généreuse. Elle s'inquiéta des enfants, de la fatigue du voyage pour cette jeune mère qui nourrissait, du peu d'argent qu'elle pouvait avoir. Elle voulait courir après eux, non pas demander pardon à la Vanina, mais la forcer à l'admirer et à l'aimer encore. Elle faisait des paquets de vêtements, elle s'agitait. Sa fièvre augmentant, je dus encore la calmer en lui remontrant que la Vanina était forte et résolue, que les enfants étaient robustes, les serviteurs dévoués et que Tonino leur avait laissé plus d'argent qu'il n'était nécessaire pour un voyage de cent lieues.

Elle s'apaisa, mais bientôt elle me pressa de partir pour tenir ma promesse à Tonino. Elle avait, avec une résolution extrême, réalisé très vite la somme d'argent que je devais porter à son prétendu fils adoptif. Je m'aperçus alors qu'elle se préparait elle-même au voyage, comptant qu'au dernier moment elle me déciderait à l'emmener. Je fis échouer cette combinaison désespérée, dernier effort d'une irrésistible passion. Je lui déclarai que je ne m'intéressais pas assez à Tonino pour aller lui rendre visite. L'empressement de Vanina à partir sans moi, et à mon insu, avait fait échouer la sollicitude que j'avais promis d'avoir pour elle et pour mon filleul. Dégagé de ma promesse en ce qui la concernait, je ne me sentais nullement obligé de porter moi-même à Tonino un don qu'il était beaucoup plus sûr et plus facile de lui faire tenir par un banquier.

La chose fut comme je la décidais. Tonino reçut le salaire de sa bassesse, et il fut content. Sa femme m'écrivit pour m'annoncer son heureuse arrivée à Venise, son départ pour les terres que Tonino allait affermer, et me dire la reconnaissance qu'elle éprouvait pour moi. Elle n'avait pas réalisé ses projets de fierté, son mari avait dû l'y faire renoncer; mais elle se vengeait en s'abstenant de nommer Félicie. Je refusai de montrer cette lettre à ma femme; elle la chercha en vain sur mon bureau, je l'avais brûlée; Félicie dut se contenter de savoir que l'on était satisfait là-bas. Ce fut un coup de poignard, le dernier. Elle se résigna.

Nous entrâmes alors dans une nouvelle phase d'existence conjugale. La première, jusqu'à la chute de l'épouse, avait été belle et pure. La seconde, leurre odieux pour moi, avait été pour elle un avilissement suivi d'expiation. La troisième, celle de la réhabilitation, commençait pour elle; qu'allait être pour moi cette entreprise terrible? Je ne m'étais pas encore demandé si j'aimais toujours ma femme, et à quel point je souffrais de sa trahison. Je n'avais pas voulu m'occuper de moi-même, sentant bien que, le jour où je me laisserais aller à la douleur, je n'aurais plus la force nécessaire pour accomplir mon devoir. Sans doute il est des âmes assez fortes pour porter à la fois le sentiment du devoir et celui de la douleur; moi, je n'étais pas un stoïque proprement dit, ne l'oubliez pas. J'étais, j'ai toujours été tendre. Quand j'ai du courage, et j'en ai quelquefois, c'est à la condition de m'abstraire de ma personnalité, de me considérer comme une machine obéissante, agissant sous l'empire d'une volonté supérieure à moi. C'est ma manière d'être religieux, chacun a la sienne, résultant des ressources que lui offre son organisation.

Je peux donc m'anéantir en quelque sorte jusqu'à un certain point, me rayer de mes propres comptes, ou du moins me compter pour un zéro n'ayant de valeur que par rapport aux chiffres qui doivent régler la conduite et la destinée. Je peux, à un moment donné, quand je plie sous une vive souffrance, sous une extrême fatigue ou sous un suprême chagrin, prononcer sur moi cet arrêt temporaire, il est vrai, mais énergique et utile : *Peu importe!* C'est comme une suspension de sensibilité que je peux m'imposer à moi-même dans les très grandes crises, non dans les petites. Il y a de cela chez tous les hommes. On sait moins réagir contre une contrariété que contre un désastre. Ceux qui se sont un peu observés en se sentant vivre savent que leurs faiblesses trouveront l'occasion d'être rachetées par quelque inspiration de grandeur, et il leur serait difficile de croire qu'un principe divin de force, de sagesse et de bonté ne plane pas au-dessus d'eux pour rendre leur tâche possible, leur bon vouloir profitable.

J'avais donc traversé et supporté l'épreuve horrible des premiers jours sans égarement et sans faute. Pendant près de deux mois, tout entier à l'action, je m'étais interdit et préservé de trop souffrir. Je ne m'étais pas

écrié une seule fois en levant les bras contre le ciel : « Suis-je assez malheureux ! »

Le moment de la réaction où l'esprit se détend, où il faut bien le laisser se détendre sous peine de le voir se briser, approchait inévitablement. Félicie provoqua elle-même la crise amère.

Sa santé se rétablissait à vue d'œil. Il semblait que ma fermeté tranquille l'eût délivrée du démon qui l'avait possédée; elle ne feignait plus d'oublier Tonino, elle l'oubliait réellement. J'étudiais les soubresauts de souffrance que lui causait son nom quand on le prononçait devant elle, le calme, l'espèce de bien-être moral et physique où elle se plongeait, quand des journées entières se passaient sans qu'elle fût forcée de se rappeler son existence. Je mettais tous mes soins à prolonger ces jours d'oubli nécessaires à sa guérison intellectuelle. Le fantôme s'évanouit très vite, et le repentir commença.

Je m'en aperçus au redoublement de soins et de soumission dont je fus l'objet. Félicie avait été dissimulée avec audace et résolution, mais elle n'avait pas été réellement hypocrite. Plus clairvoyant, j'eusse deviné alors aux mille excuses assez plausibles, mais un peu monotones qu'elle m'avait données de ses fréquentes préoccupations, une gêne secrète et des invraisemblances dans nos rapports intimes. Dans ce temps-là, elle n'avait pas simulé l'amour avec moi, elle en avait ajourné l'expression, comme si, ayant toute la vie pour m'aimer, elle eût voulu ménager la fraîcheur de sa tendresse. Délicat comme ceux qui aiment véritablement, je n'avais pas voulu l'interroger sur sa réserve; j'avais attendu le retour de l'effusion, me disant que le provoquer, c'était risquer de l'imposer, et qu'il ne faut jamais condamner la femme à manifester l'enthousiasme qu'elle n'éprouve pas.

Quand elle se sentit libre de revenir à moi, elle s'étonna de me trouver à mon tour inintelligent et préoccupé. Elle épia mon assiduité au travail, mon ardeur à la promenade, l'accablement d'un sommeil chèrement acheté par des semaines de réflexion et d'insomnie, et, un jour, elle s'écria en pleurant :

— Vous ne m'aimez plus !

— Je vous aime plus que jamais! lui répondis-je en prenant dans mes mains sa tête brûlante, qu'elle cachait dans ma poitrine.

Mais, quand mes lèvres s'approchèrent de son front pour le purifier par le pardon de l'amour, une force invincible roidit mes bras. Je tins cette pauvre tête dégradée à distance de la mienne sans qu'il me fût possible de les rapprocher l'une de l'autre, et cette force contre laquelle je luttais en vain fut si convulsive, que Félicie, effrayée, s'écria :

— Oh! que vous me faites de mal! Vous voulez donc me tuer?

Je la lâchai et je m'enfuis. Que s'était-il passé en moi? Je ne pouvais m'en rendre compte. Le ciel m'est témoin qu'en disant à cette femme : « Je vous aime plus que jamais », je croyais lui dire la vérité. J'avais eu une si fervente résolution de lui pardonner, que je ne doutais pas de moi-même. J'étais paternel, j'étais évangélique dans ce moment-là. Je croyais recevoir dans mon sein l'enfant prodigue, rapporter au bercail sur mon épaule la brebis égarée; mais, en surprenant, au lieu d'un rayon de reconnaissance, un éclair de volupté dans ces yeux d'azur, je ne sais quelle secrète horreur s'était emparée de moi, comme si j'allais, en partageant un désir sacrilège, souiller la plus noble victoire de l'âme, le pardon de la charité!

C'est alors que je compris enfin ce qui s'était brisé en moi. Je m'étais cru ravivé et renouvelé par les efforts de ma volonté; je croyais pouvoir sauver cette âme sur laquelle j'avais juré de veiller et d'étendre la protection infatigable de l'amour. L'amour m'échappait... Le dégoût s'emparait de moi à la pensée d'unir mes lèvres à ces lèvres souillées, de confondre dans un baiser l'âme d'un homme sans reproche et celle d'une femme avilie. Qui d'elle ou de moi était devenu un cadavre? L'abîme du tombeau s'était ouvert entre nous; à la pensée de le franchir, tout mon être se révoltait. Ah! c'est bien elle qui était morte! En simulant la vie, le spectre devenait effrayant; c'était l'ombre de mon passé qui se levait devant moi pour me dire : « Unissons-nous dans la mort! » Mais la mort est sacrée; elle est le lit nuptial des âmes qui se sont chéries saintement. Elle n'est pas la couche ardente des amants enivrés. Point d'arrivée et point de départ pour les étapes de la vie éternelle, elle s'exprime par le majestueux abandon de la personnalité apparente. Elle a ses lois à part, aussi mystérieuses que celles de Dieu même, et, si cette loi est l'amour encore,

— JE VOUS AIME PLUS QUE JAMAIS.

c'est avec des manifestations que les hommes ne connaissent pas.

Qu'y avait-il de commun désormais entre la chair de l'amante de Tonino et la mienne? Ce lien était rompu. Comment avais-je pu me flatter de le renouer? Toutes les eaux du Léthé, toutes les eaux du ciel même ne pouvaient laver la souillure de cette chair profanée. Était-ce un préjugé? Je me posai sincèrement la question. Je m'élevai aux plus hautes intuitions de l'idéal. Je vis la figure de Jésus traçant ces mots sublimes : « Que celui de vous qui est sans péché lui jette la première pierre! » Je ne la vis pas conduisant au lit de l'époux outragé la femme adultère. Oubli et pardon, oui, dans le sens de la charité; mais celui de l'hymnée, non ... cela est impossible à la nature humaine, à moins d'une grossièreté d'appétit dont l'homme civilisé rougit, s'il y succombe!

Je m'efforçai de rêver l'état de sainteté absolue, l'oubli entier, complet, formel de l'égoïsme et du sentiment de la propriété. Ma femme m'aimait encore, je le voyais bien; elle m'avait toujours aimé; elle avait été fascinée, envahie, égarée; elle n'attendait pour redevenir pure que le retour de ma tendresse sans bornes. C'était le signe de ma confiance en elle qui seul pouvait lui rendre la confiance en elle-même; c'était l'acte de foi par lequel notre union devait être renouvelée et à jamais dégagée de l'entrave du mal.

« Pourquoi ne serais-je pas un saint? me disais-je. N'ai-je pas fait le plus difficile? N'ai-je pas terrassé la colère et bu la douleur? N'ai-je pas traversé le désespoir et vaincu l'orgueil? J'ai agi en philosophe, en ami, en homme religieux, en homme du monde; je ne me suis pas cru délié de mes serments; j'ai été le père spirituel de cette âme enfant, de cette organisation sauvage dont je n'avais pas prévu, mais dont j'ai subi les écarts et les déchaînements. J'ai épuisé ce calice jusqu'à la dernière goutte, et, au moment de recueillir le fruit de ma sagesse et de ma bonté, voilà que la haine remonte, et qu'au lieu de donner le baiser de paix, mes lèvres frémissent d'horreur et d'épouvante! Est-ce que je redeviens l'homme irréfléchi, vulgaire, instinctif que j'ai résolu de ne pas être? »

Je retournai auprès de Félicie pour la rassurer au moins sur la bizarrerie de mes manières. Si je lui laissais deviner ce qui se passait en moi, elle était perdue; elle mourait de douleur et de honte, ou elle faisait pis: elle se rejetait éperdue dans le rêve de son impure passion. Il fallait lui ôter ce doute, lui paraître aussi naïf, aussi aveugle que l'idiot dont je jouais le rôle avec héroïsme. J'y réussis en montrant un enjouement qui me déchirait le cœur; je la fis sourire. Il y avait une légère nuance de mépris dans ce sourire à demi triste, à demi perfide. La femme n'admire plus l'homme qu'elle ne craint pas un peu. Je vis poindre ce dédain, et je le supportai...

Il s'effaça pourtant. Félicie était trop passionnée pour se guérir d'un amour sans se rejeter dans un autre. Elle pouvait oublier Tonino, avec l'espérance de retrouver en elle l'enthousiasme qu'elle avait eu pour moi. Elle était prête à subir cet enthousiasme; il fallait le faire renaître, mais pour cela il fallait l'éprouver!

Je ne parle pas ici à mots couverts dans l'intention prude et libertine de faire deviner plus que je ne veux ou peux dire. Le mariage dévoilé a son impudeur pour ceux qui n'y voient qu'une série de plaisirs faciles, sans y faire entrer l'amour vrai, le grand amour. Cette manière de l'envisager n'était pas la mienne; je n'avais épousé Félicie ni par convenance, ni par amitié, ni par galanterie. Je l'avais aimée d'amour, c'est-à-dire avec tout mon être; idées, affections, sympathies physiques, tout ce qui était moi lui avait appartenu. Nous n'étions pas assez jeunes l'un et l'autre pour ne pas prévoir que les sens s'éteindraient avant l'estime et la tendresse réciproques. L'amour vit encore par le souvenir des joies

pures, et c'est la foi au passé qui le rend impérissable; mais ôtez la foi et l'estime, la tendresse ne peut plus se manifester saintement par le plaisir. Pour reprendre comme maîtresse agréable l'épouse souillée, il faut abjurer l'amour et rire de soi-même. Je ne pouvais pas être si bon plaisant que cela : j'avais trop sincèrement aimé!

Il eût donc fallu pouvoir oublier! Elle le pouvait, elle; elle le voulait. Elle se haïssait peut-être elle-même, mais elle croyait pouvoir tout réparer, et, moi qui ne l'avais pas haïe, moi qui croyais aussi à la réhabilitation toujours possible, je ne pouvais chasser l'image de l'adultère interposée entre nos deux images et les empêchant de se confondre.

Alors commença une lutte funeste. La malheureuse voulut reprendre son empire: elle crut que, rassasié de bonheur tranquille, j'entrais dans la phase de paresse intellectuelle où l'on n'a plus soif d'idéal, et où l'on retombe dans les habitudes de caractère que l'on avait avant de rêver le bien suprême. Elle fut plus habile et plus patiente que je ne l'en eusse crue capable. Elle feignit de respecter les études où je feignais, moi, de m'absorber, pour lui cacher mes angoisses. Elle se fit craintive, émue, coquette de modestie et de chasteté comme aux jours où je me défendais de partager son amour; c'est par l'humilité qu'elle m'avait vaincu, elle crut me vaincre encore en ne m'adressant ni plainte ni reproche, et en essuyant à la dérobée les larmes que lui arrachait mon apparente préoccupation.

Je fus ému peu à peu de cette douceur, et je saluai en moi l'émotion comme la bonne nouvelle.

« C'est peut-être *la grâce* qui descend sur moi, me disais-je. Peut-être vais-je oublier le passé; peut-être, un matin ou un soir, quelque rayon luira sur ma triste nuit de désespérance. Je reverrai cette figure chérie que je ne peux plus me représenter. Elle aura retrouvé son nimbe, son profil pur, la virginité de son attitude. Madame Sylvestre aura disparu à jamais; Félicie Morgeron, la fille biblique, élégante et pudique, avec sa cruche sur la tête, reviendra de la fontaine en me disant : « Bois », et je ne saurai plus que sa main m'a versé le poison du mensonge. »

Ah! la revoir ainsi, ne fût-ce qu'un instant, j'aurais donné pour cela le reste de ma vie! Il y avait des jours où j'étais tenté de me fouiller le cœur avec mon canif pour en extirper le souvenir, ce ver rongeur qui m'empêchait d'espérer.

Il arriva, ce jour fatal que je demandais si naïvement à la destinée. Félicie était allée à l'église, non pour prier, elle ne croyait réellement à rien au delà de la vie, mais pour rêver ou se recueillir, peut-être pour essayer de croire. J'écrivais quand elle entra parée, animée, vraiment belle et rajeunie. Je la regardai. Elle s'agenouilla et me dit :

— Vous souvenez-vous d'un air que j'improvisai par hasard il y a trois ans, et qui vous parut, vous me l'avez dit plus tard, *révéler*, *proclamer* et *imposer* l'amour? Je l'avais oublié, je n'ai jamais pu le retrouver. Il vient de me revenir à l'église : voulez-vous l'entendre?

— Non! lui dis-je vivement, sans trop savoir ce que je disais.

Je me repentis de ma réponse. Si elle n'en pénétra pas le sens, elle le pressentit à sa manière.

— Vous n'aimez plus rien du passé, me dit-elle, abattue et comme brisée; c'est ma faute, je vous le laisse trop oublier.

Je n'oubliais rien, je craignais de retrouver mes souvenirs enlaidis et dénaturés; mais, voyant que je l'avais affligée, je la priai de réveiller la voix endormie du précieux violon. Elle s'y refusa, disant que j'y mettais de la complaisance, et qu'elle se contenterait de fredonner l'air à demi-voix pour me le rappeler.

Alors, elle chanta tout bas, presque dans mon oreille, et, bien qu'elle n'eût pas de voix et chantât rarement, elle mit tant de charme et d'émotion dans son action voilée, qu'une larme vint au bout de ma paupière au souvenir de cet air qui m'avait pour ainsi dire ouvert le cœur et l'esprit à l'amour, la première fois qu'elle me l'avait fait entendre. Je me rappelai les circonstances où cette magie s'était emparée de moi, je revis le paysage où j'étais, la mâle et douce figure de Jean m'apparut et me sourit. Un souffle printanier glissa dans ma chevelure, et je me sentis tout jeune, comme à l'instant où cette vibration magnétique du violon de Tonino Monti avait embrasé l'air que je respirais. Je crus au miracle, comme un homme qui a déjà

senti la transformation miraculeuse et qui n'en croit pas le retour impossible. Félicie s'était remise à genoux près de moi en chantant; j'oubliai le spectre, j'étreignis la femme, je crus étreindre l'amour.

ELLE ÉTAIT ALLÉE A L'ÉGLISE PEUT-ÊTRE POUR ESSAYER DE CROIRE.

Mais ce n'était que le rêve, l'amour physique qui fait sentir plus odieusement l'absence de l'amour moral. Le réveil fut affreux, car l'ivresse trompeuse m'arracha des sanglots, et Félicie comprit enfin que je savais tout! Elle feignit de croire à une excitation nerveuse, et me laissa seul sans m'interroger.

FÉLICIE S'ÉTAIT REMISE A GENOUX PRÈS DE MOI EN CHANTANT.

Moi, j'étais trop troublé pour m'apercevoir de sa découverte; j'étais certain de n'avoir pas laissé échapper un mot qui trahît mon désespoir! j'étais brisé, mais je n'avais pas été lâche. Je n'avais pas insulté la femme qui me brisait.

— Qui sait, me disais-je, si cette révolte de ma conscience ne sera pas la dernière? L'amour a le don du miracle: ne peut-il faire taire l'esprit?

Mais, alors, je me représentais Félicie savourant dans les bras de son amant l'ivresse qu'elle venait de goûter dans les miens, et se disant ce que je ne pouvais jamais me dire: « Le plaisir est tout l'amour, il est plus fort que tout, la conscience n'est rien devant lui! » Elle avait vécu de ce blasphème et elle allait en vivre encore, puisqu'elle trahirait le souvenir de l'amant sans aucun trouble, pour demander l'enivrement de même nature, sauf à comparer après quel vin était le plus capiteux et provoquait le mieux l'athéisme du cœur, dernière ressource d'une mauvaise conscience et d'un instinct perverti.

J'eus beau m'efforcer de l'excuser, je sentis qu'elle me devenait, non pas odieuse, car la haine est un amour encore, mais étrangère sous un certain aspect.

Cette femme n'était plus mienne par la chair. Sa beauté ne me parlait plus. J'eusse eu le droit de lui chercher un autre époux, que je l'eusse cherché avec sollicitude et bonté, comme on le cherche pour une parente, pour une fille, sans concevoir une jalousie possible. L'amour qu'elle venait d'obtenir de moi me parut un égarement bestial dont je fus honteux, irrité contre moi-même. Si j'eusse été dominé par des instincts violents et impétueux, il devenait évident pour moi que je l'eusse étranglée après la crise.

C'était donc à un paroxysme de férocité, c'était donc au meurtre que me conduisait la tentative du pardon complet! Le meurtre révoltait tout mon être, à ce point que je me sentis défaillir; mais tout aussitôt une réaction terrible me fit tourner ma rage contre moi-même. Je déchirai ma poitrine avec mes ongles, j'avais besoin de haïr et de torturer quelqu'un, je me détestais et je me prenais moi-même pour victime. Quand je me vis couvert de mon propre sang, j'éprouvai un soulagement étrange, comme celui d'une bête de proie satisfaite et repue. Ce fut une grande révélation pour moi. L'homme le plus doux et le plus civilisé peut avoir des moments de fureur féline où il est capable d'agir sans conscience de ses actions. En voyant le mal physique que je venais de me faire sans le sentir, j'eus peur de moi comme d'un ennemi plus fort que moi. J'étais donc capable, à un moment donné, de subir cette

démence et de l'exercer sur un autre? Et sur quel autre tomberait-elle, si ce n'est sur la malheureuse qui provoquait les appétits du tigre?

Je songeai à fuir; c'était le plus lâche des palliatifs. Je m'interrogeai sévèrement. Ma loyauté intérieure me répondit: « Aucun danger, aucune vengeance possible pour celui qui n'impose pas silence à une conscience éclairée et timorée comme la tienne; mais malheur à toi, si tu veux boire l'eau de feu qui a enivré ta femme! Ce breuvage-là ne peut pas s'assimiler à un tempérament sain et fort comme le tien. Les gens bien trempés ne supportent pas les excitations factices. Tu as voulu vaincre la nature en toi-même. La nature qui ne s'est pas laissé fausser par le mal est une sainteté et une logique. Elle répugne au sophisme, elle rejette les aliments empoisonnés, quand même ils sont cachés sous l'huile et le miel. Tu t'es trompé par excès de bon vouloir. Tu as voulu être plus doux que Dieu même, qui, selon toi, ne châtie point. En cela, tu n'as pas compris la profondeur et la beauté des lois qu'il a instituées et qu'il ne transgresse jamais. Ces lois attachent la punition immédiate au mal que l'homme se fait à lui-même. Tu t'es déchiré la poitrine, tu saignes. Tu as voulu boire la sainte volupté dans un vase souillé, la douleur s'est emparée de toi. Tu as cru que la pitié pouvait ramener l'amour, la haine s'est déclarée. Ouvre les yeux et humilie-toi, disciple trop naïf et trop ambitieux de l'idéal! L'idéal n'est une vérité qu'à la condition de rester dans la voie de la nature. L'amour dans l'homme est un idéal aussi. Il est l'aspiration à l'assimilation de deux êtres différents dans un acte de foi commune. Réduit au plaisir des sens, il n'est plus l'amour. Il est l'appétit qui engendre l'oubli, la lassitude et même l'aversion s'il y a abus, car la nature est sage et logique dans ses fonctions matérielles, aussi bien que dans les fonctions intellectuelles. *Ne jouez pas avec l'amour* est un grand mot dont le sens va bien au delà de ce qu'il semble indiquer. Il ne menace pas seulement de brûler celui qui en approche sans défiance, il condamne à être dévoré celui qui s'y jette sans savoir qu'il faut la foi pour affronter le feu sacré. Appétit bestial, il énerve; enthousiasme aveugle, il égare; amitié sans discernement, il écœure. Il veut être à la fois plaisir, vénération et tendresse pour vivifier et retremper les âmes et les corps; mais il ne renaît pas de ses cendres. Qui l'a laissé éteindre ne peut pas le ranimer. Si tu lisais dans le cœur de ta femme adultère, tu verrais qu'elle n'aime plus ni le mari ni l'amant, et que ses efforts pour s'aimer elle-même seront impuissants désormais.

Elle ne peut plus connaitre l'amour. Il ne se présentera plus à elle qu'à travers la souffrance du désir ou l'effroi du châtiment. Ses yeux, en plongeant dans les tiens, y chercheront en vain la volupté; ils y liront toujours la sentence de mort, le mépris qu'elle mérite et que tu ne peux pas lui épargner. Cette femme est punie par toi. C'est la loi, et tu es forcé de la subir aussi bien qu'elle. Tu avais deviné cela dès le premier jour en décrétant que tu ne la punirais pas; tu sentais bien qu'elle était déjà punie. Tu as fait ton devoir, pourquoi veux-tu le dépasser, l'annuler par conséquent? Pourquoi veux-tu transformer le pardon en récompense, et vaincre en toi le dégoût, cette chose vraie et forte qui vient, comme le désir légitime, des hautes régions de l'équité naturelle? Va, le détachement n'est pas une simple lassitude physique qu'un peu de volonté surmonte; c'est le profond repos qu'exige l'être après les luttes suprèmes. Ce n'est pas un épuisement de la charité, c'est celui de la vaine sensibilité qu'une certaine paresse entretient en nous. C'est une protestation que notre dignité nous impose sous peine de nous abandonner. »

Je me rendis à cette voix qui parlait en moi, et de moi à moi-même. C'était le vrai moi humain, complet et sûr de lui, qui réclamait son droit à la vie normale.

« Oh! non, non, pensais-je, ce n'est pas un préjugé, ce n'est pas une tyrannie que de vouloir être aimé exclusivement quand on a vraiment aimé ainsi soi-même, et que rien n'a excusé ni seulement motivé la trahison. On a avili mon amour, on l'a condamné au partage!... »

Car Félicie avait menti à son amant! Elle était revenue à moi plus d'une fois durant ses amours avec lui, et on m'avait conduit les yeux fermés dans un temple d'impureté où j'avais cru embrasser l'autel de la chasteté conjugale. Devais-je pardonner cela? Non, puisque je ne devais pas l'oublier. Et, puisque je ne le pouvais pas, malgré des efforts de dévouement où ma raison avait failli se briser, c'est que la nature ne le voulait pas. Dieu ne pouvait pas faire le miracle que je lui avais demandé, Dieu ne fait pas de choses insensées.

Je retrouvai le calme; je revins prendre mon repas avec ma femme. Je lui parlai avec une douceur plus grande encore que de coutume. Elle m'avait cru malade, disait-elle; elle était inquiète de moi. Ne pouvais-je lui expliquer les larmes et les cris qui m'étaient échappés dans ses bras? Je ne le pouvais sans mentir. Je ne voulais pas mentir davantage; je ne voulais pas parler non plus. Ne pouvions-nous pas nous entendre sans entrer dans d'odieuses explications?

— Soyez certaine, lui dis-je, que, si j'ai quelque grand chagrin intérieur, ce qui est toujours possible dans une vie quelconque, je le surmonterai et ne vous le rendrai pas insupportable. Je vous demande seulement de ne pas m'interroger quand je souffre, et de ne jamais rien craindre de ma part. Vivez aussi heureuse que possible, et ne me regardez pas avec cet air d'épouvante qui me fait injure. Si vous avez aussi quelque chagrin secret, ne l'envenimez pas par des frayeurs inutiles. Je veille sur votre réputation, sur votre sécurité, sur votre indépendance. Aucune catastrophe, aucune lutte ne vous menace. Désormais je n'ai qu'une préoccupation, qui est le rétablissement stable de votre santé, la dignité et la tranquillité de votre vie; je vous l'ai prouvé, je vous le prouverai toujours, et, loin qu'il m'en coûte, ce sera ma suprême consolation dans les épreuves qui pourront survenir.

Elle m'écouta en silence, la tète penchée sur son assiette. Nous étions à table, la bouilloire chantait dans l'âtre. Elle se leva et me servit le café. Sa main ne tremblait pas, ses mouvements étaient libres, son regard était fier et froid. Elle eût semblé à tout autre que moi n'avoir pas compris; mais loin de là, je fus effrayé de sa tranquillité apparente. Était-elle offensée de ma douceur? Avais-je été trop explicite? Ne fallait-il pas l'être assez pour qu'elle n'osàt plus revendiquer l'amour?

Nous passions toujours la soirée ensemble, je lui faisais la lecture quand elle me le demandait. Elle me le demanda ce soir-là, je la priai de choisir elle-même le livre. Elle m'apporta les Affinités électives de Gœthe, et je commençai à lire, redoutant quelque projet de discussion amené par le choix étrange de cette lecture; mais je vis bientôt qu'elle ne m'écoutait pas. Elle avait pris son aiguille et ne s'en servait pas. Ses yeux étaient fixés sur la table, ils se fermèrent, elle dormait.

Elle était sujette, comme toutes les personnes actives, levées avec le jour, à ces lassitudes soudaines. Je baissai la voix peu à peu, je fermai le livre, je la regardai. Elle était pâle, mais elle dormait avec une respiration égale, et elle reposa ainsi près d'une heure sans faire un mouvement. Son pouls était calme et seulement un peu faible quand elle s'éveilla.

— Est-ce que vous me croyez malade? me dit-elle. Je ne le suis pas.

— Non; mais il vous faudrait revenir aux toniques durant quelques jours. Vous n'êtes pas aussi forte que de coutume.

— Vous n'y connaissez rien, reprit-elle avec une certaine brusquerie; je ne me suis jamais mieux portée. J'ai besoin de repos, voilà tout. Permettez-moi de me retirer.

Elle rangea ses boites avec le plus grand

soin, alla parler à ses servantes, donna des ordres pour le lendemain, selon son habitude, et revint pour fermer les contrevents de la salle. Je ne lui laissais jamais prendre ce soin elle-même. Je l'en empêchai donc, disant qu'elle n'avait pas besoin de me rappeler l'heure.

— Bah! me répondit-elle avec une aigreur singulière, cela vous ennuie, de songer à ces choses là! Allez travailler là-haut. Je suis sûr qu'il y a longtemps que vous voudriez être seul.

— Qu'avez-vous, Félicie? lui dis-je en lui prenant la main. Vous ai-je montré quelque lassitude de votre société, quelque impatience de me retirer?

— Non, répondit-elle avec une amertume croissante. J'ai tort! C'est vous qui avez toujours raison, n'est-ce pas?

Elle me quitta sur ces mots cruels et si profondément injustes, que la stupeur m'empêcha d'insister pour savoir ce qui se passait en elle.

Au bout d'un instant, craignant qu'elle ne fût malade, j'allai frapper à la porte de sa chambre; elle était enfermée.

— Laissez-moi reposer, dit-elle, je n'ai rien, j'ai sommeil. Quel mal y voyez-vous?

Ainsi elle repoussait mon amitié en reconnaissant qu'elle ne possédait plus mon amour. Je devais m'attendre à cela chez un caractère aussi tendu, et j'en fus néanmoins très surpris. Je croyais mériter plus d'égards, sinon de reconnaissance. La haine allait-elle naître dans ce cœur tumultueux qui ne savait pas s'attendrir et se fondre?

Je montai à mon appartement, dont je laissai les portes ouvertes, afin de pouvoir lui porter secours, si ce dépit aboutissait à une crise de chagrin ou de souffrance quelconque. J'ouvris, comme toujours, beaucoup de livres sur ma table, afin d'avoir l'air occupé et paisible, si on venait me surprendre. C'était un rôle arrangé depuis trois mois, car je ne tra-

vaillais pas, cela m'eût été impossible. Je passais les heures de ma veillée et une grande partie de mes nuits à méditer douloureusement sur la veille et sur le lendemain.

J'étais donc très attentif à ce qui se passait dans la maison. J'entendis les servantes fermer les portes d'en bas et se retirer dans leurs chambres. Félicie marcha un peu chez elle, et le silence se fit. Chez les gens nerveux et chez presque toutes les femmes, la fatigue se manifeste par l'excitation. Sans doute Félicie avait reçu une vive commotion intérieure en me voyant pleurer. Elle avait dû

ELLE DORMAIT ..

pleurer aussi; elle était brisée. Après une bonne nuit de sommeil, car il semblait qu'elle dormît, elle serait plus douce, plus vraie, et, s'il fallait en venir à une explication, je la trouverais mieux disposée à me rendre justice.

Dans cet espoir un peu vague, brisé moi-même et n'ayant plus la force de commenter l'attitude iniquement absurde qu'elle semblait vouloir prendre, je m'assoupis, les coudes sur ma table. Je ne voulais pas me coucher sans m'être assuré par une attente raisonnable que je pouvais dormir sans crainte.

Vers minuit, je fus rappelé à moi-même par le son du violon. Félicie jouait l'air qu'elle m'avait chanté le matin. Elle le commença avec la pureté et la largeur qui caractérisaient son jeu remarquable. Puis tout à coup elle dénatura la mélodie, et, attaquant avec âpreté je ne sais quelle autre idée, elle s'égara dans une suite de divagations pénibles. Elle semblait par moments vouloir en vain se rappeler le motif retrouvé dans la journée, en d'autres moments elle semblait le rejeter avec dédain et vouloir exprimer un ordre de sentiments contraires. Mon imagination surexcitée eût pu interpréter ces divagations musicales comme une sorte de récit symbolique qu'elle voulait me faire de ses orages, de sa chute et de son désespoir; mais je cherchai en vain la vraie note de la douleur, elle n'y était pas. C'était plutôt de la colère; sa plainte ressemblait à une malédiction. Cette voix âpre du violon froissé et fouetté par l'archet frémissant me faisait un mal horrible. Je crois que j'eusse préféré les plus atroces paroles. Félicie déployait une habileté d'exécution que je ne lui connaissais pas; mais je sentais que son esprit était impuissant à rendre une émotion saine. Sa musique était folle, ses idées heurtées, incompréhensibles, comme si elle eût eu l'intention de faire souffrir sans s'avouer vaincue par la souffrance.

Elle le fut enfin, car elle jeta le violon brusquement, et il me sembla qu'il se brisait en tombant. Je vis sur le massif d'arbres, en face de la maison, passer le reflet d'une lumière qui changeait de place dans sa chambre; mais Félicie marchait sans faire aucun bruit, comme une ombre.

Une grave inquiétude s'empara de moi. Je me demandai si ce chant bizarre, au milieu de la nuit, était un cri de révolte ou un adieu éperdu. Allait-elle essayer de fuir pour rejoindre Tonino? Mais Tonino ne voulait plus d'elle, j'en étais sûr. Se faisait-elle illusion sur son dégoût, ou prétendait-elle, par je ne sais quel parti extrême, le forcer encore à jouer la passion pour obtenir qu'elle ne troublât pas le repos de son ménage?

Je descendis sans bruit l'escalier, et, dans l'obscurité, je m'assis sur la dernière marche, près de sa porte. Elle ne pouvait pas faire un mouvement sans que je l'entendisse. A aucun prix, je ne voulais la laisser courir à sa honte et à sa perte. Chassée par Vanina, abandonnée par Tonino, elle n'aurait plus de refuge que dans le suicide, car je ne me sentais plus le courage de tolérer de nouveaux égarements.

Il me sembla entendre pétiller du feu dans sa cheminée. Je m'avançai sur le balcon, et je vis en effet une raie de fumée sur le ciel clair et constellé. Elle brûlait sans doute des papiers, car nous étions en plein été, et, à moins d'être souffrante, elle ne pouvait avoir besoin de se réchauffer. Une brise qui rabattit un instant cette fumée me fit saisir une odeur âcre qui n'était pas celle du papier, mais plutôt celle du linge brûlé. Je revins près de sa porte, j'entendis qu'elle ouvrait le verrou comme si elle se disposait à sortir. Ne voulant pas que sa fuite, si elle l'avait résolue, reçût le moindre commencement d'exécution, je fis du bruit avec mes pieds pour l'avertir de ma présence, et je lui parlai à travers la porte, encore fermée, pour lui demander si elle était malade.

— Non, répondit-elle d'une voix résolue; entrez si vous voulez!

— Pourquoi ne dormez-vous pas? lui dis-je en entrant. Il faut que vous souffriez beaucoup, puisqu'en vous retirant vous éprouviez le besoin de dormir.

— Je ne souffre pas, dit-elle, vous le savez bien; vous avez dû entendre que je faisais de la musique, puisque vous ne vous êtes pas couché.

— J'étais inquiet de vous. Nous nous sommes quittés hier soir comme nous ne nous quittons jamais; vous m'avez froidement retiré votre main, et vous paraissiez irritée. Si je vous ai offensée, sachez que je n'ai jamais eu d'intention cruelle envers vous. Je vous le jure, ne me croyez-vous pas?

— Sylvestre! s'écria-t-elle d'une voix sourde et âpre, vous pouvez jurer tout ce qu'il vous plaira, je ne vous croirai plus. Vous me haïssez au point que tantôt vous avez voulu vous ôter la vie. Montrez-moi votre poitrine! Ah! vous voyez que vous ne le voulez pas! Eh bien, je ne sais pas si vous êtes profondément ou légèrement blessé. Je crois que ce n'est pas dangereux, puisque vous voilà; mais ce qui est sérieux, c'est le chagrin qu'il faut avoir pour se déchirer comme vous l'avez fait. Tenez! je viens de brûler votre chemise que vous aviez ôtée en rentrant et jetée dans un coin de votre chambre sans vous soucier de ce que nos servantes penseraient de ces effroyables taches de sang. Le hasard m'a fait trouver cela, et je suis tombée comme morte, ne comprenant pas, croyant d'abord que quelqu'un avait tenté de vous assassiner. En revenant à moi, je me suis retracé votre désespoir de ce matin. Vous aviez cédé à mes caresses, à un reste d'amour, à un désir d'homme qui vit seul et triste depuis longtemps, et puis tout de suite l'horreur de moi vous est revenue, et, comme une espèce de saint ou une espèce de fou que vous êtes, vous vous êtes martyrisé la poitrine pour punir le cœur qu'elle contient d'avoir battu pour moi un instant! Vous voyez bien que je suis un monstre à vos yeux, et que vous feriez mieux de m'abandonner et de me fuir, ou de m'accabler de coups et d'injures que de me laisser voir et deviner le mal que je vous fais en vivant près de vous. Voyons, laissez-moi partir. Je ne peux plus rester ici, je serais méprisée de tous, car votre chagrin saute aux yeux. Tout le monde me demande pourquoi vous êtes si changé et tout à coup si vieilli. Vous ne vous apercevez pas que, depuis deux mois, vos cheveux sont devenus tout gris? Et cette chemise déchirée et sanglante que j'ai fait disparaître, comment eût-on expliqué cela? Croyez-vous que le départ de Tonino n'ait pas fait parler? Vous vous imaginez avoir agi bien prudemment! Il y avait mieux que cela à faire, allez! Il fallait agir en homme qui aime. Il fallait tuer ce misérable que je hais, que je haïssais déjà, que j'ai toujours haï peut-être, et, après vous être vengé, il fallait me battre, me fouler aux pieds, me cracher à la figure, après quoi, vous m'auriez pardonné, et vous m'aimeriez à présent comme avant ma faute : tandis qu'avec votre patience et votre vertu vous ne vous êtes pas exhalé (*sfogato*), et vous gardez sur le cœur un ressentiment qui vous étouffe et ne s'en ira jamais. Ce que je vous dis vous étonne, vous me trouvez sauvage. Eh bien, vous ne l'êtes pas, vous; aussi vous n'aimez pas, car l'amour est sauvage, et vouloir le moraliser, c'est n'y rien comprendre et ne l'avoir jamais ressenti.

Elle parla longtemps encore en italien sur ce ton de reproche et d'invective, raillant ma conduite, méconnaissant ou dédaignant mon caractère, dépeignant l'amour, dont elle prétendait être l'avocat ou la prêtresse, avec des expressions mêlées de cynisme et de poésie vulgaire, à la manière de Tonino. Elle était de son école depuis qu'elle avait été à son école. La corruption des mœurs avait porté ses fruits, elle avait gagné le cœur; ce cœur était gangrené, perverti, monstrueusement ingrat. D'une âme généreuse, d'une tête intelligente, d'une vie de force, de reconnaissance, de travail et de dévouement, il ne restait qu'une vanité de femme irritée et des désirs maladifs sans objet déterminé, puisqu'elle était désormais à qui voudrait la prendre.

Je l'écoutais en silence, avec stupeur. Le mépris entrait en moi et pesait sur ma pensée comme un bloc de glace. Je la regardais, je la trouvais laide dans sa beauté maigre et ardente. Demi-nue devant moi, elle ne songeait point à se couvrir, et sa nudité me choquait, moi son mari, comme une effronterie. La pitié me quittait. Elle n'était même plus ma pupille ou ma protégée: c'était pour moi comme une vieille maîtresse qui

m'avait quitté par caprice, qui revenait à moi par ennui, et dont la galanterie malsaine me trouvait rassasié et indifférent.

Je ne pus lui répondre un seul mot : le dégoût est muet, il ne peut éveiller le chagrin ni la colère. Il n'y avait plus de langage possible entre nous. Nous ne nous serions pas compris.

JE LUI PARLAI A TRAVERS LA PORTE.

Je me levai pour la quitter.

— Ainsi, me dit-elle exaspérée, il vous est indifférent que je parte ou que je reste?

— Je vous défends de partir, répondis-je froidement.

— Vous m'en empêcherez par la force, vous? Allons donc!

— Je ne porterai jamais la main sur vous! J'appellerai vos gens les plus dévoués, je leur montrerai que vous êtes folle, et ils vous empêcheront de courir à votre déshonneur.

— Et vous me ferez enfermer?

— Je vous enfermerai, s'il le faut.

— Dans une maison de fous?

— Dans votre propre maison. Vous êtes assez riche pour être bien soignée et bien gardée.

— Et vous resterez là comme geôlier en chef?

— Je resterai à mon poste.

— Dix ans, vingt ans?

— Toute ma vie, s'il le faut.

— Et si je deviens folle furieuse?

— N'étant ni fou ni furieux, moi, je vous ferai traiter avec une inaltérable douceur.

Elle éclata de rire. Ce rire affreux entra dans mon cœur comme une blessure mortelle, la dernière. Il palpita de douleur un instant et s'éteignit.

— Je ne veux pas partir, reprit Félicie avec une tranquillité, épouvantable. Vous n'avez pas besoin de tant de vertu. Est-ce que vous allez me surveiller?

— Je sais que ce serait inutile, si vous étiez bien décidée à fuir! mais il serait toujours facile de vous rejoindre et de vous ramener, puisqu'on sait où vous iriez.

Elle s'élança sur moi, tomba à genoux et s'écria :

— Sylvestre! un mot de colère, je t'en conjure; un seul mot de haine contre Tonino et de jalousie contre moi! sois homme! maudis ton rival et punis ta femme! Je croirai alors que tu m'aimes, et je t'adorerai!

— Ne m'adorez pas, lui dis-je. Je ne pourrais pas vous rendre ce que vous me donneriez.

Je la quittai ainsi. La mesure était comble. Le lendemain, je la retrouvai debout, vaillante, active, et comme étrangère au drame de cette nuit horrible. Elle avait toute sa présence d'esprit, elle commandait, elle travaillait, elle rangeait; elle était aimable par moments avec ses gens, et avec moi, devant eux, presque enjouée. Pensait-elle à mes menaces et voulait-elle me montrer qu'il ne serait pas aisé de la faire passer pour folle, si elle prenait la fuite? Je fus révolté de cette lâcheté. Elle savait que jamais je ne la traduirais comme coupable devant un tribunal. Allait-elle travailler à se faire haïr, à me mettre hors de moi, à lasser ma patience, à me rendre méchant? Me créer des torts envers elle était sa dernière ressource.

Elle essaya et elle échoua. Je me renfermai dans une politesse et dans une habitude de déférence inexpugnables. Le savoir-vivre est une forteresse dont les gens mal élevés ne connaissent pas la solidité. Félicie fut vaincue et par moments touchée de ma patience à toute épreuve. Hélas! je n'y avais plus aucun mérite. Rien de sa part ne pouvait plus

m'offenser, ni seulement m'émouvoir. Je ne l'aimais plus.

Et pourtant j'acceptais une tâche de dévouement qui pouvait absorber le reste de ma vie. Je ne pouvais ni ne voulais oublier que Jean Morgeron m'avait, par sa confiance et son amitié, légué cette tâche dont il m'avait donné le noble exemple. Félicie m'avait aimé autant qu'il était en elle d'aimer. Son affection m'avait rajeuni et enivré quelque temps; j'avais eu, grâce à elle, deux ans de bonheur, illusoire par le fait, mais réel pour moi, puisque j'avais eu la foi. De plus, elle m'avait associé à une vie de bien-être dont je n'éprouvais nullement le besoin, mais qu'elle m'avait faite aussi douce et aussi honorable en apparence que possible. Tout cela était gâté, souillé; mais, en m'engageant devant Dieu et devant les hommes à accepter et à garder ce que je croyais être un honneur et un bien, l'amour et les soins de cette femme, j'avais perdu, ce me semble, le droit de proclamer que c'était un mal et une honte. Je ne pouvais le constater qu'en secret; le lui dire à elle-même n'eût servi qu'à exaspérer la cruauté de ma situation.

Mon mariage avec elle était une erreur de mon jugement, une folie et une sottise pour parler le langage de la vie pratique. Il faut savoir subir les conséquences de ses propres fautes, et, quand on n'a à se reprocher qu'un excès de candeur et de probité, on souffre de ses déceptions sans trop d'amertume, puisqu'on n'a point à en rougir vis-à-vis de soi. J'avais été encore plus loin dans mon aveuglement. Je m'étais intéressé à Tonino, j'avais cru à sa sincérité. Je l'avais fait rentrer au bercail. Je m'étais livré pieds et poings liés à ce voleur de grand chemin, que, comme don Quichotte, j'avais eu le ridicule espoir de relever et purifier. Tout en pensant à ce type de l'idéal chevaleresque, je reconnaissais qu'il était plus grand que moi; car j'avais ouvert les yeux, et lui, il ne les ouvrait pas. Jusqu'à la mort, il étreignait sa chimère : sublimité d'autant plus touchante qu'elle était plus inutile. Je n'étais réellement pas plus un fou incurable que je n'étais un saint absolu. J'étais un homme et je ne voulais pas cesser de l'être. Si la patience me semblait toujours un devoir, la fierté désormais me paraissait un devoir tout aussi sérieux. Ni vengeance ni faiblesse, voilà le cercle où je parvins à me renfermer.

En me sentant plus fort qu'elle, grâce à ce qu'elle appelait mon inertie, Félicie renonça bientôt à la pensée de lutter. Elle craignait, d'ailleurs, beaucoup le scandale, et, quand elle s'était vantée à moi jadis de ne faire aucun cas de l'opinion, elle se mentait à elle-même. Quand elle vit que, malgré ses prévisions, rien de nos malheurs domestiques n'était ébruité, elle travailla à paraître heureuse et me sut gré de la déférence de mon attitude vis-à-vis d'elle; mais le mal était trop profond pour être guéri par le traitement normal que dictait la logique naturelle. L'ennui s'empara de Félicie, et le besoin d'échapper à cette souffrance intolérable pour elle se fit sentir avec violence. Elle se reprit de folle passion pour moi et m'imposa le supplice de lutter contre ses reproches, ses injures et ses pleurs.

Ma vie devint un enfer, et par moments je sentis ma raison se troubler; mais je vainquis l'enfer et ses laves. Je me mis à travailler sérieusement, à m'instruire pour mon propre bien, à élever mon caractère par la saine

sant des Alpes italiennes. Elle continua d'être morne et absorbée, mais elle fut très douce, et, après trois jours de promenade sans fatigue et sans émotion, elle revint chez elle sans plaisir et sans chagrin apparents. Elle se coucha de bonne heure en rentrant, et rien ne put me mettre sur mes gardes. Je me couchai aussi dans la chambre au-dessus de la sienne. La maison, haute et étroite, n'était pas distribuée de manière que nos appartements fussent contigus.

Il y avait si longtemps que son humeur emportée et fantasque ne m'avait laissé de répit, que je dormis profondément cette nuit-là.

Le matin, comme le premier rayon du soleil frappait sur mes rideaux, je me levai

NOUS DESCENDÎMES LE VERSANT DES ALPES ITALIENNES.

nourriture de l'esprit. Je ne cessai pas pour cela de veiller sur ma malheureuse compagne; je la soignais comme une malade, assidûment, consciencieusement, et avec une alternative d'indulgence et de sévérité, selon que je voyais l'opportunité d'une méthode ou de l'autre. Elle avait quelquefois besoin d'être grondée comme un enfant pour être empêchée de s'exaspérer. D'autres fois, il fallait laisser passer la crise. Ces palliatifs gagnaient du temps. J'espérais toujours que le temps, c'est-à-dire l'âge, amènerait le calme. Un an se passa ainsi.

Un jour, elle me parut distraite et sombre; le lendemain et le surlendemain, elle le fut davantage. Elle se portait cependant aussi bien que possible. Je lui proposai une excursion pour la distraire, et, contre mon attente, elle accepta sans discuter. Nous partîmes en carriole avec un seul domestique qui conduisait un bon cheval. Nous descendîmes le ver-

suivant ma coutume. Félicie était ordinairement plus matinale que moi, elle était debout dès la pointe du jour. Je fus surpris, en descendant, de ne pas l'entendre remuer; j'approchai l'oreille de sa serrure. J'entendis sa respiration plus égale et plus forte que de coutume. C'était le signe d'un bon sommeil. Je marchai légèrement, et je descendis au jardin. Quelques instants après, je vis passer le vieux médecin qui commençait sa tournée. Je l'appelai, et nous causâmes de la santé de Félicie. Il m'approuva de l'avoir fait promener et me conseilla de réitérer les excursions. Il l'avait vue quelques jours auparavant, il la trouvait très bien. Je crus devoir lui dire pourtant qu'elle était plus triste que de coutume et comme indifférente à tout ce qui d'ordinaire réagissait sur elle. Je lui fis même observer que ses fenêtres n'étaient pas encore ouvertes. C'était la première fois que je la voyais dormir aussi tard. Enfin je le priai

d'attacher son cheval à la porte et d'attendre un peu avec moi que ma femme fût visible. Il y consentit.

Une demi-heure s'écoula. Nous parlions d'elle.

— Vous avez suivi mon conseil, me disait Morgani ; vous avez, par je ne sais quel moyen et sous je ne sais quel prétexte, — cela ne me regarde pas, — empêché le retour de Tonino ;

— DE L'AIR, DE L'AIR ! ELLE ETOUFFE.

vous avez bien fait. Ce drôle lui a causé de grands chagrins, et, si elle n'eût été une femme forte comme elle l'est, il eût pu l'entraîner dans de grands malheurs. A présent, tout va bien . elle est calme, vous voyez, elle dort le matin. Elle vous paraît morne, c'est l'activité fébrile qui cède. Ne vous inquiétez pas, vous l'avez soignée et traitée avec l'intelligence du dévouement. Vos peines ne seront pas perdues ; bientôt vous en recueillerez le fruit.

Ainsi parlait le médecin, et Félicie ne s'éveillait pas. Il s'étonnait de mon inquiétude ; je le priai de m'attendre. Je rentrai dans la maison, j'allai frapper à la porte de Félicie ; on ne me répondit pas. Les servantes alarmées me dirent qu'elles avaient déjà frappé inutilement, que la maîtresse était enfermée, qu'elle ne dormait pas, car elles l'avaient entendue remuer, mais qu'elle ne voulait pas répondre et qu'elles ne savaient que faire.

J'enfonçai la porte. Félicie était assise sur un fauteuil auprès de la table, la tête appuyée sur ses mains, les membres tellement roidis, que je ne pus changer son attitude ; puis tout à coup le corps s'assouplit, la peau brûlante se refroidit rapidement, la tête se laissa relever, les yeux s'ouvrirent, et les lèvres articulèrent des mots confus.

Morgani, attiré par le bruit que j'avais fait pour enfoncer la porte, s'élança vers moi et me dit :

— De l'air, de l'air ! elle étouffe.

Pendant que j'ouvrais la fenêtre, Félicie expirait dans ses bras. Le docteur, éperdu, me montra d'un geste expressif une lettre ouverte et un verre vide sur la table. Je respirai d'abord le verre, il avait contenu du laudanum. Je jetai les yeux sur la lettre : elle était adressée à Tonino : je m'en saisis, je la cachai dans ma poche.

— Il faut la lire, me dit Morgani.

— Elle n'est pas pour moi.

— N'importe, il faut savoir si elle s'est donné la mort volontairement.

— Il n'y a pas à en douter, repris-je en lui présentant le verre ; mais ne pensez pas à cela maintenant. Agissez, agissez vite ! la mort n'est peut-être qu'apparente.

Tout fut inutile. Félicie était morte. La mort a cela de grand et de sacré, qu'elle raye comme d'un trait de plume les comptes les plus impossibles à régler durant la vie ; on sent tellement le souffle de Dieu passer en soi en voyant s'accomplir ce mystère, que tout souvenir terrestre, tout ressentiment fondé s'efface dans le recueillement du pardon. La mort rend tout à coup respectable l'être dégagé des étreintes de la souffrance; elle met la pâleur de l'ascétisme et la tranquillité du juste sur les fronts dévastés par le vice et dans les traits naguère contractés par la fureur. Doublement coupable dans la vie et dans la mort, puisqu'elle finissait par le suicide, Félicie, couchée dans ses draps blancs et couverte de fleurs, était redevenue si belle et si pure, que je baisai respectueusement son front et ses mains glacées sans me rappeler le mal qu'elle m'avait fait et sans me préoccuper de celui qu'elle voulait me faire en quittant volontairement la vie.

Sans doute il y avait là un dernier, un sanglant reproche qu'elle croyait devoir m'atteindre. Je ne voulus pas le savoir, je ne voulus pas y songer avant d'avoir rendu à son corps les honneurs de la sépulture. Je veillai près du lit funèbre, j'imposai silence aux cris, aux questions, à toutes les manifestations bruyantes. Morgani me marqua beaucoup d'affection et ne me quitta presque pas. Il était inquiet de ma résignation et craignait une réaction violente. Il craignait aussi autre chose; quand nous revînmes du cimetière, il me parla ainsi :

— Je n'ai pu cacher aux autorités légales la cause de la mort. Non seulement vous, mais encore toutes les personnes qui entouraient et servaient cette pauvre femme sont tellement à l'abri du soupçon, que l'on a consenti à ne laisser attribuer cette mort à une attaque d'apoplexie foudroyante, dont, au reste, l'aspect du cadavre offrait les symptômes frappants. Je m'engage sur l'honneur à ne dévoiler le secret du suicide que dans le cas où la justice croirait devoir faire des recherches ultérieures. Cela n'arrivera pas, si quelque personne malintentionnée ne s'en mêle pas; mais je crois Tonino capable de tout. Il faut que vous lisiez la lettre que votre femme lui a écrite au moment de se tuer. Je l'exige pour vous, pour moi, pour la vérité. Dans ce dernier écrit, elle doit avoir exprimé sa résolution de mourir; c'est une preuve de votre innocence dont vous ne devez pas vous dessaisir pour la mettre dans les mains d'un homme qui sera votre ennemi, s'il croit n'y rien trouver, et si son intérêt l'exige.

Le nom de Tonino me fit hausser les épaules.

— Tonino étant le seul héritier de ma femme, répondis-je, ne deviendrait mon ennemi qu'en cas de contestation de ma part, et il n'en sera pas ainsi.

— Et pourquoi donc? Votre femme doit avoir pris des dispositions pour vous assurer sa fortune ou tout au moins l'usufruit.

— Ma femme savait que ces dispositions seraient un outrage pour moi. Elle ne les a pas prises.

— Un outrage! s'écria le docteur, pourquoi donc un outrage?

— Parce qu'elle avait commis une faute dans sa jeunesse et que je l'avais épousée à la condition de ne rien recevoir d'elle ni durant sa vie, ni après sa mort.

— Vous êtes fou, dit Morgani, mais logique dans votre folie, et je vous respecte, Sylvestre!... Mais qu'allez-vous devenir?

— Rien. Je resterai ce que je suis : un homme qui aime le travail et qui n'a pas besoin de bien-être.

— Mais l'âge viendra, malheureux! votre santé a souffert dans ces derniers temps.

— Ne vous inquiétez pas de moi. Je vous jure que je ne connaîtrai pas la misère, ou que je la subirai sans qu'elle paraisse.

— Comment ferez-vous?

— Je ne demanderai rien à personne et ne me plaindrai jamais.

— Venez, Sylvestre, venez demeurer avec moi. Je suis seul, j'ai quelque aisance. Je vous apprendrai la médecine, vous m'apprendrez tout le reste. Nous vivrons et mourrons ensemble, ce sera moins triste que de vivre et de mourir seuls.

— Merci, mon ami; mais je ne saurais rester dans ce pays. Il faut que je le quitte et n'y revienne jamais.

— Oui, je comprends. Pourtant... ne maudissez personne! ne haïssez pas le souvenir de votre femme!

— Je ne le hais pas. Pourquoi supposez-vous?...

— Sylvestre, c'est assez dissimuler vis-à-vis l'un de l'autre. Vous saviez tout, elle me l'a dit la dernière fois que je lui ai parlé. Moi aussi, je savais tout, et depuis longtemps. Il faut savoir pardonner; il y a des fatalités d'organisation devant lesquelles le médecin est forcément matérialiste... Et si je vous disais que, vous-même, vous avez subi cette fatalité en causant le dégoût de la vie qui a porté votre femme au suicide?

— Elle vous l'a dit?

— Non, mais elle m'a répété trois fois : « Il ne peut plus m'aimer! »

— S'est-elle plainte de mes reproches, de mes emportements?

— Oh! bien au contraire! Elle vous rendait pleine et entière justice! C'est pourquoi je vous répète : « Lisez la lettre et gardez-la; elle contient probablement quelque allusion à une faute dont vous voulez certainement annuler tout vestige. »

— Mais si c'est un testament en faveur de Tonino, comme tout me porte à le croire?

— Eh bien, qu'importe? Dans ce cas, vous le remettrez fidèlement et vous saurez ce que vous faites.

L'avis était bon. Quand je fus seul, j'ouvris

la lettre, qui était à peine pliée et nullement cachetée. Félicie avait certainement voulu que cet écrit passât sous mes yeux.

« Plus d'espoir, plus du tout... Il ne m'aime plus, il ne m'aimera plus jamais! Son cœur est mort, nous l'avons tué. Depuis un an, je lutte pour retrouver son affection ou pour éteindre celle que j'ai pour lui; je m'efforce de le haïr, par moments je le hais. Une femme peut-elle pardonner le plus sanglant des outrages, l'indifférence? Et pourtant je vais mourir pour qu'il me pardonne, à moi! Morte, il me plaindra peut-être, il aura peut-être quelque regret, quelque pitié; il se souviendra de m'avoir aimée, il oubliera mon crime; il me gardera dans son cœur, purifiée par le châtiment qu'il n'a pas voulu m'imposer et que je me serai infligé à moi-même. La mort! c'est tout ce que je peux faire, puisque ma vie ne peut rien réparer. J'ai voulu t'écrire cela. Je ne veux pas que tu croies que je meurs pour toi et que je te regrette. Non, je te méprise et te maudis. Et ne crois pas non plus que je sois en colère contre toi; j'ai essayé de te pardonner et de t'aimer encore; que n'ai-je pas essayé depuis un an pour échapper à l'horreur de l'isolement! Tout a été inutile. Le dégoût que j'inspirais à Sylvestre, j'ai senti que je l'éprouvais pour toi. Lâche! tu vas venir recueillir mon héritage, n'est-ce pas? Tu vas habiter ma maison. Ta femme dormira dans mon lit à tes côtés! et, toi, tandis qu'elle reposera à ta droite, verras-tu à ta gauche le cadavre que je serai tout à l'heure?

» Oh! mon Dieu, mourir déjà, moi jeune encore et si forte, si remplie de volonté! Je ne peux pas m'imaginer ce que c'est que d'être mort. Je me jette dans l'inconnu comme quelqu'un qui se précipiterait dans les ténèbres, sans savoir s'il tombe dans un abîme ou dans le vide. Peut-être ne tombe-t-on pas du tout! On se retrouve peut-être debout et actif, devant quelque tâche nouvelle, avec d'autres êtres, d'autres souffrances, d'autres idées. Ah! pourvu qu'on oublie cette vie que je vais quitter! Je n'ai pas d'autre désir, oublier! Ne plus savoir que je suis souillée et méprisée! A ce prix, j'accepterais avec joie les plus atroces tortures et même les feux et les épouvantes de l'enfer.

» Ah! je ne sais pas s'il y a un Dieu, mais je sens qu'il y a une justice, car j'ai été bien punie. Après avoir été si heureuse, si aimée, si honorée, se voir seule et dédaignée, et sentir qu'on ne peut plus rien pour reconquérir l'estime!

» Il n'y pouvait rien non plus, lui! il voulait m'aimer, il y avait entre lui et moi quelque chose qui le repoussait. Il me l'avait bien prédit que, le jour où il ne m'estimerait plus, je lui deviendrais étrangère et indifférente. Tout cela, c'est ma faute. J'aurais dû t'épouser et te tromper pour lui. Tu me l'aurais pardonné, toi qui n'as pas de cœur et que l'argent console de tout. Voilà ce que je pense de toi, voilà mon adieu. Il le lira, lui à qui je n'ose plus parler. Il crachera sur ton nom et sur mon héritage, qui salirait ses mains pures; mais il ne crachera pas sur ma tombe. Il y mettra des fleurs, une larme peut-être!... Ah! Sylvestre, si vous saviez comme je vous aimais!... Mais vous ne pouvez pas le croire, vous ne comprenez pas qu'on aime et qu'on trahisse... — Vous... Non, je ne veux pas lui parler, je l'irriterais. Tout ce qui est moi vivante lui est amer et repoussant. Allons, il faut mourir. J'ai horreur de la mort pourtant, et je n'aurais jamais cru en venir là! J'ai été si souvent et si longtemps malade, que je comptais sur elle pour me délivrer de mes tourments... Mais je guéris, je ne souffre plus de mon corps, et mon âme me torture. Il faut que je me la donne à moi-même, cette mort dont j'ai peur!... Eh bien, raison de plus : si j'avais envie de mourir, si je me sentais épuisée, infirme, lasse d'agir, où serait le courage, où serait ma punition?

» ... C'est fini, j'ai bu. Vais-je souffrir? Sera-ce long? Je sens de la force à présent, je vois clair dans ma vie, je n'ai pas d'excuse. Sylvestre, admirable; toi, infâme; moi... l'orgueil m'a empêché d'accepter ma déchéance. J'ai sans doute commis un grand crime; mais à quoi bon s'humilier, puisque rien ne peut l'effacer? La mort seule... Ah! mourir vite! — Oui... bientôt. Je ne peux plus penser. — Tout est lourd. Tout m'écrase. L'air m'écrase. Tout me... rien ne... Félicie... trente-deux ans,... morte le... je ne sais plus. »

Je relus plusieurs fois cette lettre navrante, je la recopiai pour la conserver, et j'envoyai l'original, comme lettre de faire part, à celui dont l'amour avait tué Félicie.

Je me demandais cependant avec effroi si je n'étais pas, autant que lui, le meurtrier de cette infortunée. Par le fait, hélas! oui! Si j'avais pu lui rendre mon amour, elle eût pu vivre. Je ne croyais plus au sien; il était mêlé, depuis une année, de trop de colère et de ressentiment. L'orgueil blessé avait amené la haine et le désespoir. Si j'avais su feindre, je l'aurais sauvée; mais il est des natures qui ne peuvent pas mentir et qui l'essayeraient en vain. Pouvais-je me reprocher de n'être pas un hypocrite? Et même, au delà de la mort, pouvais-je faire grâce à cette femme qui n'avait pas voulu accepter la conséquence inévitable de son égarement, et qui semblait chercher à me punir de sa faute en m'infligeant un éternel remords?

Je fis grâce pourtant. Je sentis dans ce suicide le côté mal éclairé, mais réel, d'une grandeur native. Félicie avait aspiré à l'idéal sans le bien connaître. Elle avait eu soif d'honneur, elle avait cru qu'on peut le perdre et le retrouver, puisque, déjà déchue, elle avait gagné mon respect et reçu ma foi. Elle n'avait pas été libre de réfléchir, au jour de la seconde chute, et, après cette chute, elle avait été moins libre encore de comprendre sa situation et la mienne. La lumière de l'âme ne traverse pas impunément certaines ténèbres. La conscience s'oblitère, le flambeau intérieur pâlit de plus en plus. Dans ce demi-jour de sa raison et de son affection pour moi, elle avait espéré se purifier par une mort qu'elle jugeait héroïque, et dont l'athéisme n'avait pas empêché l'épouvante. Cela était affreux, mais elle avait, certes, cru faire le contraire d'une lâcheté, puisqu'elle comptait sur le sacrifice de sa vie pour se racheter à mes yeux. Pauvre Félicie!

Je rangeai avec un soin respectueux la chambre où elle avait dormi son dernier sommeil, et, quand la nuit fut venue, je remplis son dernier vœu en portant des fleurs sur sa tombe. J'y pleurai de toute la pitié de mon âme, et je lui envoyai avec ferveur le pardon absolu qui peut et doit franchir l'horizon de cette vie.

Je me retirais, vers minuit, quand je trouvai un homme qui s'effaçait pour ne pas se croiser avec moi à la porte du cimetière. Je le reconnus malgré le soin qu'il prenait de se cacher. C'était Sixte More.

— Pourquoi m'éviter? lui dis-je. Il n'y a plus de mauvais souvenirs au seuil de ce triste lieu.

Il se jeta dans mes bras en pleurant; il avait beaucoup aimé Félicie.

— Monsieur Sylvestre, dit-il en m'emmenant un peu plus loin au dehors, il faut que vous sachiez tout. Ce n'est pas la bassesse de son amant, ce n'est pas la fierté de son mari, c'est moi, ce sont mes menaces qui l'ont tuée!

— Ce n'est pas vrai, Sixte, c'est impossible! vous n'avez pas manqué à votre serment?

— Je n'avais pas juré de ne lui rien dire, à elle! J'étais libre de lui remontrer sa faute et de lui reprocher le malheur de ma vie. Le hasard nous a mis en présence l'un de l'autre, il y a huit jours, dans un endroit désert où elle errait un peu en folle et où je confesse que je n'ai pas cherché à l'éviter. J'étais malheureux, allez! malheureux par elle, et depuis si longtemps! Il m'a bien

fallu lui dire qu'elle avait trompé un homme juste, qu'elle regrettait un misérable, et que, si elle était ma femme, je la couperais par morceaux. Elle a eu peur de moi. Elle a voulu m'adoucir, et elle m'a rendu encore plus fou, car elle a été coquette et elle a menti. Elle a prétendu m'avoir aimé, elle m'a donné à entendre qu'elle pourrait m'aimer encore. J'ai bien vu son manège, je l'ai appelée lâche. Enfin... tuez-moi, si vous voulez; à présent, je suis dégoûté de la vie, moi aussi; je ne me défendrai pas. Cette femme m'avait ôté la raison. Elle m'a rendu coupable envers vous qui m'aviez épargné et traité en homme. Elle ne m'aimait certes pas, elle me l'a dit ensuite. Elle n'a plus voulu me revoir. Elle m'a écrit qu'elle se tuerait. Je n'y ai pas cru, et elle s'est tuée. Eh bien, vengez-vous sur moi. Cette femme avait des passions terribles; elle avait déjà été à moi avant d'être à Tonino et à vous. Je voulais l'épouser; c'est elle qui m'a refusé en me mettant au défi de la trahir. Tuez-moi, vous dis-je, ou plutôt laissez-moi vivre encore huit jours, car j'ai un devoir à remplir; il faut que j'en finisse avec celui qui nous a outragés tous les deux.

— Parlez encore, répondis-je, je ne veux pas de réticences, je veux savoir si je n'ai aucun reproche à me faire de la mort de cette malheureuse. Dans cet endroit désert, il y a quinze jours, elle s'est donnée à vous?

— Oui.

— Par peur de vos menaces!

— Par peur de mes révélations; mais je ne la menaçais pas de cela, j'étais lié par ma parole.

— De quoi donc la menaciez-vous?

— D'aller chercher querelle à Tonino afin de pouvoir le tuer.

— Et vous avez mis pour condition à votre pardon qu'elle vous appartiendrait?

— Non! cela, je le jure devant Dieu, non! je ne faisais pas de conditions, je ne lui demandais rien, je ne voulais rien d'elle. C'est elle qui m'égarait le cœur et l'esprit avec des regards et des paroles auxquels un homme follement épris ne peut pas résister. Donc, c'est moi qui suis coupable, mais pas avec préméditation, et, quant à vous... eh bien, vous êtes coupable aussi, à votre manière, je ne peux pas dire autrement... Il fallait redevenir l'amant de votre femme. Ses passions ne se seraient pas égarées.

— Un mot encore. Vous êtes exalté, mais vous êtes sincère. Après avoir reçu les derniers embrassements de cette femme que vous n'estimiez pas, que vous êtes-vous dit l'un à l'autre? L'avez-vous bénie du bonheur qu'elle venait de vous donner? Vous a-t-elle promis d'avoir confiance en vous? Vous êtes-vous quittés, elle touchée de votre amour, vous lier de vous-même? Y a-t-il eu dans vos âmes un moment, un seul moment d'oubli du passé et d'espoir de réconciliation dans l'avenir?

— Non! nous avions tous deux de la rage, de la honte et de la haine. Je lui ai dit : « Va-t'en, ne me parle pas! Je te jetterais dans le torrent. »

— Et elle, alors?

— Alors, elle, se cachant la figure dans ses mains, elle s'est enfuie sans se retourner.

— Et depuis, vous avez pourtant demandé à la revoir?

— Pour l'assassiner, oui, c'était devenu mon idée fixe.

— Eh bien, Sixte, voilà l'effet de l'amour qui survit à l'estime, et voilà pourquoi je n'ai pas voulu, je n'ai pas dû redevenir l'amant de ma femme. Allez-vous-en. Ne profanez pas sa tombe par vos adieux. Vous n'avez pas le droit de prier pour elle. Je vous défends d'approcher de la terre où elle repose. Je vous défends aussi de vous venger de Tonino. Je ne puis punir ni lui ni vous, sans attenter à la mémoire de Félicie dans l'estime publique. C'est la seule chose qui lui reste. Que ses secrets soient morts avec elle. Au nom de Dieu clément qui a repris son âme et dont nous ne connaissons pas les desseins sur elle, je vous commande de laisser vivre Tonino. Félicie n'appartient plus ni à lui, ni à vous, ni à moi.

Sixte baissa la tête et se retira en silence. Je ne l'ai jamais revu.

Je voulus encore absoudre celle dont je venais d'apprendre un nouvel égarement. J'allai cueillir une poignée de fleurs dans le pré voisin, et je retournai les répandre sur sa fosse en lui disant :

— Oublie ma blessure, et que Dieu guérisse la tienne!

Le lendemain, je vécus comme dans un rêve, presque sans conscience de ce qui se passait autour de moi. On me demandait des ordres, et je ne comprenais pas de quoi il s'agissait. Enfin je fis un effort pour secouer cette torpeur. Je donnai toutes les clefs et la gouverne de toutes choses au plus ancien et au plus honnête de nos serviteurs; après quoi, ne prenant avec moi que quelques hardes nécessaires et mes papiers personnels, j'allai attendre chez le docteur le droit de m'en aller, sans que mon départ ressemblât à une fuite.

Trois jours après, Tonino arriva. Il n'osa demander à me voir, et pourtant, dès qu'il se vit maître des biens dont il avait peut-être craint d'avoir à partager avec moi la jouissance, il s'effraya de sa richesse mal acquise et songea à m'offrir une pension.

Cette dernière lâcheté lui vint à l'esprit. Morgani savait trop quelle serait ma réponse pour se charger de la commission, il lui refusa dédaigneusement de m'en parler.

Dès que je sus Tonino en possession de la fortune de Morgeron, j'embrassai le docteur et je partis en secret. J'étais aimé dans le pays, et je ne voulais pas de scène d'adieux; je ne voulais pas qu'on plaignît ma pauvreté, qu'on admirât mon désintéressement, qu'on me rendît compte des faits et gestes du nouvel héritier et qu'on crût m'être agréable en le dénigrant. A certaines tristesses il faut la solitude, à certaines fiertés le silence. Je m'en allai par le glacier, après avoir pris quelques moments de repos aux chalets Zemmi. Le soleil était chaud, mais j'évitai l'ombre du rocher de la Quille; il y avait là pour moi un souvenir empoisonné. Je regardai le ciel, les cimes, les aigles qui planaient, les bois de la région inférieure qui me cachaient la maison et l'île, la prairie mollement ondulée sous mes pieds, et au loin les massifs superposés des Alpes italiennes. Tout cela était beau et grand. La nature était innocente de mes maux. Je n'avais reçu d'elle que des sourires, des enseignements et des forces. Je n'avais plus un seul ami sur la terre; car, moi aussi, j'étais mort pour tous ceux avec qui je venais d'être doux, humain et juste pendant cinq ans.

Ne devant et ne voulant jamais les revoir, jamais leur donner signe de vie, jamais rien savoir de ce qui se passerait sur ce coin de terre où j'avais compté finir mes jours, j'allais être un peu regretté et vite oublié. On ne s'occupe guère de ceux qui ont du courage et qui ne veulent pas qu'on les plaigne. Donc, je me retrouvais cinq ans aussi seul, aussi inconnu, aussi livré à moi-même que le jour où j'avais dormi à l'auberge du Simplon et rencontré le pauvre Jean.

Tous mes liens alors étaient brisés dans la vie et dans la société. Ils l'étaient de nouveau et plus encore. Tout pour moi était le passé, rien n'était l'avenir. Il est peut-être impossible de se figurer une existence plus amère, une situation plus alarmante.

Eh bien, je repris mon paquet et mon bâton ferré, je marchai sur la glace, et puis sur le gazon des sentiers, et puis sur la poussière des routes. Je marchai jusqu'au soir, et, le soir venu, je dormis sans rêver. Et, le jour suivant, je vis lever le soleil éblouissant dans un site sublime; alors, je ne sais quelle vigueur morale et physique rentra dans tout mon être. Je retrouvai cet élan de joie mystérieuse qui m'avait surpris le jour de la découverte de mon malheur. Je me sentis heureux d'exister, heureux

SIXTE BAISSA LA TÈTE ET SE RETIRA.

d'avoir à .recommencer à vivre, heureux même d'avoir déjà vécu.

Moi heureux? Pourquoi? De quoi? Comment cela pouvait-il être? Étais-je donc un cœur glacé, un stupide égoïste? Non; je ne crois pas. Je ne me faisais pas d'illusions sur la difficulté de vivre encore; car, quelque chose qui pût m'arriver, une existence nouvelle quelconque allait me créer de nouveaux devoirs. Je ne possédais absolument rien et, ne fût-ce que le devoir de travailler, il allait falloir m'y soumettre le lendemain, peut-être le jour même. Tout homme nouveau que j'allais rencontrer et à qui j'aurais affaire serait un étranger pour moi, et il allait falloir établir un lien moral entre cet homme et moi; ce serait une lutte, quel que fût cet homme. Il y avait vingt chances contre une que j'inspirerais la méfiance d'abord, comme tout homme sans appui et sans ressources qui demande du travail.

Rien de tout cela ne me causait le moindre effroi, j'avais la force et la volonté de travailler, je savais travailler. J'étais certain de me rendre utile et de forcer les autres à m'être utiles par conséquent. N'eussé-je pas eu la force d'assurer ma vie, rien n'était si simple que de me coucher dans un fossé et d'y mourir en paix, si aucun passant de bon cœur ne m'eût relevé. Ma situation morale ou sociale offrait cet avantage que la mort ne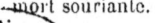

pouvait pas être un malheur pour moi. De quoi donc pouvais-je me réjouir en sentant rentrer en moi la force d'être encore moi, tant qu'il plairait à Dieu que je fusse un habitant de ce monde?

Je vais essayer de vous le dire : je n'étais pas mécontent de moi. J'avais sans doute manqué de prévoyance, de pénétration, de charme suffisant pour convaincre, de science morale et intellectuelle pour guérir; mais, n'étant pas orgueilleux et ne voyant en moi qu'un homme ordinaire, je pouvais me rendre ce témoignage que j'avais tiré de mon propre fonds tout ce qu'il m'était possible de consacrer au vrai et au bien. J'avais commis des fautes de jugement, jamais mon cœur ne s'était égaré, et tout ce qui constitue l'être moral avait fait ce qu'il avait pu faire de mieux; aucune passion mauvaise n'avait terni la conscience.

La conscience, mes enfants! s'écria le vieux Sylvestre en achevant son récit et en se levant avec la vigueur d'un jeune homme malgré ses soixante-quinze ans; la bonne conscience est ce quelque chose de vrai et de lucide, ce pur talisman, ce classique miroir de l'âme qui fait paraître les choses telles qu'elles sont : la nature belle, l'homme perfectible, la vie toujours acceptable, et la mort souriante.

Palaiseau, 15 mai 1866.

Pour paraître le 1er Mai 1914, le Nº 91 :

NOUVELLE COLLECTION ILLUSTRÉE
CALMANN-LÉVY

L'ouvrage complet, **95** centimes. Relié, **1** fr. **50**.

H. DE BALZAC

LES CHOUANS

Illustrations de JULIEN LE BLANT

NOUVELLE COLLECTION ILLUSTRÉE
CALMANN-LÉVY

140-2-14. — Coulommiers. Imp. PAUL BRODARD. — 3-14.